MARVEL

MILES MORALES
SPIDER-MAN

마일스 모랄레스

스파이더 맨

MILES MORALES
SPIDER-MAN

마일스 모랄레스
스파이더 맨

제이슨 레이놀즈

MARVEL

마블 MCU 소설 시리즈 10

마일스 모랄레스 스파이더 맨

1판 1쇄 발행 2021년 11월 26일

지은이   제이슨 레이놀즈
옮긴이   김민성
감수   김종윤(김닛코)
펴낸이   하진석
펴낸곳   ART NOUVEAU
주소   서울시 마포구 독막로 3길 51
전화   02-518-3919
ISBN   979-11-87824-75-6 03840

앨런에게

우리는 웃음 짓고 거짓을 말하는 가면을 쓰니,

가면은 우리의 뺨과 눈에 그늘을 드리우네,—

인간의 간교함에 내주는 이 부채란;

찢기어 선혈 낭자한 심장으로 우리는 미소 짓고,

그 입에는 온갖 미묘한 의미가 걸린다.

— 폴 로렌스 던바,

〈우리는 가면을 쓴다(We Wear the Mask)〉

CHAPTER 1

마일스는 식탁 위에 접시들을 깔았다. 하얀 자기 접시들 위에는 화려한 꽃무늬와 가족들 중 누구도 가본 적 없는 옛날 중국 마을의 모습이 파란색으로 그려져 있었다. 아빠 말로는 좋은 *자기*라고 했다. 아버지의 할머니가 사시던 시절부터 물려받아 일요일이나 특별한 일이 있을 때만 쓰는 접시란다. 그리고 오늘은 일요일이었고 마일스에게 특별한 날이기도 했다. 정학 마지막 날이었으니까.

"아들, 그 선생 수업 전까지 다 털어버리는 게 좋아." 마일스의 엄마가 창문을 열고 스토브에서 나오는 연기를 행주로 부채질하면서 말했다. "진짜 엄마가 약속하는데, 한 번만 더 이런 일로 정학을 당했다간 그땐 이 창문 밖으로 털어버리는 건 네가 될 거야."

마일스는 소변 좀 보려다가 정학을 당했다. 정확히 말하면 소변 좀 보고 오겠다는 말을 꺼내는 바람에 정학을 당하고 말았다. 역사 과목을 가르치는 체임벌린 선생님은 안 된다고 했고, 마일스는 간절하게 부탁을 했다. 체임벌린 선생님이 다시 한 번 안 된다고 하자, 마일스는 그냥 교실에서 나가버렸다. 그러니 실은 수업에서 이탈하는 바람에 정학을 당한 셈이다. 하지만 사실 마일스는 소변이고 뭐고 애초에 화장실에 갈 필요도 없었다. 마일스는 누군가를 구하러 나섰던 것이다.

최소한 마일스는 그렇게 생각했었다. 사실 요새 스파이더 센스에 좀 문제가 있긴 했다. 하지만 마일스는 자신의 감을, 그리고 자신의 책임을 함부로 무시할 수는 없었다.

"아 엄마, 쉬는 시간마다 딱 맞춰서 화장실에 가고 싶어지지는 않는다고." 마일스의 대답이었다. 마일스가 싱크대에서 포크와 나이프를 헹구는 동안 엄마는 오븐 손잡이에 행주를 걸어두었다. 그러고는 기름이 자글자글한 닭가슴살 덩어리들을 집게로 집어 올렸다.

"그건 네가 어렸을 때 매일 밤마다 하던 얘기고. 그랬더니 웬걸? 엄마가 아는 남자애 중에 최고 오줌싸개가 되었잖니."

"진짜 신기록 급으로 쌌었지." 소파에 앉아 있던 마일스의 아빠도 거들었다. 그는 금요일자 〈데일리 뷰글〉을 훑어보고 있었다. 언제나 금요일에만 〈데일리 뷰글〉을 읽었는데, 이걸 맨날 읽었다간 집에서 도통 나갈 엄두가 나지 않으리라는 지론에 따른 것이었다. 사방에서 괴물들이 날뛰면서 인류의 문명을 위협한다는 이야기가 논픽션 프로그램에서 나오는 세상이니까. "마일스, 아빠도 네가 브루클린 최강 오줌싸개였다고 장담할 수 있어. 오죽하면 그때는 이 찌라시를 매일 아침마다 읽으면서 전날 밤의 네 침대 소식을 찾아보려고 했겠니." 데이비스 씨는 신문을 반으로 접으며 고개를 흔들었다. "꼭 한밤중에 푹 젖은 엉덩이를 하곤 안방까지 터벅터벅 걸어와서 꼭 200년 묵은 레모네이드 냄새를 풍기면서 이러는 거야. 나 사고 쳤어. 사아고오? 아들, 넌 진짜 엄마한테 감사해야 돼. 그게 아빠 책임이었으면 진자리 마른자리 갈아 뉘는 일도 없었을 거야."

"시끄러워, 여보." 마일스의 엄마는 접시 위에 닭고기를 올리며 말했다.

"내가 틀린 말이라도 했어, 여보? 맨날 오냐오냐한다니까."

"우리 아가니까 그러지." 엄마는 번들번들한 고깃덩어리 위에 티슈 한 장을 깔아 기름기를 빼면서 말했다. "당신은 아가가 아니고. 그러니까 얼른 와서 앉기나 하세요."

마일스는 이미 그 문제로 말썽을 만들지 않기로 마음을 먹고 있었다. 체임벌린 선생님의 수업에서 자리를 굳게 지키고 앉아서는 머릿속에 뭐가 벌집마냥 웅웅거려도 싹 다 무시할 생각이었다. 스파이더 센스는 마일스에게 어떤 위험이 다가오거나 누군가에게 도움이 필요할 때 항상 경고를 해주는 능력이었다. 하지만 올해 브루클린 비전 아카데미에서 3학년 새 학기를 시작하고 나서는 스파이더 센스가 좀… 고장 난 듯했다. 꼭 능력들이 맛이 가고 있는 것 같았다. 체임벌린 선생님의 수업에서 계속 마렵지도 않은 소변 핑계를 대면서 빠져 나와 현관으로 달려 나갔지만… 아무 일도 없는 거다. 괴물이고 돌연변이고 미치광이고 아무것도 없었다. 브루클린은 그냥 평소와 같은 브루클린일 뿐이고, 머릿속으로는 화장실 갔다 오는데 왜 이렇게 오래 걸렸는지 둘러댈 새로운 핑계를 만들어야 하는 것이다.

어쩌면 마일스 같은 아이들에게 있어 슈퍼 히어로 활동이란 일종의 유통기한 비슷한 게 있는 일일지도 모른다. 그리고 딱히 학교에서 징계 받는 걸 감수할 정도로 가치가 있는 일도 아닐지 모른다. 어쨌든 졸업을 할 때까지 계속 스파이더맨이 될 수 있다는 보장이 없다면 지금 수업을 빼먹거나 학교에서 쫓겨날 가치는 더더욱 없는 거다.

마일스가 4인분의 식탁 세팅을 끝내자마자 벨이 울렸다. 마일스는 한참 노란 쌀밥을 그릇에 담고 있던 엄마 옆을 지나서는 열린 창문 밖으로 머리를 쑥 내밀었다.

"어차피 누가 왔는지 다 아는데 밖은 뭐 하러 내다보냐." 마일스의 아빠가 싱크대에서 손을 씻으며 말했다. 그러더니 마일스 엄마의 뺨에 쪽, 하고 뽀뽀를 했다. "냄새 좋네, 여보. 얼마나 좋으면 우리 아들의 모지리 친구도 브루클린 반대쪽에서부터 냄새를 맡고 찾아왔을까."

"까칠하게 굴지 마. 요새 걔 인생에 좀 변화가 있잖아." 마일스의 엄마가 말했다.

"그런 일 없는 사람이 어디 있어, 우린 잔돈도 없지만." 마일스의 아빠는 엄지와 검지를 비벼댔다. "그냥 그렇단 거야. 나도 아들 친구 사랑하지, 하지만 지금 우리가 입 하나 늘릴 형편은 아니잖아."

마일스의 엄마는 아빠 쪽으로 돌아서서 아빠의 가슴팍에 양손을 얹고 한숨을 쉬었다. "사랑은 말이 아니라 행동으로 보여주는 것이랍니다, 마일스 아버님." 그러고는 아빠의 입술에 뽀뽀를 했다.

"야!" 마일스는 부모님의 느끼한 모습으로부터 황급히 고개를 돌리며 계단 아래쪽으로 소리를 쳤다. "좀만 기다려." 마일스는 방 반대쪽에 있던 버튼을 눌러 현관문을 열었다. 누군가가 건물로 들어오는 소리가 들리더니 묵직한 발걸음이 계단참을 올라오는 소리가 울려 퍼졌다.

"야아." 강케가 거의 쓰러지듯 들어오며 말했다. 강케는 풍채가 듬직한 한국계 소년으로, 마일스의 자신감 넘치는 절친이자 브루클린 비전 아카데미의 룸메이트이기도 했다. 강케는 즉시 마일스의 얼굴과 양쪽 뺨을 살펴보고는 속닥였다. "너 괜찮냐? 부모님이 아직 살려두신 걸 보니 좀 놀라운데." 그러고는 마일스를 지나쳐 부모님께 인사했다. "안녕하세요, 제프 아저씨, 모랄레스 아줌마. 오늘 저녁 메뉴는 뭐예요?"

"글쎄다, 강케. 아마 너희 부모님이 알지 않을까?" 마일스 아빠의 말에 모랄레스 부인은 남편의 팔을 철썩 후려갈겼다.

"아유, 우리 엄마 아빠가 해준 저녁 메뉴는 알죠, 제프 아저씨. 벌써 먹고 왔는걸요." 강케는 어깨를 으쓱이며 말했다.

"음, 강케야. 손 씻고 식탁에 앉으렴. 우리 집은 항상 환영이야. 너한테는 두 번째 저녁 식사라도 말이다. 오늘 메뉴는 치카론 데 폴로야."

강케는 이제 식탁 상석의 의자 뒤에 서 있던 마일스의 아빠에게 그게 뭐냐는 눈길을 던졌다. "후라이드 치킨이야." 이렇게 말하는 그의 얼굴은 뭔가 짜증과 동정심 사이를 왔다 갔다 하는 것 같았다.

"와, 오졌다."

"메뉴가 중요할 것 같지는 않다만." 마일스의 아빠는 툴툴대며 의자를 빼고는 자리에 앉았다.

"맞는 말씀이세요, 제프 아저씨."

마일스는 치킨과 밥, 그리고 샐러드를 탁자에 놓고 자리에 앉았다. 엄마는 밥과 샐러드에 큰 숟가락을 꽂고 치킨 접시에 집게를 놔둔 다음에야 자리에 앉았다.

"기도해야지, 여보." 모랄레스 부인이 말했다. 마일스와 아빠, 그리고 강케는 그릇으로 다가가던 식욕 넘치는 손길을 잽싸게 거두고는 양옆에 있는 사람의 손을 잡았다.

"그래, 그렇지. 당연하지. 고개 숙여라, 얘들아." 마일스의 아빠가 말했다. "하느님, 우리 아들 마일스가 학교에서 착한 아이가 되게 해주세요. 안 그랬다간 집밥 먹는 것도 오늘이 마지막이 될 겁니다. 아멘."

"아멘." 마일스의 엄마가 심각하게 말했다.

"아멘!" 강케도 말했다.

마일스는 이를 갈며 강케를 쏘아보았다.

강케는 치킨 집게로 손을 뻗었다.

마일스의 집에서 일요일 저녁 만찬은 일종의 전통이었다. 마일스는 주중에는 내내 집을 떠나 브루클린 비전 아카데미에서 지내는 형편이었고, 토요일은… 제아무리 마일스의 부모님이라도 16살짜리 브루클린 소년이라면 당연히 토요일 저녁 정도는 친구들과 지내고 싶어 한다는 사실을 잘 이해하고 있었다. 하지만 일요일은 이른 가족 만찬을 벌이기에 완벽한 날이었다. 모두가 게을러지는 날이니까. 엄마가 마일스를 일찍 깨워서 아침 미사에 다녀온 뒤에는 한나절 내내 마음대로 빈둥거리고 오후엔 아빠와 고전 SF 영화를 보면서, 엄마가 저녁밥으로 마일스가 가장 좋아하는 메뉴인 파스텔(카리브 지방의 요리-옮긴이)을 해주길 간절히 기도하는 게 일요일의 일상이었다.

하지만 이번 주 일요일은 그렇게 늘어지지 않았다. 주말의 일상이 없었다. 마일스가 목요일 오후에 정학 조치를 받자 제이미 신부님이 집까지 오셔서 마일스에게 참회의 성모송을 몇 번 내려주고 가셨다. 하지만 그다음에는 제프 친부님이 외출 금지의 아빠송을 내리고는 마일스를 방으로 보내버렸다.

그러더니 금요일 아침 6시에 아빠는 마일스를 깨워 계단참 바깥으로 데리고 나갔다.

"우리 여기서 뭘 하는데, 아빠?" 마일스는 다 구겨진 학교 티셔츠와 구멍투성이 트레이닝복, 그리고 슬리퍼 차림으로 물었다. 거리에 널린 쓰레기통과 쓰레기 봉지에는 길고양이들이 먹이를 찾아 찢어놓거나 밤에 폐품업자들이 돌아다니면서 잔돈으로 바꿀 만한 깡통이나 병을 찾아 뒤적거린 흔적이 남아 있었다.

아빠는 말이 없었다. 최소한 잠시 동안은 그랬다. 냅킨 한 장을 쥐고 위쪽 계단에 앉아 커피만 홀짝거릴 뿐이었다.

"그래, 이 정학 말이다." 홀짝. "정확히 어떻게 된 거냐?" 아빠의 목소리는 무거웠다.

"어, 그게… 내 머리에… 뭔가… 느낌이 있었어." 마일스는 웅얼거렸다. 아빠도 마일스의 비밀을 알고 있었지만 지금은 엄마한테 숨기고 있었다. 하지만 아빠는… 그래도 아빠다. 스파이더맨의 아빠가 아니라 마일스 모랄레스의 아빠. 아빠는 그 부분을 마일스에게 자주 강조하곤 했다.

"그래서 다른 사람을 구하려다 생긴 일이란 말이지? 그래, 좋다. 그런데 이거 하나 물어보자, 슈퍼 히어로 녀석아." 아빠는 또 커피를 홀짝 마셨다. "정작 너는 누가 구해줄 것 같으냐?"

마일스는 그냥 아무 말 없이 앉아서 아빠가 어떤 대답을 들어야 만족할까, 고민했다. 그러면서 마음 한구석에서는 대화 주제를 바꿀 방법을 찾고 있었다.

해가 막 뜨기 시작하면서 뉴욕의 붉은 벽돌 주택가에 황금빛 햇살 한 줄기가 비치자, 웅웅거리는 쓰레기차들이 나타나 기적을 행하기 시작했다. *나는 누가 구해줄까.* 마일스는 미화원들이 길거리를 느긋하게 걸어 내려가는 광경을 아빠와 함께 보면서 생각했다. 한 명은 차를 몰고 있었고, 두 명은 트럭을 따라 걸으면서 쓰레기 봉지와 쓰레기통을 들어 트럭에 쏟은 다음 다시 길가에 돌려놓았다. 플라스틱 포크, 닭뼈, 휴지뭉치 등등 쓰레기 봉지에서 떨어진 부스러기 몇 개가 여기저기 흩어져 있었다. 족히 10분이 지났지만 마일스는 아직도 자신과 아빠가 여기서 뭘 하고 있는 건지 알 수 없었다. 쓰레기차가 슬슬 이 구역의 청소를 끝마칠 무렵이었다.

"이 얘기는 나중에 더 자세히 해보자. 지금은 생각을 좀 정리해보는 게 어떠냐."

"무슨 말이야?"

마일스의 아빠는 자리에서 일어나 다리를 풀고는 커피를 또 홀짝 마셨다. 그러더니 거리 이쪽저쪽을 가리켰다. "이 쓰레기통들 보이지? 착한 영웅답게 다 제자리로 돌려놓고 오렴. 이웃을 돕는 것이야말로 가장 영웅적인 행동이잖니."

마일스는 한숨을 푹 쉬었다.

"아," 아빠는 말을 이었다. "그리고 저 고마운 미화원 양반들이 남기고 간 쓰레기도 다 치우고."

"손으로?" 생각만 해도 역겨워진 마일스가 말했다. 웹 슈터 하나만 있었어도 저 개똥이나 물고기 내장 범벅인 쓰레기를 직접 만질 일도, 근처에 갈 필요도 없었을 텐데. 하지만 이렇게 파자마 차림으로 스파이더맨의 거미줄을 쓴다는 것도 말이 안 되기는 매한가지다.

"직접 생각해보렴, 아들아."

그건 시작에 불과했다. 그런 다음에는 집을 청소하고, 산더미 같은 빨래를 들고 세탁기로 들락날락하고, 저녁밥을 직접 지어 먹어야 했다(결국 핫소스 뿌린 라면과 토스트나 먹게 됐지만). 토요일이 되자 아빠는 마일스와 함께 동네 여기저기를 걸어 다니면서 이웃집 문을 두드리곤 혹시 도와줄 일 없는지 물어봤다. 결국 마일스는 샤인 여사의 (약쟁이 아들이 살던) 지하실에서 오래된 매트리스를 끌어내고, 프랭키 씨 집에서는 그림을 걸어주고, 온 동네 개들의 산책을 도와주어야 했다. 당연히 산책을 시키던 도중에 나오는 개똥들은 일일이 봉지에 수거해야 했다. 그게 참 많았다.

그렇게 이웃들에게 해주는 '영웅적인 일'이 이어졌다. 집안일에 집안일이, 잡일에 잡일이, 라면에 라면이 이어졌다. 이제 일요일 저녁이 되자 마일스는 그 끔찍한 기억에 부르르 떨고는 치킨과 밥을 한 번 더 덜어 먹으려고 손을 뻗었다. 정말 오랜만에 아빠랑 강케와 함께 일요일의 만찬을 즐기게 된 것이다. 그냥 엄마가 해준 밥이라서 맛있던 게 아니었다. 드디어 벌 받는 게 끝났다는 달콤한 기분에 젖었기 때문이기도 했다.

아빠가 저녁 식사 자리에서 웬 사건 하나를 꺼내 들기 전까지는.

"신문에서 보니까 요새 애들이 두들겨 맞고 운동화 뺏기는 일이 잦다더라." 아빠가 지나가듯 말했다. 그러고는 샐러드를 집어 입에 넣고는 씹어 삼켰다. "너한테 말하는 거야, 강케."

"저요?"

"그래."

"어, 저는 별 문제 없었는걸요. 그냥 늘 그렇듯 지하철에서 여기까지 걸어서 왔는데 관심 가지는 사람은 아무도 없었어요."

아빠는 몸을 옆으로 기울이더니 강케의 운동화를 가리켰다. "아니, 아저씨는 어쩌면 네가 운동화를 뺏는 범인이 아닐까 싶어서 말이야."

"하!" 마일스의 엄마는 깔깔 웃으면서 탁자에서 일어났다. 엄마는 접시들을 싱크대로 가져가면서 어깨 너머로 말했다. "강케가 누구 때리고 다닐 애가 아니란 걸 알면서 그래. 우리 마일스도 아니지." 강케와 마일스의 아빠는 재빨리 마일스 쪽을 힐끗 보았다. 하지만 아빠는 엄마가 자기 쪽을 돌아보자 잽싸게 웃기는 얼굴을 해 보였다. "여보," 엄마는 그런 모습을 보고는 한숨을 푹 쉬었다. "꼭 애를 둘 키우는 것 같다니까. 그러니까 설거지는 당신이 해."

"됐거든." 마일스 아빠는 꼭 투정 부리는 어린애처럼 말했다. 아빠는 낄낄 웃더니 접시에 포크를 올려놓았다. "당신 애기 마일스가 할 거야. 벌칙디저트라고 하자. 잘 해주겠지?" 강케는 입술을 떨며 부— 하는 야유를 보냈다. 마일스는 친구한테 정색을 했다. "아니면 아들, 서로 바꿔보는 건 어떠냐. 설거지는 아빠가 할 테니까 저기 있는 청구서는 네가 다 내면 되겠다." 아빠는 커피 탁자 위에 고무줄로 정리해둔 봉투 뭉치를 가리키며 덧붙였다.

"됐거든요." 마일스는 끄응, 하는 소리를 냈다. 다음에 무슨 대사가 올지 뻔했다.

"늘 말했잖니. 설거지하기 싫으면 돈으로 때우라고." 마일스의 아빠가 말했다. "그리고 쓰레기도 갖다 버리고."

저녁을 먹은 마일스는 쓰레기 봉지를 들고 계단을 달려 내려가 쓰레기통에 던져 넣었다. 뒤로 돌아선 마일스의 눈에는 금요일과 똑같이 계단참 맨 위에 앉아 있는 아빠의 모습이 보였다. 꼭 청기백기 게임 같았다. 깃발 대신 마일스가 들어가는 것만 빼면. 마일스 앉아. 마일스 아빠가 물어보기 전까지 말하지 마.

두 사람은 한동안 아무 말도 하지 않았다. 마일스의 뱃속에서 불편한 침묵이 지글거렸다. 꼭 아까 먹은 치킨이 다시 튀겨지는 것 같았다.

"아빠랑 엄마가 너 사랑하는 거 알지." 아빠가 마침내 입을 열었다.

"응." 마일스는 앞으로 이어질 대화가 예상이 될 것 같았다.

"너도 이제 학교로 돌아갈 준비를 하고 있으니, 잘 들어라. 아빠는 네가 이해를 해줬으면 좋겠어. 아빠한테는 네가 엄청 필요해, 꼭⋯." 아빠는 잠시 하고 싶은 말을 찾느라 더듬거렸다. 마침내 아빠는 꽤나 직설적인 말을 꺼냈다. "너도 네 삼촌이 정학을 당했던 건 알 거다, 그것도 꽤 자주." 마일스 아빠는 양손을 포갰다. "애초에 자기가 규칙을 따라야 한다고 생각하지를 않았어. 바로 그런 생각 때문에 죽었지. 아빠랑 엄마는 너까지 삼촌처럼 되는 건 절대 싫다."

넌 나와 똑같아.

아빠의 말은 마일스의 폐부를 찔렀다. 정학. 규칙. 죽었지. 마일스는 침을 꿀꺽 삼켜서 혼란과 죄책감을 억눌렀다. 이런 대화에서 으레 삼촌이 주제로 나오는 일에는 익숙했지만 그래도 항상 가슴이 아팠다. 사실 아빠는 오직 반면교사를 들 때만 애런 삼촌 이야기를 꺼냈다. 아빠와 삼촌은 브루클린의 양아치들이었고, 언제나 남들에게 뭔가를 뺏거나 야바위를 일삼으면서 법원과 소년원을 들락거리다가 어른이 된 다음에는 감옥을 들락거렸다. 아빠는 결국 엄마를 만나서 다른 인생을 선택했지만, 애런 삼촌은 계속 뒷골목에서 떼돈을 벌 궁리만 했다. 이제 애런 삼촌은 멍청한 선택을 하면 어떻게 되는지, 가족을 등지면 어떤 꼴이 되는지 보여주는 훌륭한 사례가 되어버렸다. 어쨌든 아빠 생각은 그랬다.

"알겠니?" 아빠가 물었다.

마일스는 그 옆에 앉아 입 속으로 뭔가를 우물거리면서 애런 삼촌에 대해 생각했다. 아빠가 말해준 애런 삼촌의 모습이 아니라 자기가 아는 애런 삼촌에 대해서. 마일스는 삼촌이 죽던 바로 그 현장에 있었다. 3년 전 그날, 애런 삼촌은 마일스를 죽이려다가 도리어 사고로 인해 자기 스스로를 죽이고 말았다.

"알았어요."

CHAPTER 2

마일스는 이마, 그리고 눈 위로 가면을 뒤집어썼다. 잠깐 동안은 어둠밖에 보이지 않았다. 가면의 눈구멍이 뚫린 자리를 제대로 맞춰서 시야를 확보한 다음에는 코와 입, 그리고 턱으로 늘려서 모양을 잡았다. 그러고는 거울 속 자신의 모습을 보았다. 스파이더맨이었다. 가면을 도로 끌어올렸다. 다시 한 번 어둠이 찾아왔다. 마일스는 몇 분 동안 계속 이러고 있었다. 마일스의 아빠는 자기랑 애런 삼촌이 어렸을 적에 할머니의 검은 스타킹을 머리에 뒤집어쓰고 다리 쪽을 잘라서 묶은 가면으로 강도질을 나갔었다고 말했다. 처음에는 되게 불편해서 익숙해지는 데 조금 시간이 걸린다나. 꼭 번데기 같은 데 갇힌 기분이라고 했다. "하지만 삼촌은 끝내 나비가 되지 못했지." 아빠는 말했다. "그냥 다른 게 되고 말았어."

넌 나와 똑같아.

애런 삼촌은 레이스 피자에서 몇 블록 떨어진 공동 주택가인 바루크에
살았다. 바루크는 뉴욕의 이스트 강을 끼고 프랭클린 D. 루즈벨트 고속도
로를 따라 개발된 대규모 주택가였다. 겨우 열다섯 블록뿐인 구역에 5천
명 이상이 살지만 않았더라면 고급 주택가가 되었을지도 모를 일이다. 어
쨌건 강변이 내려다보이는 집이었으니까. 마일스가 애런 삼촌을 만나러
이스트 휴스턴과 바루크 플레이스가 만나는 모퉁이로 놀러 가면 애런 삼
촌은 거기 모퉁이의 슈퍼에서 포도 맛 음료수를 사줬다. 그런 다음 두 사람
은 피자 한 판을 시킨 다음 같이 빌딩 숲을 지나서 애런 삼촌의 아파트로
갔다. 거기 살지도 않는 애가 혼자서 돌아다닐 수는 없는 동네였으니.

마일스가 애런 삼촌과 어울렸다는 걸 부모님이 알았다면 아마 평생 혼
날 구실이 됐을 거다. 마흔 살 삼촌이 조카와 같이 밖에 돌아다니지도 못
한다니. 그래서 마일스는 레이스 피자에 친구들을 만나러 간다고 둘러대
곤 했다. 어쨌든 거짓말은 아니었다… 뉴욕에는 레이스 피자가 대충 100
개 정도 있었고, 삼촌도 마일스의 '친구'였으니까. 그리고 마일스는 부모
님한테 확인 전화를 할 때도 언제나 애런 삼촌의 아파트에서 나와서 전화
를 걸었다. 그래야 삼촌 집이 아니라고 거짓말을 할 필요가 없었으니까.
마일스는 그냥 거짓말을 못했다. 천성에 맞지 않았다.

아파트 4층의 애런 삼촌의 집에는 매트리스 하나, 접이식 의자 몇 개,
다 낡은 TV 받침대 위의 TV, 그리고 스타킹 몇 장이 대충 흩어져 있던 작
은 커피 탁자 하나가 전부였다. 그리고 항상 사이즈 270짜리 운동화 상자
들이 널브러져 있었는데, 마일스는 그 사이즈가 삼촌이 신기에는 작다는
것도 알았고, 삼촌이 신기에는 지나치게 작다는 사실이 싫기도 했다. 그래

서 그냥 길거리에서 파는 것이거나 트럭에서 떨어진 걸 주웠을 거라고 생각하고 말았다.

애런 삼촌의 옷가지나 잡동사니 같은 나머지 살림들은 쓰레기 봉지에 담긴 채 벽을 따라 가지런히 놓여 있었다. 꼭 지금 막 이사를 온 사람 같기도(하긴 마일스가 아는 애런 삼촌의 집은 여기뿐이기도 했다), 언제라도 곧 떠날 사람 같기도 했다.

마일스와 애런 삼촌은 접이식 의자에 앉아 피자를 다 먹고 나면 커피 탁자의 한쪽 구석에 피자 상자를 둔 채 가족, 학교, 여자애들에 대한 이야기를 했다. 사실 여자애들 얘기는 주로 애런 삼촌이 다 했지만, 여자애에 대한 주제로는 딱히 할 말이 없던 마일스도 꼭 대화에 끼는 듯한 기분을 느낄 수 있게 해줬다. 그래도 애런 삼촌은 절대, 절대로 마일스에게 '사업' 이야기는 꺼내지 않았다. 자기가 털었던 은행이나 가게에 대해서는 한마디도 꺼내지 않았다. 심야의 뉴욕시에서 유일하게 텅텅 비어버리는 동네인 월가를 조용히 돌아다니다가, 정장을 말끔하게 차려입고 야근을 하던 회사원들을 덮쳤다는 이야기도 절대 하지 않았다. 당연히 인생 최고의 한탕에 대해서도 이야기해주지 않았다. 어느 날 마일스가 오후에 놀러 오기 직전에 해치웠던 한 탕. 마일스의 인생을 바꿔놓고 두 사람의 관계를 완전히 박살내버린 한 탕. 오스본 인더스트리. 국방, 생체 의학, 그리고 화학 분야의 혁신을 선도하는 최첨단 기업. 그리고 거미. 유전적 돌연변이이자 화학적으로 강화된 거미까지 모두 연관되어 있던 바로 그 한 탕 말이다.

마일스가 집에 확인 전화를 하려고 밖으로 나가기 45분 전이었다. TV에서는 한창 정오의 토크쇼를 하고 있었다. *변신한 모습을 직접 확인해보실 준비가 됐나요?! 지나, 나와주세요!* 마일스가 앉아 있던 의자 옆에는 돈과 암시장에서 팔릴 만한 기술로 꽉 찬 더플백이 기대어 있었다. 그리고 바로 그 가방에서 거미 한 마리가 의자를 타고 기어 올라오더니 마일스의 손등을 깨물어버렸다. 손끝까지 짜릿한 느낌이었다.

"아야!" 마일스는 비명을 지르며 거미를 바닥으로 탁 쳐버렸다. 애런 삼촌도 깜짝 놀라 거미를 밟아버렸다.

"미안하다, 마일스." 애런 삼촌은 이 상황이 하나도 안 쑥스러운 목소리로 말했다. 그러더니 꼭 길바닥에 붙은 껌을 짓밟는 것처럼 거미를 방바닥에 비벼버렸다. 마일스는 삼촌이 거미가 있던 자리를 들여다보는 모습을 보았다. 반짝이는 점액만 남아 있었다. "하지만 알잖니, 바루크는 너희 동네 같은 곳이 아냐."

누군가 화장실 문을 쾅쾅 두들겼다.

마일스는 즉시 투명해지면서 화장실의 분홍색 타일 벽에 녹아들었다.

"마일스? 안에서 넘어지기라도 했니?" 엄마가 소리쳤다. 마일스는 쓰레기를 갖다 버리고 아빠와 너도 알겠지만 너희 삼촌이 어쩌고저쩌고 하는 대화를 나눈 뒤, 거실에 부모님과 강케를 남겨두고 화장실에 들어와 있었다. 아빠는 전날 도착한 편지봉투(대부분은 청구서였다)를 뜯고 있었다. 엄마는 라이프타임(미국의 주부 채널-옮긴이)으로 채널을 돌리고 있었다. 그리고 강케는 치킨과 밥으로 가득 채운 배를 두들기며 소파에 앉아 마일스와 브루클린 비전 아카데미로 돌아가려고 기다리고 있었다. 마일스는 고개를 흔든 다음 은신을 해제했다. 너무 예민해져 있었나.

"어, 아니!" 마일스는 소리쳤다. "곧 나갈게! 어… 머리만 빗고." 이게 엄마한테 씨알도 먹히지 않을 소리라는 건 마일스도 알고 있었다. 그보다는 자기가 지금 좀 혼자만의… 시간을 갖고 있을 거라고 생각할 가능성이 더 컸다. 마일스는 가면을 벗고 손으로 머리를 단정하게 빗어 내리려 무진 애를 썼다.

"여보!" 아빠가 부르는 소리였다. "와서 이것 좀 봐!"

"서두르렴, 마일스. 너희 둘이 너무 늦게 출발하는 꼴을 보고 싶지는 않구나. 아빠도 요새 애들한테서 돈 뺏는 깡패들이 있다고 하셨잖니." 엄마가 문에서 멀어지더니 아빠한테 "뭔데?" 하고 물어보는 소리가 들렸다.

마일스는 엄마가 자리를 비운 틈을 타 잽싸게 복도를 지나 침실로 달려갔다. 그러고는 가방에 가면을 쑤셔 넣고 탁자에 있던 빗을 집어서 진짜 머리를 빗고 있던 척을 하려고 했다.

"넵, 준비됐어요." 마일스는 거실로 들어가 꼭 자기가 화장실에 한나절 내내 처박혀 있지 않은 척을 하면서 말했다. 빗고, 빗고 또 빗었다. 윗머리는 앞으로, 왼쪽으로, 오른쪽으로 빗어 내리고, 뒷머리도 빗어 내리는 순으로. 마일스가 거실로 들어갔을 때 엄마는 웬 편지 한 장을 가슴팍에 바짝 붙인 채 읽고 있었다. 마일스는 아마 또 다른 청구서일 거라고 생각했다. 청구서는 도무지 끝이 없이 날아들었다. 그게 뭐냐고 물어보면 분명 자기가 학교에서 공부를 얼마나 열심히 해야 하는지 성토하는 잔소리로 이어지겠지. 지난 사흘 동안 그 많은 잔소리를 들어놓고 또 들을 생각은 없었다.

"아들, 그 머리는 그냥 빗는 걸로 소화가 안 되겠는데." 아빠가 한창 편지 속에 빠져 있던 엄마의 다리를 톡톡 쳐서 주의를 끌었다. "여보."

엄마는 살짝 놀라 고개를 든 다음, 편지를 접어 봉투에 넣고 아빠한테 다시 돌려주었다.

"어, 미안." 엄마는 마일스에게 다가오며 말했다. 그러더니 마일스의 머리를 손으로 훑어주었다. "얘 머리 잘라야겠다, 여보."

"이번 주말에 다시 집에 오거든 같이 이발하러 가자. 그 꼴로 다녔다간 사람들이 다 놀라겠다." 아빠가 놀렸다.

마일스는 계속 머리를 빗으면서 부모님의 말씀을 흘려들었다. "준비 끝났냐?" 마일스는 이제 막 소파에서 일어나 가방을 어깨에 걸친 채 얼굴에 실없는 미소를 띠고 있는 강케에게 물었다. 강케는 언제나 마일스와 가족들이 이렇게 애정을 나누는 순간을 좋아했다. 나중에 놀려줄 꼬투리를 쌓아두기에 딱이었으니까.

"응. 안녕히 계세요 모랄레스 아줌마." 강케는 포옹을 했다.

"안녕, 강케. 쟤 감시 잘 해라. 좀 부탁할게."

"저도 항상 노력은 해요. 근데 쟤가 정신줄을 어지간히 놓아야죠."

"뭔 상관이래." 마일스는 엄마에게 포옹을 하고 그 뺨에 뽀뽀를 하며 말했다.

"안녕히 계세요, 제프 아저씨." 강케는 악수를 하려고 손을 내밀었다. 마일스 아빠도 그 손을 쥐었다. 그것도 꽉. 강케의 얼굴은 고통으로 찌푸려졌다.

"다음 주 저녁 메뉴는 완전 비건 식단인데. 올 테냐?"

"에이, 잘 아시면서!" 강케는 너스레를 떨었다.

마일스 아빠는 엄마를 바라보며 고개를 흔들었다. "난 노력했어, 여보. 그런데 안 먹히네." 아빠는 웃음을 터뜨렸다.

"좋다, 좋아. 너희들 다 조심해서 다녀야 한다. 강케, 너희 어머니한테 인사 전해드리고. 마일스는 학교 도착하거든 전화하렴."

"당연하죠." 마일스는 가방에 빗을 집어넣었다.

"까먹으면 안 돼, 아들."

"안 까먹어."

밖으로 나온 마일스는 강케에게 주말을 어떻게 보냈느냐고 물어보려 했다. 특히 강케네 부모님이 최근 갈라선 상태라 집에 있기가 참 어색했을 테니 말이다. 하지만 강케는 나름대로 어색한 질문이 나올 거란 눈치를 챘고, 마일스보다 먼저 선수를 쳐서 괴상한 질문을 던졌다.

"너한테 엄청 물어보고 싶은 게 있었는데 말이야." 강케는 마일스네 계단참에서 신발 끈을 묶으면서 말했다. 마일스는 혀끝까지 굴러 나왔던 걱정스러운 질문을 꼭 껌 덩어리마냥 도로 입 속에 밀어 넣었다. 나중에 다시 씹으려고 아껴두는 것처럼. 마일스의 예감에 강케가 지금 꺼내려는 이야기는 분명 지난 30분 내내 벼르고 있던 농담일 것이었다. 강케는 부모님이랑 단둘이 놔두면 안 되는 부류의 친구였다. 그 왜 다들 있지 않나. 부모님한테 온갖 괴상한 질문은 다 던져서 엄마와 아빠는 귀여운 어린 시절이라고 생각하시지만 정작 자기한테는 흑역사인 사실을 다 캐내버리는 친구. 예를 들면 마일스는 마틴 루터 킹 주니어의 날만 되면 울음을 터뜨리곤 했는데, 마틴 루터 킹에게 일어난 비극이 슬퍼서가 아니라 그날 TV와 라디오에 도배되는 위인의 연설과 육성이 꼭 유령 목소리 같았기 때문이었다. 혹은 마일스가 과민성 대장 증후군 환자여서 10살까지 바지에 똥을 쌌다는 이야기라든가.

"뭔데?" 마일스는 샤인 여사의 집 앞을 지나며 투덜거렸다. 자기가 끌어냈던 매트리스의 냄새나 여기저기 남아 있던 알 수 없는 얼룩들, 그리고 하얀색 고양이 털 뭉치가 뺨을 스치던 게 아직도 머릿속에 생생했다. 웩.

"그래, 화내면 안 돼." 강케는 일단 마일스에게 마음의 준비를 시켰다. "근데…."

"아 그냥 말하라고."

"그래, 근데… 네 성 있잖아. 그게 도통 이해가 안 돼서."

"뭐? 모랄레스?"

"응."

"나 푸에르토리코 혼혈이잖아."

강케는 그 자리에 멈추더니 참 굉장히 당연한 소리를 하는구나, 하는 표정을 지어 보였다.

"근데….'

"근데 너희 어머니 성함이 리오 모랄레스잖아?"

"그렇지."

"아버지 성함은 제퍼슨 데이비스고."

"그렇고말고."

"그럼 네 이름은 마일스 데이비―" 강케의 눈이 커졌다. "아… 미친, 마일스 데이비스(미국의 유명한 재즈 음악가-옮긴이)래!" 강케는 프랭키 씨 집 앞에서 멈추더니 허리를 반으로 접고 냅다 웃음을 터뜨렸다. "아 좀… 좀 잠깐만!" 강케는 마일스가 자기를 죽일 듯이 째려보는 가운데 호흡을 추슬렀다. "마일스, 미안, 미안해. 근데… 마일스 데이비스라고? 아니 지금까지 전혀 생각을 못했네… 와… 잠깐만… 기다려봐…." 또 폭소가 터져 나왔다. "좋아… 후. 됐다….'

"다 웃었냐?"

"다 웃었어. 다 웃었어. 미안해, 인마. 갑자기 훅 들어오는 바람에."

둘은 주택가를 계속 걸어 내려갔다.

"사실 그게 진짜 이유는 아냐." 마일스는 말했다. "그래도 그렇게 재미있었다니 참 기쁘네."

"그럼 진짜 이유는 뭐야?"

"야, 아직도 우리 엄마 성질을 그렇게 모르냐? 우리 외할머니 때부터 내려오는 집안 내력인데?" 이번엔 마일스가 웃었다. "아니, 사실 나도 몰라. 내 생각에 이유는 딴 데 있는 것 같아."

"어떤 이유?"

마일스는 어깨를 으쓱했다. "옛날에 우리 아빠랑 삼촌이 어지간히 놀았던 바람에 데이비스라는 이름을 싫어하는 사람들이 좀 있나봐. 난 아빠랑 삼촌을 똑같이 닮은 데다가 똑같은 동네에 살고 있으니까, 또 모르지, 어쩌면…."

"알겠다." 강케가 말했다. 웃음기는 이미 사라지고 없었다.

길가에는 빈 물병 하나가 떨어져 있었다. 이 플라스틱 병은 꼭 작은 배럴통처럼 생겼는데, 마일스는 어렸을 때 그걸 수류탄이라고 상상하며 갖고 놀곤 했다. 마일스가 걷어찬 물병은 앞쪽으로 데구르르 굴러갔다. 그는 흠흠하고 목을 다듬었다. "그래서 요새 내 초능력이 좀 말썽인가 싶기도 해."

"어… 네 성씨 때문에 초능력이 말썽인 것 같다고?" 강케가 물었다.

"아니, 내 성씨에 잠재된 것 때문인 것 같아. 그러니까 내 혈통 말이야. 내가 애초에… 이걸 뭐라고 해야 되냐… 착하게 태어나지 않았다고 해야 되나?"

갑자기 모든 게 말이 되는 것 같았다. 키 큰 애들은 보통 부모님도 키가 엄청 크지 않나. 또 부모님이 알코올 중독자라면 자기도 알코올 중독을 조심해야 한다는 말도 있고 말이다. 마일스도 항상 복잡한 유전적 문제라고 생각했던 *나쁜 피*를 갖고 있었다. 그리고 더 나쁜 점은 마일스의 아빠와 삼촌이 16살부터 범죄에 손을 대기 시작했다는데, 마일스도 지금 딱 그 나이라는 점이었다. 그러니까 타고난 혈통의 나쁜 부분이 그 거미가 물어서 생긴 변화들과 싸우고 있는 것일지도, 꼭 더러운 적혈구가 마일스의 멋진 부분을 없애고 있을지도 모르는 일이었다.

"응 아니야."

"난 심각해, 인마."

"또 멍청하기도 하지. 그냥 개소리잖아. 꼭 네가 농구 잘하면 네 애들도 농구 잘한다는 소리 같네."

"가능성이 없지는 않잖아." 마일스가 말했다. 엄지와 검지로는 방금 걸어찼던 물병을 집어 든 상태였다. 지금 보니 아마 쓰레기를 수거하는 금요일에 미처 치우지 못한 찌꺼기 같았다.

"너 마이클 조던(미국의 전설적인 농구선수-옮긴이) 아들 본 적 있냐?"

"마이클 조던한테 아들이 있었는지도 몰랐다, 인마." 마일스는 물병— 수류탄을 근처에 열려 있던 쓰레기통에 던져 넣었다.

"그래. 그럼 *왜* 마이클 조던한테 아들이 있었는지도 몰랐겠냐?" 강케는 물었다. "마이클 조던 아들은 '그 마이클 조던' 2세로 크질 못했으니까." 마일스는 대답을 하지 않았다. "그러니까 내 말은 네 머릿속의 그 찌릿한 감각이 맛이 간 이유가 뭔지도 모르잖아. 어쩌면… 그냥 다 닳은 걸지도 몰라. 꼭 그 거미 독에 섞여 있던 초능력인지 뭔지가 사실 바이러스 같은 거였어서, 지금까지 몇 년이나 버티고 있다가 드디어 네 몸 속에서 사라지고 있는 걸지도 모르지. 아니면 그냥 사춘기라서 겪는 기복일지도 모르고. 아니, 어쩌면 지금은 그런 초능력으로 이 짓 저 짓 다 벌이고 다녀도 나중에 여자 친구를 사귄다면 능력이 완전히 없어지는 걸지도 몰라!" 강케의 입이 떡 벌어졌다.

"딱 우리 삼촌이 했을 만한 말이다." 마일스는 개똥 무더기를 뛰어넘었다.

"참 다행스러운 일이지만 그 여자 친구란 건 너한테 절대 안 생길 거거든." 강케는 톡 쏘아붙이면서 마일스의 팔을 툭 쳤다.

"하, 남 말 하네." 마일스도 지지 않았다.

"야, 그러니까 요점은 그 원인이 뭔지도 모르면서 걱정만 하는 건 도움이 안 된다는 말씀이야. 그냥 스트레스를 내려놔. 릴랙스 해 릴랙스. 이 상황을 즐기라고." 강케는 꼭 브레이크 댄스를 추는 것처럼 팔로 웨이브를 탔다. "젠장, 나한테 네 능력만 있었어도…."

"뭐, 인마? 무슨 짓을 하려고?" 마일스가 뾰족한 목소리로 물었다.

강케가 세 번째로 길가에 멈춰 섰다. 지하철역은 오른편에 있었다. 강케는 길거리 아래쪽을 내려다보더니, 왼쪽 차도를 보며 지나가는 차가 없는지 확인했다. "여기서 쭉 내려가자. 그럼 보여줄게."

두 블록 아래에 농구장이 있었다. 두 사람이 도착했을 때는 한창 2 대 2 농구 시합이 벌어지는 중이었다.

"여기서 뭘 하려는 건데?" 마일스는 강케와 함께 문을 열고 들어가면서 물었다.

"잠깐 들렀다 가는 거야. 나한테 능력이 있으면 뭘 할 거냐고 물어봤잖아."

"야, 그냥 다음에 해." 마일스가 문 너머를 바라보며 말했다. "벌써 시합

중이잖아." 하지만 강케는 듣지 않았다.

"아, 오라고." 강케는 들어갔다.

"아 싫어, 인마." 마일스는 강케의 팔을 잡았다.

"아 좀, 재미있을 거야."

"야 강케, 난—"

"야! 얘들아!" 강케는 코트로 들어가서 한창 시합이 벌어지던 한가운데로 끼어들었다. 마일스도 그 뒤를 따르기는 했지만 그래도 사이드라인에 멈춰 섰다.

"타임, 타임!" 강케는 양 손바닥을 수직으로 붙여 T자를 만들어 보이면서 소리쳤다.

"야, 너 무슨 짓이야?" 가슴이 불룩 튀어나온 땅딸막한 소년이 드리블하던 공을 거둬들이면서 말했다. "시합에 끼지도 않은 놈이 무슨 타임을 불러. 애초에 우릴 부를 일도 없는 놈인 것 같은데." 소년은 콧구멍을 벌렁거렸다. 마일스는 고개를 흔들었다. 싸우고 싶지도 않았고 눈에 시퍼런 멍이 들고 싶지도 않았다.

"코트 밖으로 나가, 브루스 브루스 리 녀석아." 땅딸막한 소년이 말했다.

"브루스 브루스 리가 누군데? 브루스 리(이소룡. 전설적인 중국계 영화배우-옮긴이) 얘기하는 거야?" 강케가 말했다.

농구를 하던 일당은 서로 당혹스럽다는 눈길을 주고받았다. "브루스 브루스 리도 몰라? 그 개그맨 있잖아?" 가슴이 불룩한 땅딸보가 어깨를 떡 펼치더니 마치 뚱뚱한 사람의 얼굴인 것마냥 양 볼에 바람을 가득 우겨 넣었다. 그다지 괜찮은 시도는 아니었다. "되게 웃기는 뚱보 개그맨 있어. 그리고 리는 왜 붙였냐면—"

"그게 내 성이니까." 강케는 무미건조하게 말했다. 마일스는 웃음을 끅 끅 억눌렀다.

"야… 너 진짜 성이 리야?" 땅딸보 가슴불룩이 물었다.

"응, 그리고 *쟤* 이름은—" 강케는 마일스를 가리키며 말했다. "마일스 데이비스야." 마일스는 한숨을 푹 쉬고 눈알을 굴렸다.

"그 재즈 가수처럼?"

"아니, 정확히는 니들 돈 다 먹튀할 놈처럼." 강케는 이죽거렸다.

"어, 그래?" 일당 중에 다른 애 하나가 말했다. 피부가 무슨 독감 걸린 콧물 색깔 같은 녀석이었다. 그리고 온통 땀 때문에 끈적해 보이기까지 했다. "어떻게 먹튀할 건데?"

"덩크슛 시합으로."

"잠깐만… *뭐*?" 마일스가 툴툴거리면서 코트에 마지못해 발을 들였다.

콧물맨은 씩 웃더니 옆에 있던 애의 어깨를 두드렸다. 무슨… 슈퍼 히어 로처럼 몸이 좋은 녀석이 입을 열었다.

"이제야 말이 좀 통하네. 날 아는지는 모르겠지만 이 동네 고양이들도 나만큼 높이 뛰는 녀석은 거의 없어." 몸 좋은 녀석이 떠벌였다.

"야, 벤지 발동 걸렸다. 코트 비워라." 콧물맨이 옆에서 추임새를 넣었다.

"맞는 말씀. 그리고 저 꼬맹이 재즈맨은 아직 얼굴에 수염도 안 난 것 같 은데. 돈도 없어 보이고." 코트의 일당 중 마지막 소년이 드디어 입을 열었 다. 지금까지 옆에 빠져서 물이나 마시고 있던 녀석이었다. 딱 봐도 곰이 었다. 진짜 곰은 아니지만 그 생김새는 아무리 봐도 곰이었다.

"맞는 말이야." 강케가 그 말을 꺼내자마자 일당은 와, 하고 웃음을 터뜨 리며 꼭 마일스와 강케가 파리라도 되는 양 쫓아버리려는 듯 손을 내저었다. "하지만," 강케는 덧붙였다. "난 이걸 걸지." 강케는 자기 운동화를 내밀었다. "에어맥스 90s. 오리지널 인프라레드야. 이거 싫다는 놈 없을 거야. 그리고 오늘 처음 신고 나온 거라 대충 따져도 300달러는 받을걸." 강케가 딱히 운동화에 관심이 있는 건 아니었지만, 강케네 아빠는 확실히 운동화광이었다. 그렇다. 강케 아빠의 두 가지 취미는 강케의 학교 일로 아들을 들들 볶는 것과(마일스 엄마 아빠와의 분명한 공통점이었다) 희귀한 운동화 수집이었다. 강케가 자취를 하러 나올 때 아빠는 강케가 운동화를 잘 관리한다는 조건을 붙여 한 무더기의 운동화를 딸려 보냈다. 물론 강케는 절대 운동화들을 관리할 일이 없었다. 마일스가 나서서 대신 해줬으니까.

"뭐?" 이번엔 마일스가 꺼낸 말이었다.

"사이즈 몇인데?" 벤지라는 애, 그러니까 슈퍼 히어로처럼 몸 좋은 애가 물었다.

"280." 강케는 마일스를 무시하고는 벤지의 발을 살폈다. "너한테 딱 맞겠네."

벤지는 삐뚤빼뚤한 치열을 드러내며 씩 웃었다. 그러더니 양말에서 돈뭉치를 꺼냈다. 그 친구들도 각자 주머니, 양말, 가방 등을 뒤져 자기 몫의 돈을 꺼냈다. 녀석들은 300달러를 세어 코트에 내려둔 강케의 운동화 위에 놓았다. 돈뭉치가 부드러운 저녁 바람에 날려 꼭 깃털처럼 산들거렸다.

그러더니 모두가 농구대 앞에서 간격을 벌려 벤지와 마일스에게 공간을 만들어주었다. 벤지는 위협적으로 공을 드리블했다. 꼭 바닥에다가 머리라도 내리칠 듯한 기세였다. 마일스도 이제 슬슬 상황이 어떻게 돌아가는지 이해가 됐다. 그러니 마일스의 가방까지 가져가 앞으로 메고 있는 강케를 한 번 쏘아볼 수밖에 없었다. 강케는 씩 웃으며 평소처럼 어깨를 으쓱해 보였다.

"저 꼬맹이, 링에 손도 안 닿을걸." 벤지가 말했다. 그는 양손으로 공을 쥐고 두 걸음 걷더니 별 힘도 들이지 않고 곧장 덩크슛을 때려 박았다. 몸 풀기도, 경고도 없었다. "꽁돈 벌었네."

"과연 꽁돈일까?" 강케가 사이드라인에서 말했다. 마일스는 강케 쪽으로 고개를 돌려 확 인상을 썼다. 강케가 입을 벙긋거렸다. 미안해, 미안하다고. 마일스는 공을 달라고 했다. 하지만 벤지가 무슨 대포알마냥 냅다 공을 집어 던져준 후에야 마일스는 자기가 농구에 대해 거의 아는 게 없다는 걸 깨달았다.

마일스는 어설프게 드리블을 해보면서 뻣뻣한 손으로 공을 철썩철썩 때렸다. 좋아, 드리블은 그냥 하지 말자. 자기랑 드리블은 안 맞았다. 마일스가 공을 쥐자마자 손가락 끝이 끈끈해졌다. 꼭 몸속에서 작은 대포들이 일제히 발사된 것 같았다. 찌릿한 감각이 팔꿈치를 타고 손가락 끝까지 전해졌다. 다리 뒤쪽에서부터 전류가 흘러 오금이 저릿저릿해졌다. 그러더니 마일스는 아무것도 아닌 것처럼 두 걸음을 걸어간 다음, 링이 바로 눈앞에 오는 높이까지 뛰어올라 가볍게 공을 넣었다.

"야…." 콧물맨이 고개를 흔들며 말했다. 그뿐이었다. 그 뒤로 별말이 이어지지는 않았다. 나머지 일당들은 아무 말도 하지 않았지만 그 얼굴에는 똑같은 감정이 드러나 있었다. 야….

"좋아, 꼬맹이. 실력 잘 봤어." 벤지는 공을 쥐었다. "이번에는 제대로 해볼까?" 3점 라인에 선 벤지는 슬슬 달리다가 냅다 뛰어오르더니 공중에서 몸을 뒤로 반 바퀴 돌렸다. 그리고는 골대를 등진 상태 그대로 양손으로 공을 쥔 채 가랑이까지 내렸다가 머리 뒤쪽까지 크게 휘두르며 왁, 하는 기합과 함께 골대를 내리쳤다.

"와!" 땅딸보 가슴불룩이 기합을 따라 외쳤다. 역시 모범적인 추임새였다. 땅딸보는 가슴을 부여잡고는 익살스럽게 외쳤다. "까딱하면 내가 다 반할 뻔했다!"

"후!" 콧물맨도 한몫 끼었다. "이것보다 멋지게 넣지는 못할걸, 꼬맹아." 벤지는 마일스에게 공을 차서 주면서 거들먹거렸다.

"아니, 할 수 있고말고." 강케가 말했다.

"그래, 알 게 뭐냐 브루스 브루스. 두고 보자고." 마일스는 3점 라인에 가서 섰다. 이번에도 드리블은 하지 않았다. 마일스는 골대를 바라보았다. 하지만 막 달려가려던 찰나, 강케가 당연하다는 듯 끼어들더니 손을 흔들어 마일스를 불러 세웠다.

"잠깐, 잠깐, 잠깐." 강케는 맨발에 가방을 두 개 멘 차림으로 파울 라인까지 달려갔다. "애들아, 지금 우리 진짜 즐겁고 재미있긴 한데 밤새도록 이럴 수는 없잖아. 여기서 올인 하는 건 어때?"

"이제 막 니네 꼬맹이가 나 따라 하려다가 개망신 당하는 꼴을 볼 것 같은데."

"어…." 강케는 손가락 하나를 세워 벤지를 가리켰다. "아닐걸. 이건 어때. 쟤가 도움닫기도 안 하고 네가 한 덩크슛을 그대로 보여주면, 우리가 이기는 거야."

"잠깐만." 땅딸보 가슴불룩이 입을 열었다. "그러니까 쟤가 지금 그냥 제자리 점프만 해서 벤지가 했던 백덩크를 보여주면 너희가 이긴다는 거지."

"정확해. 그리고 실패하면—"

"우리가 이기는 거지. 그런 다음에 그 못생긴 엉덩이를 여기서 치워주는 거고?"

"그래." 마일스가 말했다. 이건 애초에 나쁜 아이디어이긴 했지만, 그나마 이 부분만큼은 괜찮은 아이디어처럼 들렸다. 어쨌든 두 사람은 학교로 돌아가야 했으니까. 마일스는 빨리 학교로 가서 부모님께 확인 전화도 드려야 했다. 지하철이 늦는 바람에 늦게 도착했다는 말로 둘러댈 수는 있겠지만(어쨌든 지하철은 맨날 늦지 않나) 굳이 없는 거짓말까지 하고 싶지는 않았다.

벤지는 좀 어이없는 것처럼 보였지만, 나머지는 모두 코트에서 나갔고 마일스는 골대 쪽으로 다가갔다. 골대를 올려다본 마일스의 눈에는 익숙해 보이는 그물과 녹슨 주황색 링, 그리고 더러운 유리 보드가 보였다. 마일스는 강케를 한 번 바라본 다음, 코트의 일당들인 땅딸보 불룩가슴, 콧물맨, 벤지, 그리고 곰탱이도 바라보았다.

마일스가 봤던 영화들에서는 주인공이 이런 상황에 빠졌을 때 으레 응원의 격려 한마디나 긴장감 넘치는 드럼 소리가 마음속에서 울리기 마련이었지만, 마일스의 머릿속에서는 좀 실없는 음악이 울리고 있었다. 예를 들자면 *슈퍼 마리오 브라더스*의 배경음악이 휘파람으로 흘러나온다고나 할까. 알 게 뭐냐. 지금 이렇게 골대를 '긴장감 넘치게' 노려보는 것도 다 쇼이지 않나. 몸을 충분히 긴장시킨 마일스는 냅다 뛰어올랐다. 그러고는 공중에서 몸을 돌리면서 다리를 양옆으로 찢고는, 가랑이로 공을 내렸다가 머리 뒤로 냅다 후려쳤다. 어찌나 강하게 내려쳤던지 보드의 유리판이 갈라지는 소리가 났다.

식은 죽 먹기였다. 마일스에게나, 강케에게나.

하지만 코트 일당들의 얼굴은 꼭 마이클 조던 2세의 출현을 본 것 같은 표정을 하고 있었다. 아니면 얼 '더 고트' 매니걸트 2세거나. 뉴욕시의 시민이라면 누구나 신장 183센티미터로 길거리 농구계의 전설이었던 얼을 알고 있었다. 소문으로는 한 번 점프해서 농구 골대 꼭대기에 올려둔 1달러짜리를 잡아채서는, 공중에 뜬 상태로 거스름돈으로 바꾼 다음 다시 골대에 올려놓을 수 있었다나. 벤지 일당 역시 완전히 넋이 나가 있었다.

강케가 자기 신발과 돈으로 손을 뻗기 전까지는 말이다. 그러자 함성은 야유로 변했고, 경악은 분노로 변했다.

"너 뭐 하냐?" 벤지는 운동화를 신으면서 돈을 줍고 있던 강케에게 다가갔다.

"너네 졌잖아. 그러니까… 저건 아무도 못 이길걸." 강케가 우쭐거렸다.

"농구는 못 이기지. 그런데 싸움은 다 이기거든. 그러니 돈은 놔둬."

"우리한테 야바위를 쳤어." 콧물맨이 소리쳤다. 길거리 농구꾼들은 언제나 야바위 당하는 걸 좋아하지 않는다. 본인들이 일반인들에게 맨날 야바위를 친다는 건 상관없다. 지는 걸 좋아하는 사람은 없으니까.

"아, 그러니까 니들이 어린애들 등쳐먹는 건 상관없으시다?" 마일스는 말했다. "너희는 그냥 새 운동화를 날로 먹고 싶어서 내기 받아준 거잖아. 책가방까지 메고 있는 애들한테 무슨 짓거리야." 마일스한테 돈은 상관없었다. 이건 그냥 강케가 스파이더맨이니 슈퍼 히어로니 하는 생각으로 꽉 차 있던 마일스의 머리를 좀 식혀주려던 거였으니까. 하지만 이제는 원칙에 관한 문제로 번졌다. 이 광대 놈들이 약속을 지키게 만들어야 했다.

"알 게 뭐야. 돈은 놔두고 성한 몸으로 꺼지시지."

강케는 마일스를 바라보며 고개를 끄덕였다. 하지만 마일스는 고개를 흔들었다. 강케가 다시 고개를 끄덕였지만 마일스는 여전히 고개를 흔들었다.

"싫어."

"뭐?" 강케는 이제 고개를 끄덕이는지 떠는 건지 알 수가 없었다.

"그래, 뭐랬냐?" 벤지도 따라 했다. 나머지 양아치들도 모여들었다.

"싫다고 했어." 마일스는 선을 그었다.

한창 뜨겁던 농구장의 분위기가 한순간에 싸하게 가라앉는 광경은 놀라울 정도였다. 쥐 죽은 듯한 정적이 흘렀다. 마지막 햇살이 잦아드는 가운데 가로등이 깜빡이며 켜지고 있었다. 이제 하늘도 푸른빛이 거의 사라진 채 거무죽죽해졌다.

"얘들아, 굳이 싸울 필요는─"

"닥쳐." 벤지는 강케에게 쏘아붙이면서 손가락으로 그를 가리켰다. "붙잡아!" 땅딸보 불룩가슴과 콧물맨은 즉각 강케의 양쪽에서 끼어들어 팔을 단단히 잡았다.

"마일스!" 강케가 비명을 질렀다. 하지만 벤지가 마일스의 절친에게 한 방 먹여주기 전에, 아니면 신발을 벗겨내기도 전에, 아무튼 뭘 하려고 했던 간에 제대로 움직이기도 전에 이미 마일스가 강케의 앞을 가로막고 서 있었다. 오금에서 찌릿한 느낌이 느껴졌다. 귓속과 손바닥, 그리고 손끝까지도 저릿저릿했다.

벤지는 비열하고 얼빠진 미소를 지었다. 마일스의 귀에는 벤지의 입술이 비틀려 올라가고 그 혀 밑에서 침이 꿀렁이는 소리가 들렸다. 그러더니 벤지는 마일스의 어깨를 밀쳐서 옆으로 치워버리려 했다. 하지만 마일스를 건드리기도 전에 마일스는 벤지를 잡아채더니 강케로부터 멀리 집어 던져버렸다. 벤지는 머리를 흔들어 정신을 차린 다음 돌진해왔지만 마일스는 벤지의 머리 위로 사뿐히 뛰어넘었다. 벤지는 강케 쪽으로 달려가 양발을 쭉 뻗은 날아차기를 날렸지만, 그게 제대로 빗나가는 바람에 대신 콧물맨과 땅딸보의 턱에 제대로 꽂히고 말았다. 크게 다친 것 같지는 않았다. 애초에 마일스가 그걸 원했던 것도 아니었지만 두 사람이 강케를 놔주기에는 충분한 일격이었다. 이제 강케는 농구 코트의 옆쪽으로 재빨리 도망쳐버렸다. 벤지가 뒤쪽에서 마일스를 붙잡자, 마일스는 팔꿈치로 벤지의 가슴팍에 번개와 같은 일격을 세 방 먹였다. 쾅, 쾅, 쾅! 벤지는 고통으로 몸을 움츠렸다. 하지만 마일스는 마무리까지 하지는 않았다. 대신 벤지에게 상황을 수습하고 일당을 다시 불러들일 기회를 주고 싶었다.

땅딸보가 양손을 들고 길거리 복서 같은 포즈를 취하며 다가왔다. "난 싸우기 싫어." 마일스는 말했다. 여전히 작은 로켓들이 핏줄을 타고 흐르는 듯한 느낌이 남아 있었다. 땅딸보는 아무 대답도 없이 계속 우물쭈물 자세만 취하고 있었다. 그러다가 마침내 주먹을 날렸다. 마일스는 고개를 까닥 움직여 피했다. 또 주먹이 날아왔다. 마일스는 뒤쪽으로 몸을 숙인 채 옆으로 비스듬히 움직여 피했다. 양팔은 여전히 늘어뜨려서 싸울 의사가 없다는 것을 땅딸보에게 분명히 보여주었다.

"엉덩이를 날려버려!" 여전히 숨을 고르고 있던 벤지가 악을 썼다. 땅딸보가 세 번째 주먹을 날렸지만, 이번엔 마일스의 손에 잡히고 말았다. 마일스는 한 손으로 땅딸보의 손목을 붙잡고 다른 손으로는 팔꿈치까지 붙잡은 다음, 땅딸보의 주먹으로 그 얼굴을 때리게 만들었다. 자기 손으로 자기 콧등에 깔끔한 일격을 먹인 셈이다. 코가 내려앉는 소리가 났다.

"으악!" 땅딸보가 비명을 지르며 다른 손으로 얼굴을 감쌌다. 피가 코에서 줄줄 흘러 나왔다. 순간 마일스는 얼어붙었다. 피를 보자 몸이 바짝 군어버렸다. 이 정도로 세게 때릴 생각은 없었는데.

콧물맨은 뒤로 물러서더니 마일스가 아니라 강케에게 달려들었다. 강케는 농구 코트 반대편으로 허둥지둥 도망치면서 고래고래 소리를 질렀고, 마일스에게는 곰탱이가 다가왔다.

"이렇게까지 할 필요는 없어." 마일스는 말로 해결해보려 했다.

"우릴 엿 먹였겠다." 곰탱이는 으르렁거리더니 마일스를 덮쳤다. 마일스는 다시 한 번 그 머리 위로 뛰어넘어 곰탱이의 뒤통수를 박차고 강케 쪽으로 몸을 날렸다. 그러고는 꼭 어린애를 들어 올리듯 팔 밑을 붙잡고 울타리를 뛰어 올라 철창 위로 강케를 끌어올렸다. 하지만 그때 콧물맨이 가방을 붙잡았다. 하필이면 강케가 앞으로 메고 있던 마일스의 가방이었다.

"마일스!"

"안 돼, 강케. 가방 풀 생각은 하지도 마!" 마일스는 소리를 치면서 한 손으로는 철문을 붙잡고 다른 한 손으로는 친구의 겨드랑이를 단단히 붙들었다. 그 가방이 필요했다. 자기 비밀, 검고 빨갛게 칠한 비밀이 거기 들어 있었다.

"내놔." 콧물맨이 으르렁거렸다. "다 내놓고 가!"

"못… 못 버티겠어!" 강케가 소리를 질렀고, 콧물맨은 계속해서 가방 끈을 흔들어댔다. 그러자 반대쪽 가방 끈은 마치 강케의 팔을 통째로 뜯어낼 듯이 팔꿈치 안쪽을 파고들기 시작했다.

"강케, 가방 놓치면 안 돼!"

강케는 온통 불안으로 물든 얼굴로 마일스를 올려다보았다. "마일스…." 콧물맨이 한 번 더 당기자 강케의 팔이 힘없이 풀렸고, 가방도 아래로 떨어져버렸다.

41

이제 몸이 가벼워진 마일스는 강케와 함께 철창 위로 높이 올라갔다.

"미안해." 강케가 헐떡였다.

"그냥 여기서 기다리고 있어." 마일스의 말에 강케는 철문을 붙잡고 위에서 아래를 내려다보았다. 아래에서는 콧물맨이 가방을 열려는 동안 나머지 일당들이 마치 농구 반바지를 입은 악어 떼처럼 몰려들었다. 쉽게 풀릴 상황이 아니었다. 마일스는 심호흡을 한 다음 악어 떼 한가운데로 뛰어들었다.

CHAPTER 3

"미안해."

대답은 없었다.

"아 마일스, 진짜 미안하다고."

또 대답은 없었다.

"그래도 가방은 찾았잖아. 돈도 받았고. 그러면 좋은 거 아냐?" 강케와 마일스는 마침내 학교로 향하는 지하철 B선에 타고 있었다. 마일스는 휴대전화를 꺼버렸다. 부모님은 분명 전화를 하실 텐데, 그럼 자기는 전화가 먹통이었다 같은 거짓말을 해야 한다는 사실을 잘 알고 있었다. 그러니 차라리 전화가 오면 음성 메시지로 통하게 바꿔놓는 게 나았다. "야, 웃기는 건 난 이 운동화가 그 정도 값이 나가는지도 몰랐어." 강케는 돈다발을 세더니 반으로 나누어 마일스의 몫을 건넸다.

마일스는 가방을 무릎에 올려놓은 채 그 옆에 앉아 있었다. 무릎이 아리고 주먹에는 멍이 들어 있었다. 거미가 물었던 흉터는 언제나처럼 가려웠다. 그래서 차라리 지하철에 걸린 광고문에 집중하려고 무진 애를 썼다. **생각대로 실천하세요.** 하지만 지금 이 분노를 강케한테 그대로 실천할 수도 없는 노릇이었다. 그것도 태반은 자기 자신에 대한 분노였다.

문이 열리고 아이들 넷이 탔다. 셋은 아무리 봐도 고등학생이었고, 하나는 초등학생 같았다. 아무리 봐도 9살을 넘어 보이지는 않았다.

"좋은 저녁입니다, 신사 숙녀 여러분." 꼬마가 선언했다. "지금이 무슨 시간일까요? 바로 쇼타임이죠!"

"**쇼타임!**" 나이가 더 많아 보이는 소년들도 따라 외쳤다. 그러더니 춤을 추기 시작했다. 티킹, 웨이브, 팝핀, 라킹, 라이트피팅까지 보여주었다. 지하철 봉을 타고 오르고, 뒤로 공중제비를 돌더니 다시 앞으로 돌아 보이면서도 용케 승객들의 얼굴을 걷어차는 일은 없었다. 마일스는 거들떠보지도 않았다. 승객들 거의 다 그랬다. 이것도 뉴욕 시민과 관광객들을 쉽게 구별할 수 있는 방법인데, 이런 간이 공연을 마치 서커스 구경처럼 신기한 눈빛으로 쳐다보는 사람이 있다면 바로 관광객이다. 하지만 뉴욕 시민들은 이미 저렇게 재능 넘치고 사랑스러운 소년들의 재간과 유머가 어수룩한 사람의 주머니를 털기 위한 수작질이란 걸 잘 알고 있다. 이미 늦은 시간에 짜증이 솟구친 상태에서 주먹에는 멍까지 들어 있다면 저런 '쇼타임'을 감상할 시간 따위는 없다.

소년들이 박수를 치며 휴대용 오디오에서 음악을 요란하게 내보내자, 강케는 마일스를 팔꿈치로 쿡 찔렀다. 하지만 마일스는 앞쪽만 똑바로 바라보고 있었다. **생각대로 실천하세요.**

"감사합니다, 신사 숙녀 여러분." 꼬마는 이렇게 말하면서 모자를 들고 객차를 쭉 훑으며 돈을 모았다. 꼬마가 객차 끝에 바싹 붙어 앉아 있던 마일스와 강케 쪽으로 오자, 강케는 자기랑 마일스가 방금 농구 코트에서 딴 돈에서 1달러를 떼어 모자에 넣어주었다. 갑자기 마일스가 손을 뻗치더니 강케의 손에 있던 돈을 싹 다 쥐었다.

"꼬맹아…." 마일스가 꼬마를 불렀다. 꼬마가 돌아서자 마일스는 한 움큼 쥐고 있던 돈을 죄다 건넸다. 꼬마는 화색이 된 얼굴로 냉큼 달려왔다.

"너 뭐 하는…?" 강케는 더듬거렸지만 그렇다고 돈을 빼앗지는 못했다. "마일스… 그러지 마…." 마일스는 자기 몫과 강케의 몫을 모두 모자에 넣어버렸다. "마일스!"

그리고 마일스는 아무 일도 없던 것처럼 자기 자리로 돌아왔다. 간단했다. **생각대로 실천하세요.**

"어… 안녕하세요 아줌마. 저 강케인데요… 네… 네, 알죠… 그런데… 마일스가… 지금 화장실에 있어요… 네… 걔가… 제 생각에는 치킨이 문제였던 것 같아요. 속이 안 좋다네요."

"지하철, 지하철 얘기도 빼먹지 마." 마일스가 기숙사 방 반대편에서 속닥거렸다.

"그래서 제가 마일스 대신 전화한 거예요. 지하철역에서 완전 발이 묶였었거든요. 누가 뛰어들었거나 했나봐요. 네… 그리고 마일스는 계속 큰 것만 보고 있어서 방에 도착했을 때는… 네… 아줌마, 제가 살면서 그렇게 빨리 뛰는 사람을 본 적이 없어요." 강케는 입을 틀어막고 큭큭 웃음을 참

왔다. "그래도 안전하게 도착했어요. 네… 마일스도 잘 참은 것 같아요. 네 네. 네. 그럼 화장실에서 나오면 전화 드리라고 전해줄게요. 네. 안녕히 계세요." 강케는 핸드폰의 화면을 눌러 전화를 끊었다. "짠. 이렇게 하는 거야." 그러고는 마치 래퍼가 마이크를 떨어뜨리듯 핸드폰을 떨어뜨렸다.

"고맙다." 마일스는 손을 천천히 쥐었다 폈다 하면서 말했다. 주먹이 시큰거렸다.

"이정도 갖고 뭘."

"나한텐 큰일이야."

"야, 나도 농구 코트에서 상황이 좀 망했다는 건 알겠는데, 그래도 재미있었다는 건 인정하는 부분 아니냐?" 강케는 자리에서 일어나 머리 위로 셔츠를 벗은 다음 안에 입고 있던 내의를 가다듬었다. 마일스는 미동도 하지 않았다. 하다못해 비웃어주지도 않았다. "진심? 그게 재미없었다고? 농구 골대 보드까지 박살내놓고? 마일스 모랄레스, 이 학교의 소문난 동네북이 *사실은* 개 쩌는 헤어스타일과 힘을 숨긴 찐따였다는 건 아무도 몰랐다… 어… 거의 대부분은 찐따로 지내니까… 그런데도 아까마냥 인싸처럼 노는 게 재미가 없었다고? 정말로?"

마일스는 침대에 누워서 뒤통수를 벅벅 긁었다. 그러더니 신발을 걷어차서 벗어버리고 양발의 엄지발가락을 서로 꼬기 시작했다. 강케는 뭔가 기대하는 눈길로 마일스를 바라보면서 계속 기다리고… 기다리고… 기다리다가… 마침내 마일스의 얼굴에 번지는 미소를 보았다.

"그럴 줄 알았어!" 마일스의 웃음을 본 강케가 소리쳤다.

"오버하지 마. 덩크슛 한 번 한 것 갖고 무슨 하루 종일 놀이공원 갔다 온 것처럼 신이 났구나 아주. 다 널 위해서 한 일이긴 하지만 힘든 일은 다 내가 했고. 거기다 하마터면 가방도 뺏길 뻔했어. 거기다 싸우기까지 했단 말이야. 그건 재미없었어."

"좋아, 그럼 가방 뺏길 뻔하고 싸웠던 부분은 빼자. 그래도 나머지는… 오졌잖아."

"강케, 야, 그건―"

"오졌잖아."

"야, 진짜 그건―"

"오졌다고!"

"그래, 알았다." 마일스는 한숨을 쉬었다. "오졌지. 진심 오졌어."

강케는 웃음을 터뜨렸다. "이제 이건 마무리됐으니까 난 다음 단계로 넘어갈란다. 브루스 브루스가 누군지 찾아봐야겠어." 그러면서 강케는 가방에서 노트북을 꺼냈다.

"음, 나는 샤워부터 해야겠다. 벤지랑 곰탱이의 흔적을 좀 씻어내야지."

마일스는 게걸음으로 강케를 지나 세면도구 가방이 들어 있는 벽장으로 다가갔다. 마일스와 강케의 방은 상당히 작아서, 집에 있는 마일스의 침실보다도 살짝 클까 말까 할 정도였다. 방 안의 양옆에 놓인 트윈 베드 앞쪽에는 책상이, 뒷벽에는 벽장이 놓여 있었다. 마일스는 이 벽장에 고리를 붙여놓고 거기에 세면도구 가방을 걸어놓았다. 앞쪽 벽에는 TV가 놓인 작은 탁자가 있었고, 그 위로는 리한나 포스터가 붙어 있었다. 탁자 아래에는 온갖 전선들과 콘솔 게임들이 뒤죽박죽으로 섞여 있었다. 주로 고전 게임들이었는데, 닌텐도, 세가부터 두 사람조차 끝내 살려내지 못한 아타리 콘솔까지 다 있었다. 콘솔 컨트롤러 중에 버튼이 4개를 넘어가는 게 없었다. 이건 다 마일스와 강케의 아버지들이 갖고 놀던 것들로, 고전 8~16

비트 게임에 대한 애정을 가진 아들들에게 기꺼이 물려준 것들이었다. 그런 게임들은 재미만 있지 스트레스도 없고, 폭력성도 없고, 괴물도 나오지 않았다. 마일스에게 있어 이 점은 정말 중요했다.

정말이지 전용 벽장에 전시해둘 만한 게임들이었다.

샤워실도 방보다 딱히 나을 건 없었다. 같은 층의 학생들은 모두 대형 공용 화장실을 나누어 썼다. 화장실 한쪽에는 변기가 있었고, 중간에는 세면대, 그리고 반대편에는 샤워실이 있었다. 사방이 미끌미끌한 작은 방이었다. 다행히 마일스가 화장실에 갔을 즈음에는 아무도 없었다. 두 사람은 늦게 돌아왔기 때문에 남학생 대부분은, 최소한 샤워를 하고 다니는 남학생 대부분은 이미 화장실에서 볼일을 끝마치고 나간 후였다. 마일스는 세면대에 세면도구를 두고 거울 속 자신을 쳐다보았다. 걱정과 달리 얼굴에는 다행히 상처 하나 없었다. 마일스는 자기가 싸우고 다닌다는 흔적이 남으면 안 된다는 걸 잘 알고 있었다. 무릎이 살짝 붓기는 했지만 그 정도는 괜찮았다.

하지만 칫솔에 치약을 바르고 양치질을 하는 동안, 마일스는 농구장 패거리가 자기와 강케를 그토록 두들겨 패주고 싶어 했던 이유를 머릿속에서 떨칠 수가 없었다. 자기들에게 야바위를 걸었다는 이유였지. *치카 치카 치카.* 틀린 말은 아니었다. 마일스는 분명 그 패거리가 절대 하지 못할 일을 자기는 손쉽게 해낼 수 있다는 걸 잘 알고 있었다. 애초에 걔네들이 내기에서 이길 방법이 없었다. 자기는 그걸 이용한 거다. *치카 치카 치카.* 그렇게 이용한 다음에는 대뜸 두들겨 패주었다. 그건 옳은 일이 아니다. 그 치들은 충분히 화낼 만했다. 누구나 야바위꾼은 싫어하는 법이다, 특히 자기가 야바위에 당하는 입장이라면 더더욱. 그리고 마일스는 야바위가 자신의 천성이란 걸 알고 있었다. 넌 나랑 똑같아.

아. 마일스는 얼굴에 물을 뿌리면서 생각했다. 알 게 뭐야. 그러고는 샤워기를 틀자 마일스의 슬리퍼는 거의 일주일은 족히 묵은 비누 거품 위로 미끄러졌다. 누군가의 털뭉치가 자갈만한 비누 조각과 한데 뭉친 끈적끈적한 덩어리가 되어서 흘러 다니고 있었다. 그래도 재미있기는 했지. 마일스는 생각했다. 애들을 두들겨 패준 부분까지도 모두 다. 그러니까 더 찝찝한 거야.

마일스가 방으로 돌아왔을 때 강케는 책상에 앉아 공책을 훑어보고 있었다. 노트북은 90년대 코미디 영상을 재생하다가 일시 정지된 상태였다. 마일스는 반바지를 입고 침대에 앉아 무릎을 주물렀다. "나 빼먹은 거 진도 좀 맞춰줘라." 마일스는 강케의 공책을 가리키며 말했다.

"하긴 네가 샤워를 하러 간 동안 진도가 많이 빠지긴 했지." 강케가 농담을 던졌다. "내 브레이크 댄스도 못 보고 말야. 쇼타임!" 그러면서 상반신을 흔들기 시작했다.

"아 좀, 내일 아무것도 모르고 수업 들어갈 수는 없잖아."

"알았어, 알았다고." 강케는 의자를 이쪽으로 돌렸다. "간단히 설명해줄게. 그나저나 이러니까 내가 꼭 믿음직한 사이드킥이 된 것 같은 기분이 든다. 아니면 옆에서 비트 넣어주는 사람이거나." 강케는 고개를 흔들었다. "어쨌든 네가 없는 이틀 동안 무슨 일이 있었냐 하면…." 강케는 잠시 생각에 잠겼다. "일단 체임벌린 선생님은 미쳤어."

"어… 그렇지." 두 사람은 5교시 역사 시간에서 이제 막 남북전쟁 단원을 배우기 시작했다. 다들 이 부분이야말로 체임벌린 선생님이 가장 가르치기 좋아하는 주제라고 생각했는데, 학기가 시작된 이래로 몇 달 내내 줄

기차게 그 얘기만 했던 탓이다.

"그냥 그런 수준이 아냐. 좀… *나사 빠진* 것 같아. 남북전쟁이 무슨 아름답고 낭만적인 사건이었던 것처럼 이야기한단 말이야. 꼭 자기가 좋아하는 게임 설명하듯 이야기를 해줘. 그런데 가장 이상한 부분은 금요일에… 그 왜 있지, 전쟁의 핵심이었던 노예제에 대해 다루기 시작했는데, 남부 연방 측은 그걸 끝내기가 싫었네 어쩌네 하더니 갑자기 관점에 따라서는 노예제가 국가에 좋은 점도 있다고 하던 거 있지."

"잠깐만, 진짜 그랬다고?" 마일스는 침대 밑에서 웹 슈터 하나를 꺼내 쥐며 말했다.

"아니, 너도 체임벌린 성질은 알잖아. 막 엄청 거들먹거리면서 일장 연설을 하는데 듣고 있으면 지가 세상 제일 잘난 줄 알아요. 하지만 내가 알아듣기로는 그렇더라고." 마일스가 웹 슈터를 TV로 쏘아 그 그물로 TV를 껐다. 강케는 고개를 흔들었다. "게을러 터져가지고."

"뭐 인마? 나 하루 종일 너 구해주느라 얼마나 힘들었는지 알아?" 마일스는 농담을 하면서 웹 슈터가 찐득이 장난감이라도 되듯이 강케한테도 냅다 한 방 쏴주었다. "어쨌든 그래, 체임벌린은 평소처럼 개소리를 하셨다. 어쩌고저쩌고. 다른 건 뭐 있어?"

"있고말고, 이런 게 있지." 강케는 자기 팔에서 거미줄을 떼내려 무진 애를 썼지만, 결국 그냥 포기한 다음 자기 공책을 집어 들었다.

"그건 또 뭔데?"

강케는 흠흠, 하고 목을 가다듬는 시늉을 했다. "에헴, 에헴." 이렇게 극적으로 과장된 헛기침을 하더니 몸을 앞으로 숙여 TV까지 꺼버렸다.

"이 몸은 금고요, 충신이 잠갔으니;

네 적의 등 뒤에서 비밀을 고해보라;

태생이 잠긴 탓에 결코 새지 않으리라."

강케는 고개를 끄덕이며 마일스를 바라보았다. 마일스 역시 한쪽 눈을 가늘게 뜬 채 방금 들은 말을 생각하면서 강케를 바라보았다.

"아니, 뭔 소리를 하는 거야?"

"어땠어?"

"아니… 뭔 소리를 하는 거냐니까?" 마일스가 다시 말했다.

"이게 네가 정학을 당한 동안 블로퍼스 선생님 시간에 배우기 시작한 거야. 어땠어? 좋았지?" 강케는 마일스의 무표정한 얼굴을 마주하고도 자신감 넘치게 고개를 끄덕였다. "이건 시조야. 한국 운문의 일종이래." 강케는 공책을 무릎에 탁, 하고 내려놓으면서 신나게 말했다. "내 조상들이 읊던 시라는 거야! 내가 타고난 거라고! 그러니까 잘할 수밖에 없지!" 마일스는 강케가 웃기는 농담을 했을 때 으레 지어 보이는 실없는 미소를 기대했지만, 그 표정은 끝내 떠오르지 않았다. 마일스가 다시 그물을 쏴서 TV를 켜자 강케는 또 몸을 숙여 꺼버렸다. "그리고 이 시조 이름은 **마일스 모랄레스는 스파이더맨이다**'라고 지었어." 그 얼굴에 실없는 미소가 떠올랐다.

"이제 아니거든." 마일스는 침대에 누워버렸다. 그 말을 꺼내자마자 갑자기 무거운 짐 덩어리를 내려놓은 듯 몸이 가벼워졌다. 후련해진 기분이었다.

"뭐?"

"관둘래." 마일스는 말했다. "아니 자꾸 능력이 제멋대로 굴잖아. 그리고 솔직히 난 스파이더맨이 될 형편이 안 되는 걸지도 몰라."

"스파이더맨으로 돈이라도 벌고 싶다는 거야? 아니, 뭐 오늘 저녁에는… 그러긴 했지만…."

"그런 뜻으로 말한 게 아냐. 이 능력으로 용병 짓이나 하겠다는 게 아니라고. 봐, 너도 알겠지만 내가 지난 몇 년 동안 인간적인 성장을… 뭐라고 해야 될지도 모르겠다."

"내가 말해주지. 그 능력을 갖고도 양아치가 안 된 걸 보면 충분히 인간적인 성장을 한 거야. 애들이나 쥐어 패고 다니는 건 꼬마 마리오나 하는 짓이라고. 넌 이제 큰 마리오야. 마리오가 버섯 먹고 별까지 먹고 무적이 되었다고."

마일스가 도로 일어났다. "야, 솔직히 나는 우리 엄마 아빠 빼고는 무서운 것도 없어. 두 분이 나한테 무슨 해코지를 할까봐 무서운 게 아냐. 내 말은… 내가 하고 싶은 말은…." 마일스는 뭐라고 말을 맺어야 할지 알 수 없었다. "우리 아빠를 봐. 대학 안 나왔어. 대학은 무슨, 고등학교도 안 나왔는걸. 엄마는 고등학교는 나왔지만 대학교 갈 형편이 아니었고. 우리 동네를 볼까? 사이러스 샤인은 요새 어디 있는지도 몰라. 뚱보 토니는 허구한 날 시빗거리만 찾느라 현관에 앉아서 지나가는 사람들한테 욕이나 퍼붓지. 동네 구석에 사는 프렌치 아줌마는 모퉁이에 있는 1달러샵에서 일해. 그 아줌마는 괜찮지만 아줌마 아들인 마텔은 자기 인생 언제 찾으려나 몰라. 그리고 길 건너 닉은 또 어떻고. 입대했지. 전쟁터에 나갔지. 나라를 위해 싸웠지. 제대했지. 그런 다음에는… 그냥 저렇게 됐어. 가끔씩 창문에서 커튼 들추고 바깥 내다보는 게 보이긴 하는데 그게 전부야." 마일스는 침대에서 일어나 가방을 쥐었다. "이발소 가면 다들 나보고 뭐라는 줄 아냐? 꼬마 아인슈타인. 똘똘이. 그런 별명으로 불러. 이발 끝나면 씩 웃으면서 친한 척을 해. 당연히 여자 친구 있냐고도 물어보지만 내 성적도 물어보고 그래. 우리 삼촌이 물어보던 거랑 똑같아." 마일스는 가방에 손을 넣어 슈트를 꺼냈다. 검은 바탕에 붉은 거미줄 무늬가 멋지게 빛났다. "너한테는 멍청하게 들릴지도 모르겠다. 난 모르겠어."

강케가 의자에서 몸을 앞쪽으로 기울였다. "좋아, 마일스. 너 지금 좀 오버한다는 생각 안 들어? 너 수업 딱 하나 망쳤어. 딱 *하나.*"

"그럼 이렇게 한번 물어보자." 마일스는 슈트를 대충 뭉쳤다. "너 여기 추첨으로 들어왔냐?"

"아닐걸."

"장학금 받아?"

"아니." 강케는 다시 뒤로 기대 앉아 팔짱을 끼었다.

"학교생활 망치면 다른 계획 있어? 다른 선택지라도 있어?"

"마일스."

"난 그냥 물어보는 거야." 강케는 망설이더니 고개를 끄덕였다. "그래, 정확하다. 너랑 나는 공통점도 엄청 많지만 이 부분은 아닌 것 같아." 마일스는 침대 뒤의 옷장을 열더니 슈트를 구석에 쑤셔 박고 다시 닫아버렸다. "슈퍼 히어로가 될 짬을 내려면 나머지 인생도 제대로 굴려야겠지. 이웃들 인생도 개판인 상황에서 세상을 어떻게 구해. 난 그냥 현실적으로 생각해보는 거야."

마일스는 다시 침대에 푹 누워버렸다. 결심은 확고했다. 관둔다. 내일부터 다시 자기한테 필요한 일을 시작하는 거다. 다시 내 인생에 초점을 맞추자.

하지만 딱 오늘 밤까지는 *아메리칸 닌자 워리어*(미국의 장애물 달리기 예능 프로그램-옮긴이)를 최대한 많이 정주행할 생각이었다. 마일스는 다시 한 번 거미줄을 쏘아 TV를 세 번째로 켰다. 그동안 강케는 다시 책상으로 돌아가 공책에 뭔가를 끄적거렸다. 그러더니 책상 위에 공책을 세워두었다. 공책의 글씨는 너무 작아서 보통 사람이라면 방 건너편에서 절대 읽을 수 없었겠지만, 마일스는 읽을 수 있었다.

마일스 모랄레스는 멍청이다.
자신의 능력을 포기하는 것의 가치란?
포기란 자유라지만 자유가 아니라면?
주변의 행복에 휘둘리는 것뿐이라면?

마일스는 그 글씨를 분명하게 읽을 수 있었지만, 강케가 자신의 기분을 이해하지 못했다는 점도 읽어낼 수 있었다. 그래서 마일스는 그냥 고개를 흔들어버린 다음, 다시 TV 쪽으로 돌아누워 누군가 자신의 비범함을 증명하겠다며 장애물 코스에 도전하는 광경을 지켜보았다.

CHAPTER 4

마일스가 와본 곳이었다. 마치 자기 집처럼 훤히 알고 있었지만 마일스의 집은 절대 아니었다. 거의 환상 속 세계에서나 나올 법한 하얗고 굵직한 대리석 기둥이 여기저기에 서 있었다. 황동 문고리가 달린 커다란 나무 문도 있었다. 계단 앞에는 분수대가 있었다. 창문에 쳐진 새하얀 아마 커튼은 정갈하게 정리되어 있었다. 방바닥에는 브루클린의 형편없는 화장실 타일보다 훨씬 고급스러운 타일이 깔린 가운데, 그 위에는 거대한 옥좌 같은 가죽 소파와 떡갈나무 탁자가 놓였다. 벽에는 웬 백인 노인들의 초상화가 걸려 있었다. 음울한 그림 덕에 집 전체의 분위기가 통째로 어두워졌다. 수정 샹들리에. 괘종시계. 장식으로 걸린 인두와 채찍까지. 익숙한 분위기였다. 싸움은 훨씬 더 익숙했다.

왼쪽, 왼쪽, 숙이고. 레프트 훅, 숙여서 피하고. 깔끔한 일격이 마일스의 턱에 꽂혔다. 마일스는 혀를 깨물고 말았다. 비릿한 피 맛이 입 속에 퍼졌고, 미처 정신을 차리기도 전에 날아든 발길질이 가슴을 걷어차 마일스를 뒤쪽의 거대한 문까지 날려버렸다. 연이어 공격이 쇄도했다. 폭풍처럼 주먹질이 쏟아졌다. 마일스는 어떻게든 막아보려 안간힘을 쓰다가 옆의 탁자에 있던 전등, 빨간색, 초록색, 그리고 보라색이 어우러진 스테인드글라스 전등갓이 씌워진 전등을 집어 상대의 머리를 내려쳤다. 하지만 상대가 누군지는 제대로 보이지도 않았다. 꼭 두껍고 투명한 플라스틱 벽 너머에 있는 것처럼 왜곡되어 보이는 흐릿한 형상이었다. 전등갓의 유리가 박살나면서 파편 하나하나가 마치 아이스크림에 뿌린 오색 설탕가루처럼 빛났다. 상대가 바닥에 벌렁 쓰러지자 마일스는 즉각 거미줄을 날려 놈을 바닥에 묶어두려 했지만, 그 흐릿한 형상은 잽싸게 뒤로 굴러 일어나면서 거미줄을 피해버렸다. 그 손목에서는 마치 마일스처럼 똑같이 새하얀 그물이 솟아나오고 있었다. *뭐야? 어떻게 된 거지?* 마일스는 잠깐 멈칫했지만, 이내 자기처럼 *거미줄*을 사용하는 그 흐릿한 형상에게 달려들어 수정 장신구가 가득한 오래된 장식장에 처박아버렸다. 놈의 구겨진 얼굴에서 흘러내린 피가 타일 바닥으로 뚝뚝 떨어졌다. 마일스는 주먹을 날렸다. 형상도 맞받아쳤다. 둘은 그렇게 공격을 계속해서 주고받다가 마일스가 또다시 거미줄을 날려 상대의 움직임을 묶으려 했다. 상대가 마치 예상이라도 했다는 듯 피해버리자, 거미줄은 오래된 나무 장식장에 들러붙어버렸다. 하지만 다 계산된 것이었다. 마일스는 손목에 거미줄을 감아 단단히 붙잡고는 끌어당겨 장식장을 통째로 넘어뜨렸다. 수정 장신구들이 사방으로 튀면서 쨍강거리는 불협화음이 울려 퍼졌다. 흐릿한 형상의 상대는 재빨리 뒤로 돌아 자신에게 넘어지는 장식장을 막아보려 했지만, 바로 그때 마일스는 다른 손의 웹 슈터로 방심하고 있던 상대의 다리를 감아버렸다. 눈속임이 제대로 먹혔다.

"끝났어." 마일스는 상대가 거미줄에서 풀려나려고 애쓰는 광경을 보며 말했다. 마일스는 상대가 무슨 하얀색 침낭에라도 들어간 양 거미줄에 완전히 감싸일 때까지 웹 슈터를 무지막지하게 뽑아냈다. 형상은 아무 대답도 하지 않고, 그저 마일스가 자신을 제압하여 그 흐릿한 얼굴로 손을 가져가는 동안 고개를 이리저리 흔들 뿐이었다. 그리고 마일스의 손이 태양을 가리고 있던 구름을 걷어내듯, 갑자기 상대의 얼굴이 뚜렷해졌다.

"애런 삼촌?"

"마일스."

애런 삼촌은 끙끙거렸다. 마일스가 미처 입을 열기도 전에 애런 삼촌의 양 뺨은 푹 꺼지고 코도 앙상하게 뼈와 가죽밖에 남지 않게 되었다. 턱수염은 술술 자라나 하얗게 새어버렸다. 얼굴의 화상 자국은 쭈글쭈글 주름투성이가 되더니 마치 말라버린 석고처럼 갈라지기 시작했다.

마일스는 황급히 뒤로 물러났다. 삼촌이 여기서 뭘 하고 있었는지, 지금 삼촌이 어떻게 변하고 있는 것인지 도통 알 수가 없었다.

"마일스." 애런 삼촌이 속삭였다. 그러더니 좀 더 큰 소리로 한 번 더 말했다. "마일스."

마일스는 두 눈을 꾹 감은 채 고개를 세차게 흔들었다. 그리고 다시 두눈을 뜨고 애런 삼촌 쪽으로 돌아섰다. 삼촌의 입은 이제 살짝 벌어진 채썩어버린 이빨들을 내보이고 있었다. "마일스." 삼촌이 다시 한 번 불렀다. 그 목소리는 점점 탁해지고 있었다. 꼭 마일스의 이름이 목구멍에 낀 가래인 것만 같았다. 마일스는 삼촌 쪽으로 몸을 숙였다. 애런 삼촌의 얼굴에 비열한 미소가 스치더니, 새하얗고 뼈마디가 앙상해져버린 두 손을 거미 줄 뭉치에서 뽑아내 열 손가락으로 마일스의 목을 있는 힘껏 졸랐다. "*마 일스!*"

숨이 턱 막혔다.

나락으로 떨어지는 느낌이었다.

마일스는 자기 트윈베드로 쾅, 떨어졌다.

"**마일스!**" 강케가 소리를 질렀다. 강케는 마일스의 침대 바로 앞에 서 있었다. 츄리닝 바지와 '알락투무빗무빗!'이라는 글귀가 형광 초록색으로 쓰인 티셔츠 차림이었다.

"어? 뭐… 뭐야?" 마일스는 양손으로 얼굴을 감쌌다. "지금 몇 시야?"

"거의 7시가 다 됐어."

"아오." 마일스는 손가락을 벌려 바깥을 훔쳐보았다. "내가 또 그랬냐?"

"그래, 인마." 강케가 말했다. "화장실 가려고 일어났는데 네가 천장에 들러붙어서 기어 다니고 있더라. 진짜 내가 친구라서 얘기해주는 건데, 자다 깼더니 머리 위에서 사람만 한 거미가 기어 다니는 게 썩 유쾌한 경험은 아니거든."

"미안. 그냥… 악몽을 꿨어."

"또 네 삼촌이야?" 강케가 자기 침대에 앉아 물었다.

"응." 마일스는 웅얼거렸다. 강케라면 쉽게 눈치챌 수 있었다. 마일스가 삼촌이 나오는 악몽을 꾸기 시작한 지는 꽤 오래되었다. 정확히는 삼촌의 죽음을 직접 두 눈으로 보고 난 후부터였다.

애런 삼촌은 그날 바루크의 집에서 마일스를 물었던 거미가 보통 거미가 아니란 사실을 이미 알고 있었다. 마일스 역시 삼촌이 거미를 밟아 뭉 갰던 나무 바닥의 핏자국이 방사성으로 빛나는 것을 보고 이게 여느 거미 가 아니란 걸 깨달았다. 삼촌이 처음부터 그 사건을 의도했는지는 모르겠 지만, 일단 이 거미는 확실히 특별한 녀석이었다. 그러면 지금 물린 이 상 처도 특별할 것이니, 마일스도 이제 특별해질 거란 확률이 꽤나 높았다. 더 이상 평범한 소년이 아니게 된 거다.

"간단하게 대화 좀 하자. 길지는 않을 거야." 두 사람이 다음번에 만나 소파에 몸을 파묻고 있을 때 애런 삼촌이 입을 열었다. 이번에는 피자가 없었다. 애런 삼촌은 마일스를 무표정하게 바라보았다. "사람들에게 말할 거다."

"뭘 말해요?" 마일스가 당혹스러워하며 물었다.

"너랑 네⋯ 능력, 그리고 네 정체에 대해서." 애런 삼촌은 마일스의 손등 에 남은 작고 동그란 흉터, 여드름보다 클까 말까 한 상처 자국을 가리키 며 말했다. 그러더니 등을 기대앉으면서 미소를 지었다. 삼촌은 바보가 아 니었다. 이미 마일스에게 설명은 끝냈고, 실제로 마일스의 비밀을 퍼뜨릴 의지도 충분했다. "그게 싫으면⋯."

"싫으면 뭐요?"

싫으면 마일스가 삼촌을 도와서 예전에 삼촌의 친구였던 마피아 보 스, 일명 '스콜피온'을 처리하는 걸 도와달라는 것이었다. 마일스는 해야 할 일을 했고, 스콜피온이 끔찍한 범죄자였다는 사실로 스스로를 합리화 했다. 하지만 마일스의 비밀을 퍼뜨리겠다는 협박은 그치지 않았다. 애런 삼촌은 '그게 싫으면' 마일스에게 자신을 계속 도와달라고 요구했다. 하지 만 마일스는 그럴 수 없다는 걸 알고 있었다. 결국 마일스가 애런 삼촌에게 대들면서 끔찍한 싸움이 벌어졌다. 애런 삼촌은 이제 막 능력을 얻은 애송이였던 마일스를 완전히 압도해버리면서 자신의 전기 충격 장갑, 일명 '건틀렛'으로 최후의 일격만 날리면 되는 궁지까지 몰아넣었다. 하지만 바로 그때 건틀렛이 고장 나면서 애런 삼촌의 얼굴을 날려버렸고, 이 때문에 삼촌은 마일스를 죽일 최후의 수단으로 준비해두었던 폭발에 휘말리고 말았다.

"넌… 나와 똑같아." 애런 삼촌은 온몸이 피투성이에 온통 그슬린 채 이렇게 말하고는 정신을 잃었다. 그게 마일스에게 남긴 유언이었다.

삼촌과 싸우다가 죽이고 말았다는 사실은 떨쳐내기가 어려운 과거다. 그 눈에서 생기가 사라지고, 호흡이 점점 느려지다 컥컥 막히고, 이내 숨이 멈추고 마는 데서 눈을 돌리기란 어려운 일이다. 비밀을 지키기도 어렵다. 특히 주변 모든 것에, 가장 가까운 가족에게, 학교에, 그리고 꿈속까지 스며드는 그런 비밀이라면 더더욱. 강케는 알았다. 왜냐면 강케는 언제나 다 알고 있으니까. 하지만 그렇다고 해서 그 장면이 마일스의 머릿속에서 끊임없이 재생되는 게 멈추지는 않았다.

악몽을 꾸고 나니 잠을 잘 수가 없었다. 몇 번이고 눈을 감아봤지만 그냥 불가능했다. 게다가 어차피 몇 분 후면 일어날 시간이었다. 결국 마일스는 짜증 섞인 한숨을 내뱉으며 일어났다.

강케는 벌써 샤워를 하러 갔으니, 마일스는 슬리퍼를 게으르게 질질 끌면서 발 냄새가 풍기는 기숙사 복도를 지나 화장실로 갔다. 샤워실에서 강케가 혼자 조용히 중얼거리는 소리가 났다. 악취가 풍기던 복도와 달리, 화장실에서는 무슨 젖은 개나 옥수수 칩 같은 냄새가 났다. 사방이 수증기로 뿌옇게 되어 있었다.

"너 누구한테 얘기하는 거야, 강케?" 마일스는 세면대의 수도꼭지를 돌리며 툴툴거렸다. 그러다 그 답을 깨닫고는 다시 덧붙였다. "아니, 그냥 말하지 마. 알고 싶지도 않아."

"알 게 뭐야. 내 시를 다듬어야 한다고. 3장 6구 45자 내외, 중요하거든." 강케는 비닐 샤워 커튼 너머에서 설명해주었다. "그러니까 네가 좀 세어줘."

마일스는 양손으로 수돗물을 받아 얼굴에 끼얹었다. "내가 왜?" 마일스가 물었다.

"내가 왜라니, 무슨 뜻이야?" 강케는 커튼 한쪽을 조금 열고 얼굴을 빼꼼 내밀었다. "우리 선조들이 그리 말씀하시니까 그러지." 그러더니 다시 커튼을 홱 닫은 다음 소리를 질렀다. "*시조*라고!"

마일스와 강케는 다시 슬리퍼를 질질 끌고 방으로 돌아와 옷을 갈아입고, 머리를 빗고, 운동화를 털고, 차가운 팝 타르트 한 봉지를 나눠 먹은 다음, 교실로 향했다. 하지만 기숙사 방에서 막 나오려던 찰나, 마일스는 다시 돌아 들어갔다. 한 가지 확인할 게 있었다. 마일스가 장롱으로 가서 문을 열어보는 동안 강케는 복도에서 룸메이트를 기다렸다. 마일스는 옷과 신발이 대충 쌓인 더미를 살펴보았다. 원래 자기 피부처럼 입고 다니던 빨강과 검정 배색의 슈트는 이제 똘똘 뭉친 채 학교 트레이닝복 셔츠와 짝짝이 양말, 그리고 얼룩 한 점 없는 새 운동화들과 함께 어두운 구석에 처박혀 있었다. 마일스는 얼마간 그렇게 슈트를 쳐다보다가 옷더미로 손을 뻗어 가면을 꺼내 들었다. 그렇게 녹아내린 얼굴처럼 축 늘어진 가면을 손에 쥐고 있다가, 이내 고개를 흔들고는 다시 옷가지 속으로 쑤셔 넣어버렸다. 오늘은 아냐.

브루클린 비전 아카데미의 학생들은 학기당 네 개의 수업만을 들었지만, 하나하나가 1시간 반짜리 수업이었다. 그러니 망한 수업을 선택했다면 보통 망한 게 아니라는 뜻이다. 그래도 오늘만큼은 마일스가 수학과 함께 일과를 시작하는 날이었다.

마일스가 가장 좋아하는 과목 중 하나인 미적분은 보렘 선생님이 가르쳤다. 올리브 빛깔 피부에 얼음송곳 같은 코를 가진 깡마른 선생님이었다. "미적분이란," 보렘 선생님은 수업 첫날 바지를 배꼽까지 끌어올리면서 교실을 가로지르며 말씀하셨다. "변화를 탐구하는 수학입니다." 하지만 그 일장 연설 다음에는 수학의 진정한 매력(최소한 마일스에게는 그랬다)이 온갖 숫자와 변수와 기호의 형태로 다가왔다. $1+1=X$라는 그 황홀한 풍경이란. 마일스가 항상 기꺼이 극복에 나설 만한 도전이었다.

그다음 시간은 칼릴 선생님의 화학 시간이었다.

그 시간이 끝난 다음 학생들 태반이 첫 점심을 먹으러 간 동안, 마일스와 강케는 블로퍼스 선생님의 수업을 들으러 갔다.

블로퍼스 선생님이 특이한 점은 전혀 브루클린 비전 아카데미의 선생님처럼 보이지 않는다는 점이다. 정장 재킷도 없었고, 셔츠 단추를 목깃까지 채우지도 않았고, 카키색 바지도 입지 않았고, '단정한' 구두도 신지 않았다. 그래도 안경은 썼지만, 브루클린 비전 아카데미에서 쓸 법한 원형 렌즈나 사각 렌즈는 아니었다. 블로퍼스 선생님은 무려 캣 아이 스타일에 레몬 껍질로 만든 듯 샛노란 테의 안경을 썼다. 부스스한 단발로 자른 머리는 언제나 헝클어져 있었다. 그래도 가끔은 정장을 입었지만, 보통은 발목을 접어 올린 청바지와 헐렁한 블라우스, 팔꿈치까지 소매를 말아 올린 스웨터를 입었고, 월요일부터 목요일까지는 하이힐을, 그리고 금요일에는 운동화를 신고 다녔다. 손목에는 세미콜론(;) 모양 문신이 있었고, 팔뚝에도 페퍼로니 피자 한 조각을 그린 문신이 있었다.

"모랄레스 군, 다시 보니 반갑네요." 선생님은 교실로 들어오는 마일스와 강케를 보며 말씀하셨다. 블로퍼스 선생님의 교실은 온통 작가들의 포스터로 가득했는데, 마일스가 생전 들어보지도 못한 사람들이 대부분이었다. 마일스가 자리에 앉자 강케는 그 뒷자리에 앉았다. 앞자리에는 워싱턴 하이츠에 사는 학금이(장학금을 받는 아이들은 자기들을 이렇게 불렀다) 위니 스톡턴이 앉았다.

"안녕하세요, 블로퍼스 선생님." 마일스는 살짝 걱정 섞인 목소리로 말했다. 다들 자기가 정학을 당했었다는 건 알고 있을 테고, 더 중요한 건 그 이유까지 제대로 알고 있느냐였다. *쟤는 오줌이 너무 마려워서 정학까지 먹었대.* 사실은 *쟤는 스파이더맨이래*인데 말이다. 뭐 어젯밤부터는 *쟤는 스파이더맨이었대*가 되었지만.

"안녕하세요, 블로퍼스 선생님." 강케도 신나게 인사했다. "제 시조를 계속 손보고 있었어요."

"네, 확실히 그랬어요." 마일스는 고개를 절레절레 흔들면서 말했지만, 앨리샤 카슨이 옆 책상에 앉자 흔들던 고개를 멈칫했다.

앨리샤. 진짜 감동적일 정도로 예쁜 여학생이었다. 똑똑하기 그지없는 머리, 갈색 피부, 땋아 내린 머리카락. 거기다 살짝 삐딱한 미소에 딱 매력을 더해줄 정도의 혀 짧은 발음까지. 앨리샤한테서는 바닐라 내음이 났지만, 마일스는 여기에 섞인 백단향도 놓치지 않았다. 아마 귓등에 살짝 뿌린 향수에서 흘러나오는 향기겠지. 마일스의 엄마는 백단향을 좋아했다. 생선을 구운 다음에는 꼭 백단향을 뿌려서 집에 밴 비린내를 빼곤 하셨다.

"안녕, 마일스." 앨리샤가 말했다.

"안녕, 앨리샤." 마일스는 곁눈으로 강케가 자기 눈썹을 우스꽝스럽게 꿈틀거리는 꼴을 보았다. 마일스는 강케에게 언제나 앨리샤 이야기를 했고, 강케는 절친답게 '앨리샤도 널 좋아해줄 것이니 마땅히 행동으로 옮겨 보는 게 좋을 것'이라고 언제나 마일스를 설득하려 했다. 하지만 마일스는 그러지 않았다. 그럴 수가 없었다. 그러고는 싶은데 자기가 생각하던 온갖 쿨한 모습들은 아무래도 쫄쫄이 뭉치와 함께 옷장에 처박아두고 온 것 같았다.

"좋아요, 여러분. 자리에 앉아요." 블로퍼스 선생님은 교실 앞쪽에 서서 청바지 주머니에 양손가락을 찔러 넣은 채 말했다. "다들 즐거운 주말 보냈길 바라요. 일상 속에서 시상이 숨 쉬는 시간을 보냈다면 더 좋겠네요." 시상은 항상 주변에 있다. 보통 이런 명언은 마일스를 민망하게 만드는 문구들이었지만, 블로퍼스 선생님에겐 그런 민망함을 충분히 극복시키는 능력이 있었다. "이번 주에는 수업 첫 10분 동안 계속 시조를 지어볼 거예요. 완벽할 필요도 없고 완성할 필요도 없지만, 여러분의 운율 근육을 키워주기 위해서예요." 블로퍼스 선생님은 마치 이두근 운동을 하듯이 팔뚝을 구부렸다 폈다 했다. "이제 누가 한번 주제를 선정해볼까?" 교실 반대편에 앉아 있던 크리시 벤틀리가 손을 번쩍 들었다. "크리시?"

"개요."

"개?" 라이언 랫클리프가 눈살을 찌푸렸다.

"그래. 개한테 유감 있어?"

강케는 몸을 앞으로 숙이더니 마일스의 귓가에 속삭였다. "야, 나 같으면 절대 똥개 같은 주제로 시조 못 지어. 절대 안 그럴 거야."

"좋아요. 그럼 라이언, 더 나은 주제를 생각해보겠어요?" 블로퍼스 선생님이 물었다

"전 그냥…." 라이언은 자기 말을 지워버리겠다는 듯이 한 손을 휘휘 내저어 보였다. "사랑이요."

교실 전체가 끙, 하는 소리를 냈다. *진심이야?* 라이언 랫클리프, 일명 '쥐똥'이란 별명을 가진 저 녀석은 꼭 후추 냄새가 풍기는 노인네 향수로 목덜미를 적시지 않고서는 기숙사 방 밖으로 나오지 않는 아이였다. 거기다 생겨먹기는 꼭 잘하면 정말 *TV*에도 한번 나올 법하게 생겨먹었다. 파란 눈. 조각한 듯한 얼굴. 상아로 특별 제작한 듯한 치아까지. 진짜 TV에 나오는 사람들을 꼭 빼 닮았다. 기생오라비가 따로 없었다.

"사랑이라?" 블로퍼스 선생님이 말했다. "좋아요, 그럼 사랑을 주제로 하되 가능성은 좀 더 열어둘까. 예를 들면 크리시는 자기 개를 얼마나 사랑하는지 써보고, 라이언은—"

"자기한테 얼마나 빠져 있는지 써보지 그래." 크리시가 치고 들어왔다. 반 전체가 키득거리며 웃음을 참느라 들썩거렸다. 라이언은 너무 쿨해서 눈살 한 번 찌푸리지 않았다.

"아니면 원하는 건 뭐든 써도 좋아." 블로퍼스 선생님도 낄낄 웃음이 나오는 걸 억누르며 말했다. "여러분도 사랑과 관련된 건 무엇이든 주제로 삼아도 좋아요. 알았죠? 지금부터 10분 주겠어요. 시작."

즉시 교실이 조용해졌다. 블로퍼스 선생님은 마일스에게 다가오더니 책상에 걸터앉았다.

"강케한테 설명 들었니?" 선생님이 소곤소곤 말했다.

"어느… 정도는요."

"저도 노력했어요." 강케는 말했다. 말소리가 좀 컸다.

"쉬잇." 누군가 말했다.

"노력은 했죠." 마일스도 인정했다.

"좋아. 정말 간단해. 형식은 3장이 기본에 각 장은 15음절 내외로 구성되는 거야. 그리고 각 장도 다 역할이 있어. 1장은 도입부고 2장은 전개, 그리고 3장은 반전이야." 블로퍼스 선생님은 병의 뚜껑을 돌려 땄다. "이해가 되지?"

꽤 쉬워 보였다. 하지만 마일스는 자기가 뭘 쓰고 싶은지 생각하자마자 곧바로 막혀버렸다. 특히 주제가 사랑에 묶여 있다는 게 컸다. 물론 엄마가 있었다. 아마 가장 쓰기 쉬운 주제일 테지만, 정작 뭐라고 해야 할지 알 수가 없었다. 사랑해요는 겨우 네 글자다. 정말로 사랑해요는 일곱 글자. 아니면 아빠에 대해 써볼까. 마일스는 그 전날 학교로 돌아온 후부터 아빠 생각을 정말 많이 하고 있었으니까. 계단에서 애런 삼촌에 대해 나누었던 대화에는 꽤 많은 의미가 담겨 있었다. '자신이 할 수 있는 가장 정의로운 행동은 바로 주변 사람부터 돌봐주는 것', '누군가를 사랑한다면 그만큼 엄하게 대해야 한다는 것' 등등. 마일스는 끄적거리기 시작했다.

아빠의 사랑은 엄하지만…

마일스는 손을 꼽으며 음절을 세어보았다. 다시 시작했다.

아빠의 사랑은 이따금 엄하시며—

"시간 다 됐다." 블로퍼스 선생님이 말씀하셨다. 아, 이제 막 흐름을 타던 순간이었는데. "발표해볼 사람?" 선생님이 물었다.

여기저기서 손이 번쩍 들렸다. 마일스는 굳이 돌아볼 필요도 없이 강케가 정신이라도 나간 듯이 손을 흔들어대고 있다는 걸 알 수 있었다.

"음… 앨리샤가 발표해보자." 블로퍼스 선생님은 미소를 띤 채 앨리샤를 가리키며 말했다. 강케가 대놓고 풀이 죽어버리는 소리가 들렸다. 실망의 한숨이 마일스의 뒷목을 간지럽혔다. "교실 앞으로 나와서 발표해보자." 앨리샤는 종이를 들고 앞으로 나왔다. 보라색 잉크가 종이 뒤쪽까지 번져 있는 게 보였다. "제목이 뭐지?"

"무제예요." 앨리샤가 말했다. 그러고는 입술을 잠깐 달싹이더니 낭송하기 시작했다.

"세상 가장 아름다운 봉우리가 사랑이라.
꼭대기 구름 덮여 그 자태 안개 같다.
진정한 아름다움은 오르는 데 있겠지만."

반 전체가 활짝 웃는 가운데 앨리샤는 자리로 돌아갔다. "정말 멋졌어." 마일스는 몸을 옆으로 숙여 앨리샤에게 속삭였다. 앨리샤는 학교에서도 시인으로 정평이 나 있었으며, 학교의 시 쓰기 동아리인 '꿈지기'에도 가입되어 있었다. 물론 동아리 지도 교사는 블로퍼스 선생님이었고. 마일스 생각에 앨리샤의 실력은 정말 굉장했지만(사실 앨리샤와 관련해서는 뭔가 나쁘다는 생각을 할 수가 없었다) 정작 동아리 활동에는 전혀 참여한 적이 없었는데, 좀 이해가 안 된다고 생각했기 때문이었다. 십대 소년 소녀라면 보통 일상적으로 시를 읊고 다닐 만한 사람들이 아니니 말이다. 물론 앨리샤만 빼놓고. 앨리샤는 뭘 읊고 다녀도 상관없다. 앨리샤라면 그놈의 똥개를 주제로도 멋들어진 시를 쓸 수 있을 테고, 마일스도 그 시를 감명 깊게 들어줄 수 있었다.

"고마워." 앨리샤는 볼을 살짝 붉히며 말했다.

"정말 멋졌어요, 앨리샤." 블로퍼스 선생님이 말씀하셨다. "마침 좋은 기회라서 말해두는데, 앨리샤와 꿈지기 동아리 회원들이 오늘 저녁 6시에 광장에서 낭송회를 할 예정이에요. 여러분도 참석해주었으면 좋겠네요. 맨입으로 오라고 하면 좀 그러니까, 낭송회에 참석한 학생들에게는 추가 점수를 주도록 하겠어요. 시는 공동체에 관한 겁니다. 단순히 표현만이 중요한 게 아니라, 타인의 표현을 감상하는 것도 중요하죠." 블로퍼스 선생님은 마일스를 쳐다보았다. 마일스는 기꺼이 그 추가 점수를 받아 갈 생각이었다. "다시 한 번 말하지만 정말 잘했어요, 앨리샤."

"야, 어쩌면 앨리샤도 한국 혼혈 아닐까?" 강케가 마일스의 귀에 속삭였다. 마일스는 대답을 하지 않았다. 그냥 소 귀에 경 읽듯 귓등으로 흘려버렸다.

마일스가 시끌벅적한 학교 식당에서 거의 체할 듯이 점심을 입 속으로 허겁지겁 쑤셔 넣은 다음 사과 주스를 두 모금 마시자 수업 종이 울렸다. 아이들은 탁자에서 일어나 복도로 우르르 몰려나갔다. 강케는 이미 아침에 체임벌린 선생님의 수업을 들었기 때문에 마일스과 손을 짝, 마주치고는 제 갈 길을 가버렸다.

"행운을 빈다." 강케가 말했다.

"그래. 고맙다."

이 부분에서는 음울한 오르간 배경음이 어울릴 것 같다.

마일스가 교실에 들어갔을 때 체임벌린 선생님은 칠판에 뭔가를 열정적으로 쓰고 있었다. 보통 악필이 아니었다. 마침내 판서를 마친 체임벌린 선생님은 아직 책상에 앉는 중이던 학생들 쪽으로 돌아섰다. 체임벌린 선생님의 피부는 살짝 누런빛을 띠었고, 체구는 말랐으며, 두터운 콧수염 밑의 입술은 어찌나 핥아댔는지 온통 부르터 있었다. 선생님은 아무래도 평소처럼 자기 생각에 고취되어 있는 것 같았다. 양손은 한데 모은 채 손가락들이 깍지 끼어져 있었고, 얼굴은 한껏 찌푸린 상태였다.

"전쟁은 곧 싸움이고, 싸움은 곧 살상이다." 선생님은 부드럽게 말했다. 마일스는 그 얼굴을 외면했다. 사실 마일스는 아직까지 모두의 얼굴을 외면하고 있었는데, 정학을 당했다는 것과 그 사유가 여전히 민망했기 때문이었다. 이 수업을 같이 듣는 앨리샤는 마일스의 앞에 앉았다. 그렇다, 마일스의 바로 앞자리에 앉아주었다.

"전쟁은 곧 싸움이고, 싸움은 곧 살상이다." 체임벌린 선생님은 다시 말했고, 학생들은 여전히 침묵을 지켰다. 심지어 선생님은 이제 뒤에 있던 칠판에 그 말을 쓰기 시작했다. "전쟁은…" 선생님은 다시 시작했다. 이젠 아예 눈까지 감고 있었다. 교실에는 침묵이 무겁게 내려앉았다. 몇 안 되는 학생들은 정말로 재미가 있었기 때문에 입을 닫고 있었다. 또 마일스처럼 외경심이나 거의 공포에서 우러나오는 침묵을 지키는 학생들도 있었다. 하지만 대부분은 그냥 지루해서였다. 많은 학생들이 체임벌린 선생님의 수업을 잠으로 때웠다. 선생님이 교실 앞쪽에서 뭔가 강렬한 꿈이라도 꾸고 있는 듯 두 눈을 감고 머리를 까딱, 까딱 하는 동안, 본인들도 눈을 감고 끄덕끄덕 조는 것이다. "전쟁은 곧 싸움이고, 싸움은 곧 살상이다." 체임벌린 선생님이 마지막으로 운을 뗐다. 선생님은 언제나 새로운 인용구를 가져와서 마치 경구마냥 세 번씩 읊어대곤 했다. 꼭 지루함의 정령이라도 소환하려는 의식처럼.

그리고 정말로 지루했다.

체임벌린 선생님은 딱 강케가 짚어줬던 부분부터 진도를 나가기 시작했다. 노예 제도가 없었다면 미국이 어떤 모습을 하고 있을까를 설명하기 시작한 것이다.

"미국이 지금과 같은 모습의 나라가 되었으리란 것은 어불성설입니다. 여러분이 그토록 좋아하는 사치품, 예컨대 그 소중한 핸드폰도 아직 딴 세상 얘기처럼 터무니없는 아이디어로 받아들여졌겠죠. 노예제는 이 위대한 나라를 구성하는 일부입니다. 남부 연방 측에서 노예제를 고수했다고 해서 그 논의까지 포기하지는 맙시다. 남부 측에서도 그 당시의 현재가 아니라 미래를 위해서도 싸웠다는 사실은 명약관화하게 주장해볼 수 있습니다."

체임벌린 선생님이 주절거리는 동안 마일스는 자기 자리에서 끙끙거리고 있었다. 화장실에 가고 싶어서가 아니었다. 지금 체임벌린 선생님이 열변을 토하고 있는 주장이 윤리적인 면에서 완전히 틀렸다는 걸 알고 있었기 때문이었다. 고려해야 할 부분이 많았다. 노예제라면… 당연히 틀린 것이었다. 사람을 물건처럼 다루며 마구 학대하고 죽인다니.

그러더니 체임벌린 선생님은 지루해 죽겠어서 자기 수업에 잘 집중하고 있지 않은 학생들을 도발하기 시작했다. 차라리 화라도 나게 해서 수업에 더 참여하게 만들려는 것일까. 예를 들어 얼굴에 마마자국이 있는 부잣집 아들, 브래드 캔비 같은 경우에는 언제나 A학점을 받는 것보다는 재미있는 일을 찾아다니는 데 더 신경을 쏟았다. 그래서 어떤 수업에서든 전혀 집중하지 않았지만, 특히나 체임벌린 선생님의 수업은 더 무시했다. 하지만 자기 앞에 앉은 앨리샤가 고개를 절레절레 젓는 것을 본 마일스는 아무래도 이 애가 선생님의 말씀을 굉장히 불쾌해하는 것 같다고 생각했다. 그 정도면 마일스가 손을 번쩍 들게 하기에 충분했다.

하지만 마일스는 체임벌린 선생님을 부르기 전에(선생님은 항상 눈을 감고 있으니 그 손을 볼 수 있을 리가 만무했다) 들었던 손을 슬그머니 내렸다. 그랬다가 다시 미간까지 손을 올렸다. 머리가 웅웅거리고 있었다.

아 진짜, 또 이래.

마일스는 책상에 그대로 앉아 체임벌린 선생님이 뭐라고 하건 최대한 무시하려고 했다. 웅웅거리는 이 감각도 곧 없어지겠지. 별일 아니다. 어쨌든 아무것도 아닐 거다. 하지만 이제 체임벌린 선생님은 완전히 자신의 수업에 심취해 있었다. "에이브러햄 링컨 대통령은 취임 초기부터 자신이 내세웠던 반 노예제 공약으로부터 극적인 전환을 보여줍니다."

웅웅.

체임벌린 선생님의 목소리는 이제 마일스의 귓속에서 완전히 뭉개지고 있었다. 일어나지 마. 금세 끝나. 아무것도 아냐. 아무것도 아닐 거야. 마일스는 앨리샤의 뒷목만 뚫어지게 바라보았다. 뒤쪽 목덜미의 솜털이 정리되지 않은 채 보송보송하게 솟아 있었다. 혹시…? 아냐. 아니 근데 진짜 누가 다치기라도 한다면? 지금 도시가 한창 박살나는 중이라면 어떡하지? 마일스는 계속 자신의 감각을 무시하려 했지만, 그 찌릿한 감각이 한 번 찾아올 때마다 누군가 위험에 처해 있을지도 모른다는 가능성은 진득하게 들러붙어 왔다.

마일스 모랄레스는 잠시 정신이 멍해졌다.

마일스는 자기 동네 사람들이 중독을 떨쳐내려 애쓰던 광경을 생각했다. 어른들은 덜덜 떨며 슈퍼마켓의 문을 박살내고 들어가 냉장고로 달려갔다. 여자들은 머리와 팔을 할퀴면서 집에 가는 길을 기억해내려 애썼다. 아니, 애초에 언제 집에서 나왔는지를 기억해내려 했다. 사이러스 샤인과도 같은 사람들이었다.

"결국 다들 극복해낼 거야." 마일스 아빠는 금단 증상과 그 고통에 대해 설명해주었다. "힘들 내십쇼." 아빠는 마일스와 함께 그런 사람들 옆을 지나갈 때면 으레 이렇게 인사하곤 했다.

마일스도 힘을 내야 했다. 자기 일을 제쳐놓고 다른 사람을 구하고 싶다는 욕망을 참아내기 위해서. 하지만 점점 정신이 혼미해졌다. 심장은 미친 듯이 빠르게 뛰고 있었고, 혈관은 바짝 수축해서 몸속에서 피가 흐르는 게 직접 느껴질 정도였다.

마일스는 마음을 추스르기 위해 몸을 타성에 맡겼다. 이대로 수업을 버텨낼 심산이었다

웅웅. 웅웅. 웅웅. 웅웅.

숨 쉬어. 흐릿한 형상은 눈을 깜박여 없애버리고. 숨 쉬어.

백단향 냄새. 침착하자.

웅웅. 웅웅. 웅웅. 웅웅

체임벌린 선생님이 지껄이는 말도 안 되는 소리는 차단해버려.

"그렇습니다. 미 헌법의 제 13차 개정에서는 징벌적 노역의 경우를 제외한다면 더 이상 미합중국에서의 노예제를 금지한다고 공표했죠. 그러니 어쩌면 범죄자들의 부역 덕분에 이 위대한 국가가 여전히 살아 숨 쉬고 있다는 주장도 가능하겠습니다." 이 발언이 허를 제대로 찌르는 바람에 마일스는 몸을 절로 똑바로 일으켜 세우고는 선생님을 쳐다볼 수밖에 없었다. 그 순간 마일스는 놀랍게도 눈을 뜨고 심술궂은 시선으로 자기를 똑

바로 바라보고 있던 체임벌린 선생님과 눈이 마주쳤다. 그러더니 체임벌린 선생님은 다시 눈을 감고 얼굴을 굳히더니 말을 끝마쳤다. "그 목적이야말로 연방 측 국부들이 원했던 것입니다."

웅웅.

숨 쉬어. 흐릿한 형상은 눈을 깜박여 없애버려. 숨 쉬라고.

체임벌린이… 웃고 있었나?

백단향 냄새. 침착하자.

앨리샤는 마일스가 자기 목덜미를 무슨 정신 이상자처럼 쳐다보고 있다는 걸 알고는 곁눈질을 하다가 마일스와 정통으로 시선이 마주쳤다. 앨리샤가 씩 미소를 짓자 마일스가 뛰어들고 싶을 만큼 깊숙한 보조개가 패였다.

백단향 냄새. 침착하자. 숨 쉬어. 숨 쉬라고.

그리고 드디어… 드디어… 종이 울렸다. 학생들이 일제히 책상에서 일어나면서 바닥에 의자 끌리는 소리가 요란하게 울려 퍼졌다. 마일스는 천천히 일어났다. 티셔츠 목깃에는 땀자국이 동그란 모양으로 흥건하게 젖어 있었다. 마일스는 안도했다. 해냈다.

"체임벌린이 진심으로 하는 소리 같니, 아니면 간 보는 것 같니?" 앨리샤는 책을 가방에 챙기면서 마일스에게 속삭였다.

"어… 모르겠네." 마일스는 이마를 훔치고 가방을 닫으면서 말했다. 체임벌린 선생님은 수업을 시작하면서 칠판에 썼던 인용구를 지우고 있었다. 마일스는 그 등을 쳐다보며 눈살을 찌푸렸다.

"왜 그렇게 쳐다봐?" 앨리샤가 마일스의 표정을 뜯어보며 말했다. 마일스도 자기 표정이 좋지 않다는 걸 알아채고는 잽싸게 미소를 지었다. 하지만 앨리샤는 오히려 두 배로 헷갈리는 것 같았다. "이젠 왜 또 그렇게 쳐다봐? 그 궤변이 재미라도 있었니?"

"뭐, 수업에서?" 마일스는 잠시 아래를 내려다보며 자신을 수습했다. "당연히 아니지. 아냐, 아니고말고." 마일스의 머리는 여전히 웅웅대고 있었고, 뱃속은 뒤집힐 것 같았으며, 온 피부에서 땀이 줄줄 새고 있었다. 기절하면 안 돼. 마일스는 생각했다. 또 기절하진 말자고. 그렇게 다짐하는 동시에, 앨리샤와 이렇게 좋은 대화를 나눌 수 있는 기회를 놓치면 안 된다는 것도 알 수 있었다. 칭찬. 칭찬을 하자. 그렇다고 눈에 보이는 외모나 냄새나 ㅅ 발음을 귀엽게 혀 짧은 소리로 내는 걸 섣불리 건드리면 안 된다. 지금 자신의 해괴한 표정을 상쇄할 만한 이야기를 생각해내야 했다. 그러다 좋은 생각이 났다. 앨리샤한테 그 시가 얼마나 좋았는지 얘기하면 되겠다. 산봉우리에 대한 시. 연시. 좋았다. "야… 어… 좀 뜬금없긴 한데 네 시 진짜 좋았―" 마일스는 입을 열었지만 다음에 이어질 말이 무슨 바윗돌처럼 목구멍을 꽉 막아버렸다. 그래서 꿀떡 삼킨 다음, 이제는 미소도 지워버린 채 입을 다시 열어보려 했다. 트림이 흘러나왔다. 앨리샤는 고개를 옆으로 갸우뚱 했다. "미안." 마일스는 트림을 억누르려고 입을 틀어막았다. "그러니까 내 말은 그 시가―" 말이 또 막혔다. "진짜… 진짜 좋았… 네 시…" 갑자기 그 트림인지 딸꾹질인지가 훨씬 악화되었다. 이제는 욕지기가 올라오고 있었다. 앨리샤는 한 걸음 물러서서 마일스를 빤히 바라보았다. 걱정스러운 표정이었다.

"마일스?"

"미안, 미안. 난…." 마일스는 한 손으로 입을 틀어막고 앞으로 휘청거렸다. "이런 세상에… 나 이거…." 그러더니 마일스는 앨리샤 앞에서 도망쳐 체임벌린 선생님을 지나 뛰쳐나가다가 하마터면 교실 문간에서 얼쩡거리고 있던 학생들을 쓰러뜨릴 뻔하고는, 그대로 화장실로 직행했다.

웅웅.

웅웅.

웅웅.

CHAPTER 5

"야아아아." 강케가 기숙사 방문을 쾅 닫고 들어왔다. 한 손에는 봉투들을 들고 있었고 반대쪽 손으로는 웬 주황색 종이 한 장을 흔들고 있었다. 마일스는 자기 쪽 침대에 누워 스스로가 써본 최고의 시조를 끄적거리고 있었다. 그러다가 강케를 흘끗 올려보았다. 강케는 좀 진정했다. "뭔 일 있냐?"

마일스는 펜을 내려놓았다. "앨리샤랑 얘기했어. 그러니까, 그냥 말만 섞어보는 수준으로."

"좋아, 그래서…."

"그래서… 하마터면 걔한테 토할 뻔했어."

"아니 잠깐만, 진짜로 토를 할 뻔했다는 거야? 그러니까 진짜 오바이트를—"

76

"그래, 인마." 마일스는 강케의 말을 잘라먹었다. 강케는 목의 근육까지 팽팽하게 조여 웃음을 참아보려 했지만, 끝내 버티지 못했다. 결국 자기 책상에다 봉투들을 집어 던진 다음 입을 손으로 틀어막고 큭큭거리며 웃기 시작했다. "재미없거든." 마일스가 끄응, 하고 말했다.

"재미없는 건 알지. 그러니까 재미있긴 한데 없기도 하지. 그러니까 좀… 역겹잖아. 세상 뜨거운 물로 씻어도 찝찝하겠다. 누가 나한테 토 한 방울이라도 튀겼으면 바로 피부 이식 수술 견적 잡으러 갔을걸." 강케는 헛구역질하는 시늉을 해 보였다. "진심 생각을 해봐라—"

"야, 그래서 무슨 일이 있었는지 들을 거야, 말 거야?"

"그래, 그래. 미안."

마일스는 빠르게 설명을 해주었다. 체임벌린의 수업. 고장 난 스파이더 센스. 앨리샤와의 짧은 대화. 그리고 마지막으로 욕지기가 올라오는 바람에 복도를 미친 듯이 뛰어 남자 화장실로 직행한 이야기까지.

"그런데 변기 칸에 들어가자마자 구역질이 사라지더라고. 드디어 스파이더 센스 약발이 떨어졌거나… 어떻게 됐나 보지 뭐."

"어떻게 됐는데?"

"나도 모르지. 그냥 그렇다고." 마일스는 뺨을 벅벅 긁었다. "체임벌린이 날 되게 기분 나쁘게 쳐다보더라."

"어떻게 쳐다봤는데?"

"그냥 기분 나쁘게. 설명을 못하겠네." 마일스는 잠시 교실에서의 그 순간을 떠올렸다. 자신이 느꼈던 감정과 체임벌린이 보냈던 심술궂은 시선까지. "있잖아, 내 스파이더 센스가 울리면 난 무슨 일인지 알아보려고 맨날 밖으로 뛰어나가는데 아무것도 없을 때 있지?" 강케가 고개를 끄덕이자 마일스는 말을 이었다. "음, 그게 어쩌면 교실 안에서 자극을 받는 건 아닐까?"

"네 말은…."

"그러니까, 혹시 체임벌린이 내 스파이더 센스를 갖고 노는 건 아닐까?"

강케는 마일스를 흘깃 쳐다본 다음 믿을 수 없다는 듯이 고개를 흔들었다. "야, 체임벌린이 확실히 정신 나간 양반이긴 해. 좀… 많이 나갔지. 수업 시간에 하는 개소리만 봐도 그건 확실해. 거기다 분명 코티지치즈 같은 것도 먹을걸. 그딴 거 먹는 사람은 싹 다 인성 터졌어. 주변 사람들은 물론이고 가까운 사람들한테도 할 짓이 못 돼. 내가 듣기로 코티지치즈를 먹으면—"

"강케." 마일스는 한쪽 손을 들고 휘휘 저어서 나머지 문장이 튀어나오는 것을 막았다. 체임벌린 선생님이 코티지치즈를 먹었을 때 생기는 생리적 현상 따위를 상상하고 싶지는 않은 것이다.

"그냥 그렇다고. 야, 난 널 사랑하지만 그건 좀 너무 나갔다. 나도 이해해. 방금 앨리샤랑 완전히 끝장났는데, 핑계가 필요하겠지."

마일스는 콧김을 뿜고는 양손을 얼굴에 짝! 소리가 나게 갖다 댄 다음 눈썹 위를 문질렀다. "그런가봐. 어쩌면 네 말이 맞을지도 몰라."

"어쩌면 이 점만 빼고… 말이지." 강케는 자기가 쥐고 있던 주황색 종이를 마일스의 침대 쪽으로 날렸다. "최소한 앨리샤와는 아직 끝장난 게 아닐지도 모르겠는걸?"

강케는 종이를 집어서 들여다보는 마일스를 보며 음험하게 고개를 끄덕였다.

브루클린 비전 아카데미 3학년들과

역사학과가 협력하여
유령 변장 축제를 개최합니다.

마일스는 손바닥으로 종이를 내리쳤다. "야, 절대 안 가."

"나도 알아. 그냥 네가 계속 슈퍼 히어로로 짓을 관둔 것처럼 굴면 한번 꼬셔볼 만하다고 생각했을 뿐이야. 더 이상 사람들을 구할 필요도 없다고 결심했다면 말이야. 그리고 나도 이해해. 솔직히 초능력 좀 가졌다고 생전 듣도 보도 못한 사람들을 구해야 한다는 책임감을 가질 이유가 어디 있겠어?" 강케는 극적인 동작으로 몸을 돌렸다.

"네 속셈 다 알거든."

"야, 좀." 강케는 다시 마일스 쪽으로 몸을 돌리고 사정했다. "이 도시에는 네가 필요해. 특히 할로윈에는 말이야. 그리고 이게 앨리샤와의 관계를 회복할 절호의 기회일지는 몰라도," 강케는 주황색 종이를 가리켰다. "넌 *이런 애야. 이런 능력자라고.*" 강케는 손바닥이 위를 보게 양팔을 앞으로 뻗고는 거미줄을 슉슉 쏘는 흉내를 냈다. "넌 스파이더맨이잖아. 그게 좋든 싫든."

"강케… 그만해." 마일스의 어조가 바뀌었다. 그러고는 초대장을 집어 들고 한 번 꼼꼼히 훑어보았다. 뉴욕 플랫부시 출신의 '저지'라는 학급 일가가 와서 디제잉을 해준단다. 저지가 음악을 맡는다면 일단 파티의 분위기는 확실히 달아오른다고 보장할 수 있었다. 마일스는 다시 한 번 초대장을 꼼꼼히 읽으면서 정말 끝내주는 파티가 될 거라는 보장이라도 있는지 살펴봤다. 아니면 여자애들이라도 있을지. 아니면 정말 끝내주는 여자애라도 있을지. 앨리샤처럼. 아니면… 그냥 마일스 모랄레스가, 스파이더맨이 아닌 마일스가 즐거운 시간을 보낼 수 있으리라는 보장이 있을지 읽어봤다.

잠시 후 마일스는 등을 대고 늘어지게 누워 있었다. 파티 초대장은 매트리스에서 맥없이 미끄러지더니 바닥으로 내려앉았다. 할로윈 파티가 굉장하다는 얘기는 많이 들어봤다. 그리고 강케 말이 맞았다. 이미 1학년과 2학년의 파티는 놓쳤고, 그 뒤로 족히 일주일 정도는 SNS에 올라오는 온갖 파티 셀카들과 단체 사진을 보며 배가 아파 끙끙대야 했다. 다들 연례 할로윈 몰카에 대한 얘기만 한다는 건 말할 필요도 없다. 으윽. 그래도 마일스는 항상 그게 아무렇지도 않은 척했다. 자기만 빼놓고 다들 재미있게 놀았어도 상관없는 척했다. 그래도 사실은 부러웠다. 아주 조금은.

하지만 강케는 굳이 몰아세우지 않았다. 파티 건도 그렇고, 마일스의 '은퇴' 건도 그렇고. 그냥 내버려두고 기다릴 뿐이었다. 그러다 갑자기 마일스의 알람시계가 울렸다. 강케는 깜짝 놀랐다.

"야, 잠도 안 자는 놈이 그건 왜 켜놨어." 그때 강케는 가방에서 두꺼운 교과서를 꺼내 무릎에 올려둔 채 신발을 벗고 냄새를 맡아보는 중이었다. 대체 왜 켜뒀을까?

"알지, 그런데 혹시라도 잠드는 바람에 알바 늦을까봐 켜놓은 거야. 나도 이거 가기 싫다. 차라리 빼먹고 시 낭송회나 가보고 싶은데." 마일스도 자신의 입에서 그런 말이 술술 흘러나왔다는 게 믿기지 않았지만, 앨리샤와의 오해를 푸는 것 말고도 시 낭송회에 갈 만한 이유가 있었다. 추가 점수가 필요했던 것이다. 마일스는 자리에서 일어나 피로를 쓸어버리기라도 하려는 듯 양손으로 얼굴을 쓱쓱 문지른 다음, 침대 구석에서 시조를 끄적대다 결국 관두고 던져두었던 공책을 집어 들었다. "부모님 도와드린다고 일까지 하면서 추가 점수는 또 어떻게 얻지? 뭐든 추가로 하는 건 진짜 어려운 일인 것 같지 않냐?" 그러다 꽤 긴 정적 후에, 마일스는 간단한 질문을 던졌다. "내가 이 파티 안 가면 너 혼자 갈 거냐?"

"모르지. 너 쫄쫄이 입고 가면 쓰고 뉴욕 지키느라 파티 안 가는 거야?"

"그건 아닌데."

"그럼 가야지." 마일스는 흠, 하고는 바닥에 떨어진 초대장을 바라보았다. CG로 만든 조잡한 핏방울 무늬와 유령 모양 이모티콘이 그려져 있었다.

"좋아." 마일스는 너무도 당연한 말을 한다는 듯이 툭 뱉었다.

"뭐가… 좋아?" 강케는 당연히 혼란에 빠졌다.

"좋아. 나도 낀다." 마일스가 한숨을 쉬었다.

"어디에 끼어…?"

"아 좀, 강케. 무슨 말 하는지 다 알면서 그러냐."

"할로윈 파티?" 강케의 입가가 잘 모르겠다는 듯이 찌푸려졌다. "너 정말 따로 할 일 없냐? 그 왜…." 강케는 또 그 어설프게 거미줄을 발사하는 시늉을 해 보였다.

"난 그냥… 그걸… 종일 할 수는 없잖아." 마일스는 어색하게 말했다. "야, 그냥 갈 거야 말 거야?"

그리고 그냥 그렇게 약속이 정해졌다.

강케가 완전 신나서 파티에 입고 갈 변장 아이디어를 쏟아내는 동안 마일스는 아르바이트를 하러 나갈 채비를 마쳤다. 가방의 지퍼를 잠그고 운동화를 신은 마일스는 강케에게 최대한 평범한 어조로 물었다. "그건 그렇고 넌 어쩔 거야? 너도 시 동아리 행사 갈 거야?"

"아직 잘 모르겠어. 그러니까 가고 싶긴 해. 딱 지금 삘이 왔거든. 근데 화학 숙제도 있어서." 강케는 무릎 위에 올려두었던 책을 탁탁 두드렸다.

"화학 결합만큼 밤을 화끈하게 보내는 방법도 없지."

"어련하시겠어." 마일스는 씩 웃으며 대답했다. "혹시라도 행사에 가게 되면 앨리샤한테 내 대신 사과 좀 해줄래?" 마일스는 공책을 가방에 넣은 다음 어깨에 둘러멨다. 그런 다음 문가로 가다가 강케의 책상 옆에 멈춰서 편지들을 쭉 훑어보았다. 자기 이름이 적힌 편지가 있었다. 그래서 뒷주머니에 넣었다.

"알았어, 알았어. 해줄게." 강케가 엄지를 척, 들어 보였다. "낭송회에 가거든 전해줄게."

"고맙다."

그리고 문을 닫고 나가는 마일스의 뒤로 강케의 외침이 들려왔다. "네가 개 사랑한다고 꼭 전해줄게!"

학교 편의점은 실로 지루함의 공간이었다. 마일스의 아르바이트는 일종의 근로 장학 프로그램 같은 것으로, 이걸로 학교에서 무료 숙식을 제공받는 덕분에 부모님은 집에서 쫓겨나 노숙자 신세가 되지 않을 수 있었다. 마일스 동네의 부동산 임대는 1년에 한 번씩 갱신하는데, 그 시즌이 올 때마다 항상 집주인이(시저라는 남성이었는데 이 동네에는 코빼기도 비치지 않았다) 집을 팔아버릴지도 모른다는 공포스러운 소문이 도는 바람에 마일스와 부모님은 잽싸게 새 집을 알아보고 다녀야 했다. 실제로 그런 일이 벌어지는 걸 본 적도 있었다. 블록 맨 끝에는 오스카라는 아저씨가 살았다. 마일스가 기억하는 한 그곳에서 계속 살고 있던 아저씨였다. 그러다어느 날은 현관 계단 옆에 주택 매매 딱지가 붙었다. 그래서 사람들이 그집에 드나들면서 창문을 올려다보고, 메모장에 뭘 끄적거리고, 핸드폰으로 분주하게 타자를 치고 있었다. 그렇게 오스카 아저씨는 사라져버렸다.

그런 생각을 할 때마다 마일스는 엄마 아빠가 기숙사 방에서 자신과 강케와 함께 사는 상상을 하곤 했다. 엄마는 일요일에 전자레인지로 바나나 요리를 하고 마일스는 강케의 침대에서 둘이 바짝 붙어서 자고 있는 모습이다. 그동안 원래 마일스네였던 집에는 새로운 가족이 들어와서 사는 것이다. 브래드 캔비나 라이언 랫클리프네 가족 같은 사람들, 매일 밤마다 멋진 도자기 그릇으로 밥을 먹는 사람들이겠지.

웃기는 풍경이기는 하지만, 마일스가 매일 아르바이트를 나갈 수 있게 동기를 부여해주는 풍경이기도 했다.

하지만 학교 편의점의 특징은 정말 *편리하게도* 십대 청소년들이 정말 원할 만한 것은 전혀 판매하지 않는다는 점이었다. 핸드폰 충전기도 없었고, 매니큐어도 없었다. 그냥 한 장씩 찢어서 쓰는 공책이나 스프링 공책, 볼펜, 마커, 연필, 샤프 같은 것들이나 팔았다. 물론 통조림 소시지도 있었다. 그리고 마일스의 일은 뭐라도 사러 온 선생님이나 학생들을 응대하는 것이었다. 그러니까 할 일이 아무것도 없었다는 거다. 누가 통조림 소시지 같은 걸 사러 오겠나.

마일스는 판매대에 구부정한 자세로 서 있었다. 주변은 온통 한 겹짜리 화장지나 3공 펀치로 둘러싸여 있었다. 할 일도 없고, 말을 걸 사람도 없었으며, 그중에서도 최악은 가게에 틀어놓은 음악이었다. 부드럽게 울려 퍼지는 색소폰 소리는 이 근로의 황무지에 완벽하게 어울리는 배경음이었다.

그래서 마일스는 언제나 일터에서 하는 일, 숙제를 꺼냈다. 이미 기숙사 방에서 나오기 전에 화학 숙제와 미적분을 후딱 해치운 참이었다. 그리고 평소처럼 역사 숙제는 전혀 없었다. 체임벌린 선생님의 원칙은 모든 학점을 시험으로 매긴다는 것이었다. 추가 점수도 없고, 특별 숙제도 없었다. 그냥 수업을 듣고… 떠올리면 되는 것이었다.

그래서 남은 것은 마일스와 시조뿐이었다. 솔직히 식은 죽 먹기인 주제일 줄 알았더니 그 죽이 참 더럽게도 맛이 없었다. 가족에 대해 써 오라니. 몇 시간 전에 과제를 시작할 때부터 이미 난관에 봉착한 상태였다. 하지만 마일스가 마음속 에드거 앨런 포(미국의 시인-옮긴이)를 막 이끌어내려던 찰나, 마침 뒷주머니에 넣어두었던 봉투가 생각났다. 마일스는 봉투를 꺼내서 문 밖으로 나올 때까지는 신경도 쓰지 않았던 편지의 발신인을 확인했다.

오스틴 데이비스
7000 올드 팩토리 로드
브루클린, 뉴욕 11209

마일스 모랄레스
브루클린 비전 아카데미
패터슨관 352번 방
브루클린, 뉴욕, 11229

마일스는 엄지손가락으로 편지의 모서리를 훑은 다음, 봉투를 찢어서 열었다. 그리고 그 안에 있던 편지를 꺼내서 펼쳤다. 온통 대문자로 쓰인 연필 글씨가 나타났다.

마일스, 이 편지를 읽고 있다면 우리 할머니가 인터넷 사용법을 드디어 깨우친 거겠지. 널 검색해보겠다고 말씀하셨거든. 아마 내가 누군지 또

이 편지는 왜 보낸 건지 궁금할 거야. 내 이름은 오스틴이야. 우리 아빠는 애런 데이비스고. 할머니 말씀대로라면 애런 데이비스는 네 삼촌이기도 해. 그러니 나는 네 사촌이 되겠지.

마일스는 나는 네 사촌이 되겠지라는 부분을 눈으로 훑고 또 훑었다. 삼촌에게 자식이 있었다는 걸 전혀 몰랐다는 게 첫 번째 이유였다. 지금껏 자신에게 사촌이 있다는 사실도 전혀 모르고 있었으니까. 나는 네 사촌이 되겠지. 애런 삼촌에게 아들이 있었다고? 나는 네 사촌이 되겠지. 마일스는 15살이나 감옥이야나 답장 같은 단어들은 휙휙 건너뛰며 계속 편지를 읽었다.

감옥이야.

사촌.

오스틴.

편지를 다 읽은 마일스는 다시 처음부터 끝까지 읽기 시작했다. 침이 바짝바짝 말라서 꼭 목구멍에 무슨 진득한 액체가 들러붙은 느낌이 들었다. 무슨 생각을 해야 할지 알 수가 없었다. 지금 읽고 있는 이 편지를 믿어야 하나? 그럴 수가 없었다. 이게 사실일 리 없었다. 어떻게 애런 삼촌한테 애가 있었는데 마일스가 그걸 모를 수가 있었던 거지? 아빠는 알고 있었을까? 당연히 알고 있어야 했다. 하지만 또 모른다. 아빠와 애런 삼촌은 연락을 완전히 끊었으니까. 하지만 그렇더라도 알고는 있었어야 했다. 어쨌든 마일스는 애런 삼촌과 이야기를 자주 나눴지 않은가. 그… 사건 전의 일이기는 하지만. 애런 삼촌이 뭔가 운을 띄우지는 않았을까? 뭐 사진 같은 거라도 보여주지 않았을까?

마일스는 크게 쿵, 하는 소리를 듣고 정신을 차렸다. 삐딱한 학생들이 편의점 옆을 지나가다가 유리창을 친 것이다. 마일스는 편지를 본능적으로 후다닥 접어서 숨겼다. 마치 나쁜 짓을 하다가 걸리기라도 한 것처럼. 하지만 눈길을 돌린 쪽으로는 학교 컴퓨터 덕후 애들만 있는 걸 보고는 긴장을 풀었다. 딱히 시를 좋아하는 것처럼 보이는 애들은 아니었지만 아무래도 광장 쪽으로 가고 있는 것 같았다. 어쨌든 다들 앨리샤와 그 친구들을 좋아하는 거다. 그중에 한 명이라도 편의점에 들러서 군것질거리나 물, 소시지 통조림을 사 오거나 하다못해 멍청한 농담, 금수저 물고 태어난 부잣집 자제의 뻔한 도발이라도 하러 올지도 모른다고 기대했다. 이 지루함을 날려줄 수만 있다면 상관없었다. 하지만 어림도 없었다. 학생들은 마일스를 그냥 내버려두고 가버렸다. 편지의 내용과 오스틴, 그리고 애런 삼촌에 대한 생각이 부드러운 재즈 음악과 함께 머릿속에서 헝클어진 채로.

마일스는 편지를 다시 펼쳤다. 편지는 3등분으로 접혀 봉투에 들어 있었는데 접힌 자국이 여럿 남아 있는 걸 보아하니 편지를 딱 맞게 들어갈 모양으로 접는 데 꽤나 애를 먹었던 모양이다. 편지를 다시 펼치자마자 유리창에서 또 쿵, 하는 소리가 났다. 하지만 이번에는 강케였다. 자기 얼굴을 유리창에 뭉개고 있었다. 그렇게 얼굴을 뭉개고 있으니 꼭 방금 지나간 애들한테 흠씬 두들겨 맞은 것처럼 못생겨져 있었다. 강케가 유리창에 얼굴을 계속 비비면서 미소를 짓자, 그 입술은 무슨 용암처럼 유리창에 진득하게 붙은 채 입꼬리만 위로 올라갔다. 그러더니 얼굴을 떼고는 문을 왈칵 열었다.

"방해해서 미안. 지금이 제일 바쁜 시간이라는 건 잘 알지만 말이야." 강케는 카운터 앞에서 양팔을 옆으로 펼친 채 제자리에서 빙글빙글 돌았다.

"닥쳐라." 마일스는 편지를 다시 접어 넣었다. "너 숙제 안 하냐?"

"어, 그게. 화학 숙제는 거의 다 끝냈고 이제 시조를 시작했거든. 근데 주제가… 좀… 막혀서 말이야."

"주제가 가족인데?"

"그러니까." 익살맞던 강케의 목소리가 심각하게 바뀌었다. "그럼 뭐라고 쓸까? 부모님 깨지니 이 내 마음 슬프구나?" 강케는 손가락을 꼽아보았다. "거짓말 하나 없는 구절이긴 한데 아직 최고의 결과물은 아닌 것 같아."

"나도 이해한다. 아까 시조 붙잡고 좀 끙끙대고 있었는데, 이걸 읽고 나니까 아예 써지지가 않더라고." 마일스는 오스틴의 편지를 강케에게 건네주었다.

강케는 편지를 받아 펼쳐서 읽기 시작했다. 그러다 두 눈이 편지지에 못 박히더니, 단어 하나하나를 읽어 나갈수록 점점 커지기 시작했다. "누가…?" 강케는 편지에서 시선을 들었다. "누가 보낸 거라고?"

"읽었잖아. 아무래도 삼촌한테 아들이 있었던 것 같아. 이름은 오스틴. 나이는 15살. 지금 감옥에 있음." 사실만 적시할 뿐이었다. 별 감정은 없었다.

"와." 강케는 편지를 다시 접어 마일스에게 돌려주었다. "너희 아버지한테 말씀드릴 거야?"

"모르겠어." 마일스는 편지를 다시 봉투에 집어넣으면서 말했다. 그런 다음 반으로 접어 가방 앞주머니에 넣었다. 다시 강케를 바라볼 때는 그 얼굴에 좀 불편한 듯한 표정이 번져 있었다. 하지만 머리를 털어버렸다. "어쨌든 왜 온 거야? 뭐 필요한 거라도 있어?"

"필요한 거라도 있냐고? 야 마일스, 이러기냐?" 강케가 놀렸다. 단어 하나하나에 짓궂음이 진득하게 배어 있었다. "내가 낭송회 무대에 올라간다고 말하려고 왔어. 추가 점수로 이번 시조 완성 못 한 거 좀 만회할 수 있으면 좋겠다 싶어서. 가족 문제를 꺼내니까 막혀버리잖아." 강케의 얼굴에 잠깐 고통스러운 듯한 표정이 스치긴 했지만 곧바로 사라져버렸다. "그리고 앨리샤한테 말을 전해줄 거라고 확실하게 알려주고 싶었거든. 말을 전해줄 거야. 네가 전해준 말을. 앨리샤한테. 무대 위에서."

"그렇구나."

"그렇지."

"당장 꺼져."

"고맙다는 표시로 받아들일게. 뭐 이런 걸 가지고." 강케는 마일스 쪽을 보지도 않고 인사를 툭 던지면서 가게를 나가버렸다.

마일스만 혼자 남기고.

마일스는 계산대에 팔꿈치를 괴고 기대어 서서 마음속으로 오스틴 문제를 어떻게든 정리해보려 했다. 아빠한테 이야기를 해야 하나? 답장을 써야 하나? 아니면 그냥 무시해버려? 오스틴이 진짜로 사촌인 건 또 어떻게 증명하려고? 가서 만나볼 수도 있다. 괜찮은 생각이다. 근데 사실 그건 아니다. 별로 안 괜찮은 생각이다. 감옥에 가려면 부모님 한 분과 동행해야 할 텐데, 아빠한테 말씀 드리는 건(생각해보면 이건 아까 따로 생각해봤던 선택지다) 역시나 좋은 생각이 아니다. 아빠는 애런 삼촌과 전혀 엮이고 싶어 하지 않고 마일스도 애런 삼촌에게서 떼놓으려 하니, 애초에 아빠가 이 사실을 비밀로 숨겼을 가능성도 꽤 높다. 하지만 마일스는 그 생각을 좀처럼 떨쳐낼 수가 없었다. 오스틴은 어떻게 생겼을까. 어쩌다가 감옥에 갔을까. 자기 아빠의 죽음에 대해서는 뭘 알고 있을까.

죄책감이 스피커에서 흘러나오고 있는 색소폰 솔로 연주마냥 뼈저리게 사무쳤다. 하지만 그렇다고 다른 소일거리를 하면서 죄책감을 떨쳐낼 방법도 없었다. 딱 하나 있다면, 마일스 본인도 이런 생각을 해냈다는 게 믿기지 않았지만, 바로 숙제를 하는 거였다. 그것도 시조 숙제였다. 드디어 파리만 날려서 지루해 죽겠던 이 편의점이 처음으로 고맙게 다가왔다.

마일스는 가방에서 공책을 꺼내 펼친 다음 기숙사에서 끄적거렸던 부분을 보았다. 그러고는 확 찢어낸 다음 대충 뭉쳐서 쓰레기통으로 던져 넣으려 했다. 빗나갔다. 확실히 농구에는 소질이 없나 보다.

마일스는 다시 시조를 쓰기 시작했다. 정확히는 또 종이만 쳐다보면서 생각에 잠겨, 머릿속에서 종이 위로 옮길 만한 단어들이 떠오르기만을 기다렸다. 아직 펜은 들지도 않았다.

오스틴. 애런 삼촌. 아빠.

가족. 블로퍼스 선생님이 내준 새로운 주제였다. 가족에 대해 시조 두 구를 써 와라. 하나는 자신이 사랑하는 것, 또 하나는 사랑하지 않는 것으로. 마일스는 공책 페이지를 계속 뚫어지게 노려보았다. 은은한 색소폰 소리는 지금 가족에 대해 심각하게 생각하는 상황에 어울리지도 않는 배경음을 느끼하게 깔아주는 바람에 생각하는 데 방해만 되었다.

마침내 마일스는 가방에서 펜을 꺼내 들었다.

내가 사랑하는 것

내가 싫어하는 것

느끼한 재즈 음악

나더러 이 동네를 책임지라는 아빠 얼굴

가족 아닌 사람들도 챙기라는 부담감

89

아빠가 흘렸던 피를 닦으려는 것처럼
치지도 않은 사고를 수습해야 하는 삶

내가 사랑하는 것
아들더러 밥 먹으라 불러주는 엄마의 말
수저를 놓으면서 아빠께 뽀뽀하지
우리가 엄마를 반만이라도 닮았다면
모두가 그렇게 부드럽고 사랑한다면
잘난 것 없는 우리에게 완벽한 사랑만

마일스는 끄적거리다 줄을 찍찍 긋고, 다시 끄적거리다 줄을 찍찍 그으면서 최대한 제대로 된 구절을 운율에 맞춰 써보려 했다. 마침내 완성된 시조에는 자기가 싫어하는 게 무엇인지 제대로 드러나 있었다. 으윽. 진짜 시인이라면 더 멋진 말로 표현할 수 있었을 거다. 좀 더 조리 있는 말로 확실하게 생각을 표현할 수 있었겠지. *생각 1: 오스틴, 우리가 진짜 가족이라면 널 좀 더 오래전부터 알고 지냈기를 바라. 외동이란 건 모든 싸움을 홀로 헤쳐 나가야 한단 뜻이거든. 거기다 난 이층 침대도 써보고 싶어.* 아니면 *생각 2: 앨리샤, 난 네가 좋아. 네가 생각하는 방식이 좋고, 네 외모가 좋고, 네 목덜미 뒤로 말려 올라간 머리카락이 좋아. 같이 학생 식당에서 치킨 텐더나 나눠 먹는 건 어때? 엄마가 치카론 데 폴로를 해주시는 일요일에 집으로 초대하기 전에 우선 맛보기로 말이야.* 그런 생각의 표현은커녕 마일스에게 주어질 것은 시문학 C 학점과 느끼해서 토할 것 같은 상황뿐일 테지.

더 많은 아이들이 지나갔다. 마일스는 자기가 용기를 더 끌어낸다면 앨리샤에게 무슨 말을 더 할 수 있을지를 상상해보았다. 자기 덩치의 10배는 되는 괴물하고는 간단히 몸싸움을 벌이면서도 정작 앨리샤 앞에 서기만 하면 입술도 제대로 떼지 못한다는 건 정말 맥빠지는 일이었다. 그래서 마일스는 망신은 마음속으로만 당하기로 하고 또 다른 시조를 끄적였다. 당연히 이건 숙제로 낼 게 아니었다.

무제

연서 쓰는 사람들을 이해할 수가 없네
이것도 연서라면 내 손을 탓해주오
언제나 코끝으로 백단향을 좇았으니

또 다른 아이들, 이번에는 야구 모자나 학교 후드티 차림의 아이들이 터덜터덜 지나갔다. 또 한 무리가 지나갔다. 꼭 전교생이 낭송회를 구경하러 가는 것 같았다. 강케도 벌써 거기 있겠지. 그리고 앨리샤에게 마일스가 하고 싶은 말을 전해줬을 거다. 그걸로 안심이 되어야 할 텐데. 하지만 마일스가 아는 강케라면 그냥 앨리샤한테 다가가서 안녕 앨리샤. 마일스가 오늘 일 미안하다고 전해달래라고 할 확률이 0으로 한없이 수렴했다. 그 수렴 정도는 아직 보렘 선생님한테서도 배우지 못한 수준일 거다.

그런 걱정과 함께 자기가 방금 쓴 시 두 개의 수준이 너무 끔찍해서(그래도 앨리샤를 생각하며 쓴 시는 나름 괜찮았다) 분명 추가 점수가 필요할 거란 생각까지 미치자, 마일스를 시 낭송회로 보낼 추진력이 충분히 갖춰졌다. 자기가 출석했다는 눈도장도 확실히 찍는 건 물론, 이 시를 앨리샤한

테 보여주고도 싶었다. 그냥 추한 꼴 보여줄 필요 없이 이 시만 앨리샤한
테 건네는 거다. 그럼 앨리샤는 자기 방으로 돌아가서 읽을 수 있겠지. 그
렇다면 내일부터는 최소한 일반적인 인간의 대화를 이어나갈 수 있을 것
이다. 아마도. 분명. 희망사항이지만.

하지만 어떻게? 일터를 그냥 두고 갈 수는 없지 않나? 그냥 아무한테나
전화해서 대신 일 좀 봐달라고 부탁할 수는 없는 일이다. 아니, 할 수는 있
지만 그러려면 몸이 아프네 어쩌네 하는 거짓말을 해야 할 텐데, 그건 마
일스한테 태생적으로 맞지 않는 일이기 때문이었다. 마일스가 유일하게
생각해낸 방법은 잠시 자리를 비우고 광장으로 달려가서 블로퍼스 선생
님한테 눈도장을 찍고, 앨리샤한테 할 말을 하고, 그런 다음 누군가 편의
점에 들어오기 전에 잽싸게 돌아오는 것뿐이다. 이미 한 시간이나 이 자리
에 있었는데 손님 한 명 오지 않았다. 마일스가 자리를 비운 사실을 아예
아무도 모를 가능성도 있었다.

하지만 제일 먼저 CCTV부터 처리해야 했다.

편의점의 유일한 CCTV는 마일스의 머리 바로 위에 설치되어 되어 있
었다. 쿠시너 학장님이 영상을 확인하는지 안 하는지는 잘 모르겠지만, 영
상을 보는 사람이 아예 아무도 없을 확률도 꽤 높았다. 매일 마일스의 뒤
통수가 멍하니 있다가 가끔 끄덕거리는 모습만 보고 있는 것도 시간낭비
일 것이다. 하지만 혹시 모르니 연결을 끊어둬야 했다. 자리를 비운 잠시
동안만.

아빠랑 같이 봤던 온갖 범죄 영화들의 이론에 따르면, 모든 CCTV가 포
착하지 못하는 가장 취약한 맹점은 바로 카메라 바로 아래였다. 제대로만
한다면 영상에서는 마일스가 잠시 뒷걸음질을 쳐서 화면 밖으로 나갔다

가, 다시 화면 안으로 걸어 들어오는 모습밖에 보이지 않을 것이다.

마일스는 천천히 뒷걸음을 쳤다. 뒤쪽에 있던 벽에 기댈 정도가 되자, CCTV는 자기 머리 바로 위에 있었다. 애들이 지나가는 소리에 귀를 기울여보았다. 아무 소리도 들리지 않았다. 그래서 마일스는 잽싸게 은신 능력을 사용해 계란껍질 색의 편의점 벽에 녹아들었다. 그러고는 벽을 타고 올라가 카메라 바로 뒤까지 다가갔다. 굵고 검은 전선이 하나 있었는데, 분명 전원을 공급하는 선일 터였다. 마일스는 선을 뽑고 다시 벽을 타고 내려와 은신을 해제했다. 그 모습이 꼭 벽을 뚫고 걸어 나오는 모습처럼 보였다. 다시 근처에 학생들이 있는지 귀를 기울여보았지만, 아무 소리도 들리지 않았다. 그래서 앨리샤에게 쓴 시조를 공책에서 찢어낸 다음, 반으로 접어 주머니에 쑤셔 넣고 문 밖으로 나갔다.

광장은 그냥 교정 한가운데에 네모나게 시멘트를 깔고 벤치와 작은 분수를 설치한 공간이었다. 이 분수는 고학년들이 졸업하기 전에 기숙사 열쇠를 던져 넣는 것으로 유명했다. 쿠시너 학장님은 열쇠를 반납하지 않고 졸업하는 고학년들에게 벌금을 물렸지만, 그깟 푼돈은 아무도 신경 쓰지 않았다. 열쇠 던지기는 일종의 전통이었으니까. 마일스가 도착했을 때 벤치는 이미 꽉 차 있어서 여학생들은 서로 무릎을 맞대고 억지로 밀착해 앉아 있었으며, 남학생들은 나무 의자의 구석에 대충 걸터앉아 있었다. 나머지는 다들 열쇠 분수 근처에 서서 시를 낭송하는 걸 듣고 있었다.

물론 마일스가 학생들 무리로 슬쩍 끼어들어갈 즈음에는 '쥐똥' 라이언 랫클리프가 한창 시를 발표하고 있던 참이었다.

"내가 여기 있는 걸 알려주고 싶었어. 난 오늘 너를 사랑하고, 내년에도 사랑할 거니까. 떨리는 것처럼 보이겠지만 이건 그냥 두려워서 그래. 네가 내 가슴을 찢어놓을까봐. 내 가슴을. 찢지 말아줘." 라이언은 관능적인 목소리로 시를 낭송했다. 사람들이 박수 비슷한 걸 치며 고개를 절레절레 흔들자 라이언은 고개를 꾸벅 숙여 인사를 했다. 그리고 앨리샤가 나왔다. 처음에 마일스의 눈에는 땋아 올린 머리끝만 보였지 제대로 보이지 않았지만, 마침 앨리샤가 분수대 위로 올라가주었다.

그리고 타이밍을 딱 맞추듯이 머릿속과 뱃속이 또 불편해지기 시작했다. "라이언에게 박수 보내주세요, 여러분!" 앨리샤는 억지로 쥐어 짜낸 듯한 밝은 목소리로 외쳤다. "발표 감사합니다. 다음은 누구일지 한번 볼까요." 앨리샤가 구겨진 종이에 적힌 낭송자 목록을 보는 동안 마일스는 목을 위로 쭉 빼고 혹시 강케가 근처에 있는지 둘러보면서 금발머리, 갈색머리, 빨간머리 사이에서 강케의 새까만 머리를 찾아보았다. 위니 스톡턴이 보였다. 쟤도 근로 장학생이기는 하지만 일하는 시간대가 매일 아침 수업 시작 전의 1시간과 주말이라서 낭송회에 나올 수 있었나 보다. 그런데 위니의 양옆으로 블로퍼스 선생님과 체임벌린 선생님이 서 있는 게 보였다. *체임벌린이 여기서 뭐하는 거지?* 처음 보자마자 그런 생각이 들었지만, 마일스는 이내 자기가 싫어하는 시인의 고정관념적 모습이 체임벌린에게 몽땅 들어맞는다는 사실을 깨달았다. 엄청 심각한 성격. 가지런히 모은 두 손. 지그시 감은 눈. 혼자 중얼대면서 분위기 잡으려고 함. 으윽.

마일스는 재빨리 블로퍼스 선생님께 달려갔다. 어쨌든 여기 온 목적이 있었으니까.

"안녕하세요, 블로퍼스 선생님."

"마일스!" 마일스를 보자 블로퍼스 선생님의 안색이 확 밝아졌다. "여기서 보니 되게 반갑네!"

"감사합니다, 어, 근데 저 잠깐밖에 못 있─"웅웅. 버텨. 무시해. 어차피 아무것도 아닌 거 알잖아.

"그래, 지금 일하고 있어야 하는 거 아닌가, 모랄레스?"체임벌린 선생님이 끼어들었다. 마일스는 체임벌린 선생님의 눈을 똑바로 쳐다보았다. 이번에도 체임벌린 선생님의 눈 속에는, 잔뜩 수축해 빛도 제대로 들지 않는 동공 뒤에는 뭔가 있었다. 뭔가… 결여되어 있었다. 체임벌린 선생님의 그 말투가 어찌나 날카로웠는지 블로퍼스 선생님이 단박에 마일스를 감싸주러 나섰다.

"마일스."블로퍼스 선생님은 체임벌린 선생님을 쳐다보며 말했다. "사정이 되는 만큼 있다 가거라. 눈도장 찍어뒀으니까."선생님은 마일스의 이름을 작은 메모장에 적었다. 체임벌린 선생님은 다른 곳으로 걸어가버렸다. 다른 사람들 사이에 끼러 간 것도 아니고 아예 무리에서 벗어나버렸다. 아마 블로퍼스 선생님의 눈빛은 체임벌린 선생님의 차갑게 얼어버린 마음도 녹여버릴 수 있을 만큼 따뜻했나보다.

"고맙습니다."아직도 정신이 없던 마일스가 말했다. 하지만 체임벌린 선생님이 없어져서 기쁘기는 했다. 사실 그것도 기쁘지만 추가 점수를 받았다는 것도 기뻤다. 이제 가장 중요한 문제를 해결했으니, 두 번째 임무에 착수할 차례였다.

마일스는 다시 앨리샤 쪽으로 시선을 돌렸다. 앨리샤는 자기 증조할머니가 할렘 르네상스(1920년 뉴욕에서 일어난 흑인 문화 부흥 운동─옮긴이) 당시 쓰셨다는 짧은 시를 읽고 있었다. 이 점이 앨리샤를 특별하게 만드는 또 다른 점이었다. 앨리샤는 할렘 명가의 자손이었다. 상류 흑인 계층. 랭스턴 휴스나 제이콥 로렌스(미국의 유명 시인들-옮긴이) 같은 사람들과 어울렸던 예술가들의 후손. 사실 앨리샤네 가족은 브루클린 비전 아카데미에 상당한 금액을 기부해서 마일스나 위니, 그리고 저지 같은 애들까지도 이 학교에 다닐 수 있는 환경을 만들어주었다.

"우리 증조할머니와 친구분들은 당대의 꿈지기셨습니다. 그래서 저도 제가 멋진 재능을 가졌다고 생각하는 친구 한 명을 무대 위로 기꺼이 올려볼까 합니다." 발표자를 소개하던 앨리샤와 눈이 마주친 마일스는 앨리샤의 눈빛이 갑자기 들떠 오르면서 얼굴에 보기 드문 미소가 번지는 걸 보았다. "제 친구 던 리어리를 큰 박수로 함께 맞아주세요."

던이 무대 중앙으로 나가자, 앨리샤는 사람들 사이를 뚫고 마일스 쪽으로 다가왔다. 마일스는 주머니로 손을 뻗어 가지런히 접힌 종이 한 장을 꺼냈다. 시였다. 앨리샤에게 쓴 시였다. 하지만 그때 반대편에서, 반대쪽에 있던 학생들의 무리에서 강케가 나타났다.

"야 인마, 너도 왔구나!" 강케가 마일스에게 한 팔을 척 걸치며 말했다. 마일스는 즉시 시를 바지 주머니에 쑤셔 넣었다.

마일스가 미처 대답을 하기 전에 앨리샤가 부르는 소리가 났다. "마일스!" 그리고 앨리샤는 두 사람 사이를 가로막고 있던 마지막 학생까지도 비집고 들어왔다. 마일스는 다시 시를 꺼내려 했다. 하지만 주머니에서 빼다 말았다. 마일스는 최대한 태연한 척을 하며 강케의 옆구리를 팔꿈치로 쿡 찔렀다. 당연히 태연해 보이지 않았다.

강케는 끙끙거리면서 마일스의 어깨에 둘렀던 팔을 거뒀다. 얼굴에는 미소도 점점 사라지고 있었다. "어… 그럼… 나중에… 계속… 얘기하자…." 강케는 뻣뻣하게 말하더니 훨씬 더 어색하게 자리를 피해버렸다.

"강케는 진심 내가 만난 애 중에 제일 이상한 애야. 그래서 더 좋다니까." 앨리샤는 강케가 사람들 사이로 사라져가는 모습을 의아하다는 듯이 쳐다보았다.

"맞아." 마일스는 강케의 실없는 장난질은 무시하고, 앨리샤가 자기 쪽으로 돌아서자 끓어오르는 긴장감을 억누르려 했다.

"어쨌든 네가 와준 걸 보니 너무너무 좋다." 앨리샤는 마일스를 안아주려는 듯 팔을 앞으로 뻗는데, 하필 그때 마일스는 악수하자는 듯이 한쪽 손을 내밀었다. 그런 다음에야 앨리샤가 자기를 안아주려 했다는 걸 깨달은 마일스는 다른 쪽 손까지 함께 내밀었다. 그 모양새가 꼭 흐느적거리고 춤추는 꼴 같았다. 하지만 앨리샤는 이미 팔을 거둬버린 뒤였다. 그러고는 뭔가 헷갈린다는 표정이었지만 그래도 미소를 지으면서 어색하게 뻗은 손으로 마일스의 악수를 받아주었다. 백단향과 땀내음이 섞인 냄새가 마일스의 콧속으로 흘러 들어왔다.

"에이, 말이 좀 그렇다?" 마일스는 너무 툭 던지는 말이었다는 걸 깨닫고 웃어넘기려 했다. 분위기는 훨씬 더 이상해졌다. "아니 그게 아니라… 나도 시 좋아한다고."

"정말이야? 너도 시 좋아해?" 앨리샤가 마일스를 뚫어져라 쳐다보며 물었다.

"응. 네 시 좋더라. 그, 증조할머님 시도." 마일스는 주머니에서 얌전히 접혀 있던 종이를 슥 꺼냈다. "예술이면서 또 역사잖아. 너무 좋아."

"정말 그래? 뭐, 네가 예술은 좋아한다 쳐도 역사까지 좋아하는지는 잘 모르겠다. 아까 역사 시간에 완전 상태 안 좋아 보였었잖아." 앨리샤의 신나는 표정에 걱정이 찾아 들었다. "지금은 괜찮아?"

"아 그래, 그거. 응… 지금은 괜찮아. 그냥… 매점에서 뭘 잘못 먹었나봐. 미안한 꼴을 보였네."

마일스의 온 신경은 앨리샤를 본 그 순간부터 온통 웅웅 울려대고 있었다. 하지만 마일스는 애써 무시했다, 아니, 최소한 무시하려고 노력은 했다. 앨리샤 앞에서 또 토할 뻔하는 모습이나 보여주자고 편의점 근무에서 슬쩍 빠져 나온 게 아니잖은가. 뱃속이 부글거리는 걸 억지로 참고 있으려니 양손이 부들부들 떨렸다.

그때 앨리샤는 마일스가 쥐고 있던 쪽지를 보았다. "어머나, 너도 낭송하려고 온 거야?"

"아냐… 이건… 이건…."

"야, 진짜 발표 꼭 해봐야 돼. 얼른. 저기 위에서 할 말 있는 거 다 알아." 앨리샤는 마일스의 눈을 똑바로 들여다보며 말했다. 그 입술에서는 꼭 편의점에서 흘러나오던 색소폰 연주가 흘러나오는 것 같았다. 이번 연주는 훨씬 더 굉장했다는 점만 빼고. "다 알고말고."

마일스는 자기가 고개를 끄덕이는 것도 몰랐고 입에서 좋다는 말이 나온 줄도 몰랐다. 그런데 둘 다 한 것 같았다. 던 리어리가 낭송을 마치자 터져 나온 박수 소리는 혼미해져 있던 마일스의 정신을 일깨웠다. 이제 마일스가 올라갈 차례라고 앨리샤가 말해주는 소리도 들렸다.

"잠깐만… 뭐? 안 돼." 마일스가 말렸지만 앨리샤는 이미 사람들 사이로 다시 사라져버린 후였다.

마일스는 한 걸음 물러났다. 그리도 또 한 걸음 물러났다. "고마워, 던." 앨리샤와 던은 서로 껴안아주었다. "제 친구한테 박수 한번 주세요!" 앨리샤가 분위기를 띄웠다.

그리고 또 한 걸음.

"다음은 새로운 얼굴을 맞이해볼 텐데요. 낭송은 처음이라고 합니다."

또 한 걸음. 또 한 걸음.

"그러니 따뜻하게 맞아줬으면 좋겠어요. 이 자리에 서서 자신의 내면을 나눈다는 게 절대 쉬운 일은 아니거든요."

한 걸음 더. "마일스 모랄레스에게 큰 박수 주세요."

은신이 발동했다. 마일스는 허공 속으로 사라져버렸다.

"마일스?" 앨리샤는 고개를 휘휘 돌리며 마일스를 찾아보았다. 그리고 마일스는 바로 그 곳에, 앨리샤의 등 뒤를 바라보면서 자리를 뜨고 있었다.

CHAPTER 6

교정을 가로질러 돌아오는 길은 멀고도 외로웠다. 마일스는 계속해서 혼잣말을 되뇌고 있었다.

"그냥 싫다고 했으면 됐잖아." 혼잣말.

"좀 쑥스럽다고 말하는 게 뭐가 어때서 그래." 혼잣말.

"아니면 그냥 개를 위해 쓴 시라고 설명만 하면 됐는데." 혼잣말.

그렇게 마일스는 학생들 몇 명을 지나쳤다. 늦게나마 낭송회에 참석하려던 학생들인 것 같았다. 다들 허공에서 웬 목소리가 들리자 고개를 갸우뚱하며 가버렸다. 마일스는 자기가 아직 은신하고 있다는 걸 신경도 쓰지 않고 있었다.

편의점으로 돌아온 마일스는 문을 다시 열기 전에 주변에 아무도 없는지 살펴보았다. 편의점 문이 혼자 스르륵 열리는 것처럼 보이는 꼴을 들키면 안 될 테니까. 주변이 안전하다는 걸 확인한 마일스는 편의점 안으로 슥 들어가 계산대 뒤에 서서 벽에 등을 기댄 다음, 천장으로 올라가 CCTV의 전원을 다시 연결했다. 그런 다음 계획했던 대로 다시 모습을 드러냈다.

근무 시간은 거의 끝나가고 있어서 마일스는 나머지 시간을 상상 속의 앨리샤와 또박또박 유창하게 대화를 나누며 때웠다.

아니, 이 시는 애들 앞에서 못 읽어. 너를 위해서 쓴 시거든.

나를 위해서? 마일스, 날 위해서 이 시를 써준 거야? 굉장하다.

응, 내가 랭스턴 휴스나 그 정도 급의 예술가는 아니지만 네가 좋아해줬으면 좋겠어.

아, 마일스. 좋고말고. 너무 아름다워.

그리고 근무 시간이 끝났다는 걸 깨달은 마일스는 다시 정신을 차리고 고개를 절레절레 흔들어 어림도 없는 상상 속 연애담을 머릿속에서 지워버린 다음, 가방을 들고 가게를 나섰다.

기숙사에 돌아왔지만 방은 아직 비어 있었다. 마일스는 지금쯤 강케가 자기 시를 읽고 있거나 앙코르 낭송을 자청해서 하고 있을 거라고 생각했다. 보통 마일스는 이런 시간을 이용해서 일상으로부터 신경을 끄고 기분 전환을 하곤 했다. 비디오 게임, 그중에서도 슈퍼 마리오 브러더스를 즐기기에 딱 좋은 시간이었다. 하지만 오늘 밤은 그대로 일상의 고통을 받는 쪽을 선택했다. 마일스는 침대 끝에 걸터앉아 가방에서 오스틴의 편지를 다시 한 번 꺼냈다. 이번에는 중간부터 끝까지 쭉 읽어 내려갔다.

난 15살이야. 그리고 지금쯤이면 슬슬 눈치챘겠지만 여긴 감옥이야. 좀

오래 있었고 앞으로도 오래 있어야 돼. 아무래도 핏줄 문제인 것 같아. 최소한 우리 아빠 쪽은 그래. 네가 우리 아빠를 얼마나 잘 알지 모르겠다. 할머니 말로는 우리 아빠랑 너네 아빠랑 되게 오랫동안 얘기도 안 하고 지냈대. 그러니까 어쩌면 너는 우리 아빠를 전혀 모를 수도 있지. 만약에 마음이 내키면 내가 좀 알려줄게. 나한테 답장 주면 아빠가 어떤 사람이었는지 알려줄게. 마음이 내켰으면 좋겠다.

진심을 담아,

오스틴 데이비스

추신: 편지를 연필로 써서 미안해. 읽기 힘들다는 건 아는데 여기는 펜을 못 쓰게 해서.

마일스는 편지를 다시 한 번 접어 책상에 두었다. 오스틴은 마일스가 애런 삼촌에 대해 잘 모른다고 생각하는 모양이었다. 어쨌든 삼촌과 아빠가 의절을 했으니까. 하지만 마일스는 애런 삼촌에 대해 잘 알고 있었다. 어쩌면 너무 잘 알고 있었다. 마일스는 자기가 스파이더맨이 된 유일한 이유는 바로 애런 삼촌네 집에서 애런 삼촌이 연구실에서 훔친 거미에 물렸기 때문이란 걸 알았다. 또 애런 삼촌이 자신의 비밀을 알고 이용하려고 했다는 사실도 알았다. 두 사람이 싸웠다는 것도, 이 때문에 애런 삼촌이 죽었다는 것도, 그래서 오스틴의 아버지가 없어졌다는 것도 알았다.
넌 나랑 똑같아.

마일스는 가방에서 다시 공책을 꺼내 빈 페이지를 찾아 끄적이기 시작했다.

찬애하는 오스틴에게,

편지 고마워. 사실을 이야기해줄까. 좀 놀랐어. 이걸 다른 말로 뭐라고 표현해야 할지 모르겠네. 그냥 꽤 놀랐어. 우선 우리 두 사람이 이렇게 만나게 되기는 했지만 그래도 반갑다고 해야겠지. 아니면 나한테 사촌이 있었다는 사실을 알게 된 게 정말 기쁘다고 말하는 게 더 나을 수도 있겠다. 전혀 모르고 있었거든. 할머니가 말해줬는지는 모르겠지만 난 아직 애고 항상 같이 어울릴 만한 사람이 있었으면 좋겠다고 생각했었어. 언제나 형제를 원했거든. 네가 내 형제라고 말하는 건 아니지만, 그래도 가족 중에 내 또래가 있다는 걸 알게 되니까 되게 좋다. 진작 알았으면 좋았을 텐데, 그래도 과거는 과거일 뿐이니 그래도 아예 모르는 것보다는 낫잖아? 어쩌면 둘이서 새롭게 시작해볼 수도 있을 거야. 좋아. 나에 대해 얘기해줄게.

난 16살이야.

브루클린 출신이고.

브루클린 비전 아카데미라는 중상류층 기숙학교에 다니고 있어. 장학금을 받고 있긴 한데 그래도 부모님한테는 부담이 큰 것 같아. 딱 봐도 금수저 물고 태어난 것 같은 부잣집 아이들이 많아.

룸메이트는 강케라는 애야. 한국 애인데 나한테 가장 형제 같은 친구지.

이 정도면 다 알려준 것 같다.

그리고 난 너희 아버지를 ~~아주 잘 알고~~ 알고 있어. 애런 삼촌이 랑 나는 꽤 오랫동안 친하게 지냈거든. 그런데 아빠는 삼촌이랑 못 놀게 할 거라서 삼촌을 만나려면 집에서 몰래 ~~빠져~~ 나와야 했 어. 그래서 삼촌이 네 얘기를 전혀 안 했다는 점이 좀 놀랍긴 했어. 그래도 이유가 짐작이 가기는 해. 삼촌이 네 얘기를 했다면 나는 널 만나고 싶었을 거고, 둘이 만나서 친해지면 결국 그런 비밀스 러운 관계를 유지하기가 힘들어졌을 테니까. 그러면 난 아빠한테 된통 혼나게 될 거고, 애런 삼촌한테도 문제가 생길 거야. 두 사람 이 얼마나 심각하게 싸우는지 할머니가 너한테 얘기해줬나 모르 겠다. 완전 미쳤어.

어쨌든 시간 있으면 답장 줘. 그리고 이건 좀 눈치 없는 질문인 것 같긴 한데, 마냥 눈치 없게 물어보는 건 아니야. 감옥 안에 있으 니까 어때?

진심을 담아.

마일스

추신: ~~네 아빠가 날 죽이려 했었어.~~ 어쩌면 언제 한번 면회도 갈게.

시보다 훨씬 쓰기가 쉬웠다. 마일스는 편지를 옆으로 치우고 침대에 누 워 강케를 기다렸다. 분명 강케가 저 문을 벌컥 열고 들어와서는 허풍을 떨어뜨릴 텐데. 마이크를 잡고 자기가 쓴 시를 낭송하니까 광장의 분수는 간헐천으로 바뀌었고 듣는 이들은 모두 눈물을 짜내며 기립박수를 치니 분수 물이 다시 안개로 변해 잔잔하게 깔리더라. 어쩌고저쩌고. 하지만 마일스는 끝내 강케가 들어오는 모습을 보지 못했다. 그런 허풍을 치는 강케를 비웃어주다가 자기가 앨리샤 앞에서 다시 한 번 토할 뻔했다는 사실로 된통 반격을 당하는 상황이 연출되지는 않았다. 딱 5분 있다가 베개를 베고 잠들어버렸으니까.

마일스는 땀에 푹 젖은 상태로 잠에서 깨어났다. 심장은 쿵쾅대며 뛰고 있었고 근육은 온통 당기며 아팠다. 꼭 피부 밑에서 그대로 얼어버린 것 같았다. 방금 꾼 악몽에서 기억나는 부분은 고양이가 한 마리 있었다는 것뿐이었다. 한 번도 본 적이 없는 고양이었다. 하얗고 헝클어진 털에, 꼬리는 여러 갈래로 갈라져서는 뱀처럼 이리저리 꼬여 있었다. 하지만 마일스는 자기가 왜 거기 있었는지, 그리고 그 괴상한 고양이도 왜 거기 있었는지 기억이 나지 않았다.

마일스는 자리에서 일어나 앉아 결리는 다리를 쭉 편 다음, 양쪽 눈을 비비면서 햇빛에 익숙해질 때까지 기다렸다. 그러면서 꿈속에 자기 말고 또 누가 있었는지 떠올리려고 했다. 애런 삼촌이 있었나? 어쩌면. 아마도. 하지만 확실하지는 않았다.

마일스는 일어나서 강케 옆을 지나쳤다. 강케는 이불을 머리 위까지 뒤집어쓰고 있었다. 마일스는 화장실에서 이빨을 닦고 세수를 했다. 다시 기숙사 방으로 돌아왔을 때는 강케가 얼굴에서 이불을 걷은 상태였다.

"왜 이리 일찍 일어났냐?" 마일스가 물었다.

"안 잤어. 머릿속이 복잡해서." 강케가 대답했다.

"나랑 똑같네." 마일스는 책상 의자에 걸려 있던 청바지를 집었다.

"너는 왜 이렇게 일찍 일어났어? 할 일이라도 있냐?" 강케는 이렇게 묻고는 늘어지게 하품을 했다.

"편의점 가서 우표랑 봉투 사다가 편지 좀 보내게." 마일스는 책상에서 편지를 집어 들었다. "오스틴한테 보낼 편지야."

강케는 고개를 끄덕였다. "확실히 네가 원해서 답장을 쓴 거지?"

"아니 뭐, 나빠질 게 뭐 있나 싶기도 해. 이게 참말이면 난 사촌 하나 생기는 거지. 이게 거짓말이면 감옥에 있는 친구 하나 생기는 거지. 꼴랑 1달러 들여서."

"꼴랑 1달러라?" 강케는 밤새 잠겨 있던 목을 흠흠, 하고 풀면서 말했다. "내가 장담하는데 그거보다는 더 들걸. 어쩌면 애런 삼촌한테 일어난 일 때문에 이러는 거라고 생각되지는 않아?"

마일스는 겨드랑이에 체취 제거제를 뿌렸다. 그런 다음 대답도 하지 않고 옷장에서 검정색 티셔츠를 꺼내 머리부터 뒤집어쓰고는 거울 앞으로 갔다. 체취 제거제가 셔츠 양쪽으로 하얀 자국을 남겨버렸다. 아오, 내 이럴 줄 알았지. 마일스는 손가락 하나에 침을 묻혀 셔츠가 깨끗해지도록 벅벅 문질렀다. 그리고 머리를 빗은 다음 옆머리의 구레나룻을 엄지로 비볐다. 그러고 나서 책상에 있던 편지와 바닥에 있던 가방을 집어 들었다. "나 갈게."

마일스는 지금껏 이렇게 아침 일찍 밖으로 나와본 적이 없어서, 굉장히 평화로운 아침 분위기에 조금 놀랐다. 푸르던 나뭇잎은 서서히 붉게 변하고 있어서 꼭 군복 같은 색깔의 배합이 되어 있었다. 공기도 상쾌한데다 선선한 산들바람이 불어왔다. 이른 아침에 아직 아무도 깨어나지 않은 자기 동네가 생각났다. 사이렌과 버스의 엔진 소리, 그리고 열린 창문에서 소카(카리브 지역의 음악-옮긴이) 소리가 흘러나오기 전의 그런 분위기였다. 그런 분위기 속에서 마일스는 어제 있었던 대참사, 아마 인생 최악의 월요일을 만들었던 그 사건에 대해 생각하며 평화롭게 걸었다.

편의점에 도착하기 전까지만 해도 그랬다.

편의점 문은 열려 있고 교정 경찰들이 위니를 심문하고 있었다.

"확실하게 확인해야 해서 그래. 오늘 아침에 손님 없었니?"

"벌써 말씀 드렸잖아요. 방금 전에 와서 문을 열고 평소처럼 진열할 물건은 없는지 재고 확인만 했다고요. 원래 제가 근무하는 이른 아침 시간대에는 손님이 한 명도 안 와서 이렇게 시간을 때운단 말이에요." 위니는 머리에 두른 스카프 밑으로 손을 넣어 두피를 벅벅 긁었다.

여기 손님 한 명 왔는데. 마일스는 생각했다. 하지만 문가에 서 있던 경찰 아저씨가 가게로 다가오던 마일스를 제지하자, 그런 삐딱한 생각도 이내 끊기고 말았다.

"얘, 지금은 아무도 가게에 못 들어간다. 수사 중이야." 아직 한참 젊어 보이는데 벌써 머리가 벗겨지고 있는 경찰이었다.

"수사 중이라고요?" 마일스가 물었다. 그 목소리는 걱정과 삐딱함 사이의 어딘가에 걸쳐 있었다. 마일스의 시선이 경찰 아저씨로부터 위니로 옮겨갔다.

"응. 내가 출근했더니 소시지 통조림이 죄다 사라졌더라고. 그러니까 싹 다 없어졌다는 얘기야. 그래서 그게 팔렸다는 게 믿기지가 않아서 재고 확인을 해봤지. 역시나 소시지는 하나도 안 팔렸더라. 그럼 도둑맞았단 소리지 뭐."

"아니면 사라졌거나." 마일스가 말했다. 반쯤은 불안하면서도 반쯤은 농담조로.

경찰 아저씨는 마일스를 쳐다보았다. 하나도 재미없다는 듯한 표정으로 고개를 옆으로 삐딱하게 꺾은 채.

"잠깐만." 위니는 뭔가 깨달았다는 듯한 표정으로 말했다. 마일스는 아직 감도 잡히지 않은 상태였는데 말이다. "어쩌면 두 분이서 한번 얘기해보세요." 위니는 마일스와 경찰 아저씨를 가리키며 말했다. "마일스, 어젯밤 근무 너였지?"

"응." 마일스가 말했다. 그 한 글자가 목구멍을 찌르는 것 같았다. 그리고 젊은 대머리 경찰 쪽으로 눈길을 돌렸다가 그 시퍼런 눈빛과 시선이 똑바로 마주치는 바람에 재빨리 눈을 돌려버렸다. "근데 아무 일 없었어."

"아무 일 없었기는." 경찰 아저씨는 이렇게 말했고, 마일스는 당혹스럽다는 기분으로 젊은 경찰이 입가를 핥는 걸 바라보았다. 어젯밤에는 아무 일 없었는데. 최소한 가게에서는 아무 일 없었다. 하지만 지금 무슨 일이 일어났다. 그것도 굉장히 나쁜 일이.

경찰 아저씨는 이제 펜과 메모장을 꺼내 들고 마일스에게 질문을 줄줄이 던지기 시작했다. 하나하나가 마일스를 점점 움츠러들게 만드는 질문들이었다.

"어제 몇 시에 일하러 나왔지?"

"4시요."

"손님은 몇 명이나 왔지?"

"없었어요."

"수상쩍은 일은 없었니?"

"아예 아무도 없었는걸요?"

"어떤 이유로든 가게를 비운 적이 있니?"

침묵.

"어떤 이유로든 가게를 비운 적이 있냐니깐?"

"아니요."

"가게 밖에서 수상한 사람은 못 봤니?"

"말씀 드렸잖아요. 가게 밖으로 나간 적이 없다니까요."

"그냥 확인 한번 해본 거야. 가게에서 몇 시에 나갔지?"

"안 나갔다고요."

"아니, 몇 시에 퇴근했냐고."

"대충 7시쯤에요."

"좋아. 더 질문이 있으면 우리가 찾아가마."

경찰들이 떠난 후, 마일스는 어젯밤에 낭송회에서 돌아온 다음 편의점에 뭔가 달라진 점이 있었는지 떠올려보려고 했다. 그런데 사실은 확인을 안 했다. 확인을 뭐하러 했겠는가? 머릿속이 온통 앨리샤, 오스틴 등 온갖 생각으로 복잡했는데. 게다가 가게가 딱히 달라 보이지도 않았다. 움직인 것도 없고 딱히 변한 것도 없었다. 벽에는 메모장이 걸려 있고, 연필이랑 펜은 계산대 뒤쪽에 있고, 소시지도 저 뒤에 있었다. 위니가 재고 확인을 한 이유도 그냥 정해진 일과라서 한 거지, 정말로 그 소시지가 팔렸다고 생각해서 확인을 해본 게 아니다. 이렇게 마일스는 계산대 앞에 서서 잠시 머릿속으로 이런저런 생각을 하고 있었다. 결국 위니가 마일스의 정신을 차리게 하려고 나섰다.

"마일스?" 위니가 말했다. 그리고 다시 말했다. "야, 마일스?"

"응." 생각에 잠겨 있던 마일스가 퍼뜩 정신을 차렸다.

"뭐 사러 왔어?" 위니는 어젯밤에 마일스가 계산대에 팔꿈치를 괴었던 바로 그 자세로 똑같이 기대서서 말했다. 꼭 요가 자세 같았다. 이름을 붙여 보면 '지루한 편돌이 자세'라고나 할까.

"아… 응. 그냥 우표랑 봉투 하나 줘."

위니는 우표 뭉치에서 하나를 뜯은 다음 봉투를 꺼내 계산대 위로 건네주었다.

마일스는 주머니에서 꼬깃꼬깃한 1달러를 꺼냈다. "고마워." 그러고는 몸을 돌렸다.

"어젯밤에 무슨 일이 있었던 거야?" 위니가 물었다. "아니 진심, 너나 강케가 그 역겨운 소시지를 좋아한대도 절대 아무 말도 안 할게." 위니는 꼭 마일스가 그 소시지를 가져갔다는 것마냥 어깨를 으쓱해 보였다. 하지만 안 그랬는걸.

"야 위니, 너나 나나 똑같은 학금이잖아. 그깟 통조림 때문에 장학금 못 받을 짓을 하겠냐?"

"그건 그렇지." 위니는 고개를 끄덕였다. "그럼 아무 일도 아닌가 보네. 도둑맞은 통조림이라고 해봐야 다 해서 15달러 정도밖에 안 되거든. 그냥 너나 부모님에게 물어내라고 하면 될 거야. 난 그냥 보고하지 않았다간 내가 덤터기 쓸 것 같아서…."

"알아." 마일스는 이해했다. "나도 알아."

하지만 마일스도 한창 보렘 선생님의 미적분 수업을 듣던 중에 누군가 교실 문을 두들길 줄은 몰랐다. 그리고 보렘 선생님이 교실 쪽으로 몸을 돌리더니 마일스의 이름을 부를 줄도 몰랐다.

"이 신사분이 너를 좀 보자고 하시는구나." 보렘 선생님이 평소처럼 신중하게 말씀하셨다. 마일스가 자리에서 일어나자 보렘 선생님이 덧붙였다. "짐도 가져가는 게 좋겠다."

보렘 선생님의 교실에서 나온 마일스는 다른 교정 경찰 아저씨와 함께 복도를 쭉 따라서 본관 건물에서 나와, 교정을 가로질러 행정관으로 들어갔다. 그러더니 학장실 바깥에 있는 의자에 앉아 있으란다. 여기는 보통 징계 대기실일 텐데. 마일스가 검은 나무와 빨간색 가죽으로 만든 의자에 앉아 있는 동안 엄마와 아빠가 나타났다.

"이게 다 무슨 일이니?" 마일스 엄마가 정신이 없다는 표정으로 물었다.

"나도 몰라." 마일스가 말했다.

"네가 그랬냐?" 아빠가 물었다.

"내가 뭘 해요?" 마일스가 눈썹과 눈살을 찌푸리며 말했다.

"네가 훔쳤냐고."

"훔쳤냐니? 당연히 아니지! 내가 훔쳤다고 생각한대요?"

"그럼 우리가 왜 왔다고 생각—" 아빠가 마일스를 꾸짖던 말을 채 끝마치기도 전에 비서인 플레처 씨가 끼어들었다. "학장님이 들어오라시네요."

5분 후, 마일스는 쿠시너 학장님의 사무실에서 커다란 나무 책상 앞에 앉아 있었다. 집에 있는 접시와 비슷한 장식이 새겨진 책상이었다. 쿠시너 학장님은 안 그래도 몸집이 작은데 그 책상 뒤에 앉아 있으니 훨씬 더 작아 보였다. 완벽하게 동그랗고 창백한 대머리에 핏줄이 솟은 꼴이 꼭 새로 만든 야구공처럼 보였다. 거기다 동그란 안경알은 그 커다란 눈과 정확히 똑같은 크기였다. 심지어 모직 양복에도 온통 물방울무늬가 그려져 있었다.

마일스의 부모님은 마일스의 양옆에 앉았다. 심란한 표정이었다. 마일스의 입장에서는 애런 삼촌이 나오는 꿈보다 더한 악몽을 꾸는 기분이었다. 최소한 그 꿈은 자기가 깨면 후딱 끝나기라도 하지. 이건 현실이었다. 학교로 돌아온 지 겨우 하루밖에 안 됐는데 또 징계를 받게 생겼다니. 그것도 훨씬, 훨씬 더 나쁜 징계를.

"이걸 큰 소리로 읽어주겠습니까." 쿠시너 학장님은 마일스에게 종이 한 장을 건네며 말했다.

마일스는 종이를 힐끗 보고 아랫입술을 씹다가 쿠시너 학장을 쳐다본 다음, 마지못해 목을 다듬고 종이에 쓰인 걸 읽기 시작했다.

"쿠시너 학장님께.

제 이름은 마일스 모랄레스입니다. 저는 13세의 브루클린 소년입니다. 저는 그 누구보다도 저를 사랑해주시는 멋진 엄마와 아빠가 있습니다. 이런 사실을 인정한다니 사춘기 소년치고는 이상할 수 있겠죠. 하지만 저는 부모님이 저를 위해 무엇을 희생하는지, 또 저를 성공하는 길로 이끌기 위해 앞으로도 계속 희생해주실 거란 사실을 알고 있습니다. 이런 부모님의 지도 덕분에 저는 중학교에서 GPA 점수를 4.0으로 유지할 수 있었습니다. 저는 훌륭한 인재가 되는 방법을 배웠기에, 마찬가지로 훌륭한 교육기관 이라는 자부심이 넘치는 브루클린 비전 아카데미의 입학에 관심을 갖게 되었습니다.

하지만 저는 제 정직한 성격도 자랑스럽습니다. 그리고 계속 정직하게 말씀드리자면, 저희 가족은 정말 훌륭한 가족들이지만 분명 편견 어린 시선으로 우리를 바라보는 사람들이 있다는 것도 알고 있습니다. 그 이유는 저희 아버지가 항상 지금과 같은 모습은 아니었기 때문입니다. 아버지는 우리 공동체의 수렁에 빠져든 전형적인 구성원 중 한 명이었습니다. 저희 동네가 정말 아름다운 성장 환경을 가진 곳이기는 하지만, 인생이란 가끔씩 복잡해질 수가 있는 법입니다. 그렇게 저희 아버지와 삼촌은 거리의 희생자가 되어 비행 청소년으로서 이웃들과 뉴욕시에 민폐를 끼쳤었습니다.

아버지는 어머니의 도움을 받아 그런 상황을 극복하고 개과천선하셨지만, 삼촌은 그러지 못했습니다. 삼촌은 계속해서 법을 어기고, 사람들을 다치게 하는 삶을 살다가 결국 그런 삶에 희생당하고 말았습니다. 제 가족의 일부는 곧 저의 일부이기도 합니다. 두 분을 범죄로 이끌었던 바로 그 무모함으로, 저는 스스로를 훌륭한 인재가 되는 길로 이끌었습니다. 그리고 제게 브루클린 비전 아카데미에 입학하는 영광을 주신다면, 제 목표는 계속해서 이를 증명하는 것입니다. 쿠시너 학장님, 저는 사람의 미래란 자신의 출신이 아니라 자신이 나아가는 방향에 달려 있다고 믿습니다.

이런 기회를 주셔서 감사합니다. 답변 기다리겠습니다.

진심을 담아

마일스 모랄레스."

마일스는 종이를 책상 위에 올려놓았다. 무력한 기분이었다.

"자, 모랄레스 군." 쿠시너 학장님은 콧등 위로 안경을 고쳐 쓰면서 말했다. "이 편지가 본인이 이 학교에 입학 지원을 하면서 쓴 편지 맞습니까?"

"그렇습니다." 마일스가 말했다.

"그럼 수렁에 빠진 본인의 가족들처럼 희생자가 되지는 않겠다고 본인이 직접 말하지 않았습니까?"

"죄송합니다만 학장님, 그건 적절한 표현이라고 생각을—" 마일스 아빠가 끼어들었다.

"저는 아드님의 표현을 인용하는 것뿐입니다, 데이비스 씨." 학장님은 종이를 두드렸다.

"그건 이해합니다만—"

"음, 그건 이해합니다만, 학장님." 마일스의 엄마가 험악해진 상황을 무마해보려 나섰다. "마일스는 안 했다고 하는데요."

"안 했어요. 제가 일하는 편의점에서 제가 절도를 저지를 이유가 뭐가 있겠습니까? 그리고 또 뭘 훔쳤다고요? 소시지요?"

"쿠시너 학장님, 혹시 물증이 있습니까?" 마일스의 아빠는 여전히 학장님의 추측에 화가 난 듯이 말했다.

"음, 이렇게 물어보시니 좀 재미있군요, 데이비스 씨. 실제로 CCTV 영상이 있거든요."

영상?

마일스 아빠가 마일스를 바라보았다. "영상이요?" 마일스는 안도의 한숨을 내쉬고 싶었다. 이 영상은 자신이 결백하다는 증거물이 되어줄 터였다. 하지만 이상하게 근육은 아직도 팽팽하게 긴장하고 있었다. *소시지를 훔치지도 않았는데 소시지 절도 장면이 찍혔을 리는 없지 않나? 그렇지? 그런데 아직도 왜 이렇게 긴장이 되는 걸까?*

"그렇습니다." 쿠시너 학장님은 책상에서 일어나 옆에 있던 장롱을 열었다. 그 안에는 TV가 있었다. 그러더니 리모콘을 잡고 화면을 켜 범죄의 현장을 보여주었다. "보세요. 마일스가 가게에 있죠. 이제 갑자기 뒷걸음질을 쳐서 몇 초 동안 카메라 바깥으로 나가 있습니다. 그러다가 갑자기 다시 돌아옵니다." 학장님은 꼭 법정에서 증거물 A를 봐주십시오라고 하는 듯한 변호사처럼 말했다.

"그렇군요…." 마일스의 아빠가 말했다.

"쿠시너 학장님, 이 영상으로는 알 수 있는 게 별로 없는 것 같은데요." 마일스 엄마가 말했다.

"아니오, 알 수 있고말고요." 쿠시너 학장님은 거의 즐거운 듯한 어조로 말했다. "영상 시간을 한 번 보실까요. 6시 13분에서 6시 44분으로 갑자기 넘어가죠. 자, 카메라가 갑자기 저렇게 끊긴 방법이나 이유는 알 수 없지만, 이걸 우연으로 치부하는 건 조금 경솔할 것 같군요. 그리고 솔직히 마일스가 아무것도 훔치지 않았다면 분명 누가 훔쳤는지는 알고 있겠죠. 저 자리에 계속 서 있었을 테니까요." 쿠시너 학장님은 TV 화면을 톡톡 두드렸다. "그러면 여기서 유일하게 가능한 설명은 저렇게 카메라가 꺼져 있는 동안 마일스가—"

"소시지를 훔쳤다고요?" 마일스가 쏘아붙였다. 지금 자기가 듣고 있는 말을 믿을 수가 없었다. 마일스는 엄마 아빠를 돌아보았지만 두 분 모두 잘 모르겠다는 듯이 표정을 찌푸리고 있었다.

"마일스." 아빠가 말했다. "그냥 누구를 지켜주려고 들지 마라. 네가 한 짓이 아니라면 쿠시너 학장님한테 누가 그랬는지 말씀을 드려."

"누가 그랬는지도 몰라요."

"그럼 네가 한 짓이 되지." 학장님은 마치 사실만 적시한다는 어투로 말했다. "그냥 사실대로 말하렴, 마일스"

마일스 아빠는 한숨을 쉬었다. 엄마가 다시 끼어들었다. "학장님, 실례지만 잠깐 저희끼리 시간을 좀 주실 수 있을까요?" 엄마는 아들 쪽으로 몸을 돌려 목소리를 낮췄다. 꼭 쿠시너 학장님이 듣지 못하도록 비밀스럽게 대화하려는 것 같았다. "마일스."

"안 그랬다니깐." 마일스는 양쪽의 부모님을 휘휘 둘러보며 말했다. "내

115

가 그런 걸 왜 훔치겠어?"

"어쩌면 기숙사에 팔아버리려고 그런 걸 수도 있지. 그 왜 상표만 떼내서—"

"아니… 그런 짓을… 내가 왜…." 마일스는 숫제 애원을 했다.

아빠가 한숨을 쉬었다. "마일스, 이 녀석아. 제발 솔직하게 말을 해."

"아빠, 나 진짜 누가 그랬는지 모른다니까." 그러더니 엄마를 바라보았다. "엄마…." 엄마도 고개를 저었다.

"뭐, 그럼 다른 선택의 여지가 없는 것 같군요." 쿠시너 학장님은 리모콘으로 TV를 껐다. 그리고 마일스가 지원서와 함께 썼던 자기 소개서를 집어 들어 다시 한 번 훑어보았다. "마일스 군, 여기 쓴 걸 보면 학생은 본인이 직접 훌륭한 인재로 거듭나는 길을 선택할 수 있었어요." 학장님은 고개를 저으며 말했다. 마일스 아빠는 이를 악물었다. "그렇게 굴레를 벗을 수 있는 기회가 주어졌었는데." 학장님은 말을 이었다. 마일스 아빠는 이제 의자를 꽉 쥐고 한쪽 다리를 더 격하게 떨기 시작했다. "하지만 안타깝게도 이제는 틀린 것 같네요." 쿠시너 학장님은 손에서 종이를 떨어뜨렸다.

"잠깐만요." 마일스가 입을 열었다. 부모님이 돌아보았다. 쿠시너 학장님도 눈을 들었다. "제가 가게를 비워뒀었어요. 아무것도 훔치지는 않았는데, 잠깐… 자리를 비웠었어요."

"뭐?" 마일스 엄마가 말했다.

"뭘 어쨌다고?" 아빠의 말이었다.

다시 아이로 돌아간 듯한 창피함이 마일스를 덮쳤다. 꼭 어렸을 때 침대에 오줌 쌌을 때와 같은 기분이었다 "그냥… 그냥 시 낭송회를 구경하고 싶었어요. 그래서 카메라를 끄고 가게를… 비웠어요." 마일스는 극적으로

116

고개를 푹 떨구고 아래턱을 가슴팍에 박은 채 앞뒤로 주억거렸다. 참담한 기분이었다.

마일스의 부모님은 서로 바라보았다.

"사실대로 말하는 거니, 마일스?" 아빠가 물었다. 그 목소리에서는 더한 의심이 묻어났다. 마일스가 고개를 들었다. "거짓말하는 거 아녜요, 아빠. 사실은 그랬어요." 마일스의 말에 아빠는 고개를 끄덕이고는 학장님을 돌아보았다.

"그러면," 쿠시너 학장님이 입을 열고는, 그 둥근 턱을 문지르며 말을 이었다. "물건을 누가 훔쳤는지 더 확실한 정보가 나오기 전까지는 퇴학시킬 수가 없겠군요, 마일스 군. 이번에는 안 되겠어요." 마일스 엄마의 어깨가 안도감으로 탁 풀렸다.

"아, 감사합니다. 쿠시너 학장님." 엄마는 양손을 한데 모으고 말했다. "하느님 감사합니다."

"하지만," 학장님은 벗어 든 안경으로 마일스를 가리키며 말했다. "편의점과 근로 장학생에서는 해고예요. 미안합니다 여러분, 하지만 이건 즉각 유효한 징계입니다. 마일스 군의 숙식 제공권을 박탈하겠습니다."

회의가 끝난 다음 터덜터덜 걸어 나오는 길에는 정적이 돌았다. 묵직한 구두 굽과 하이힐이 길에 또각또각 부딪히는 소리만 났다. 차에 도착하자 마일스 아빠는 운전석에 앉았다. "이 이야기는 나중에 하자." 아빠는 무뚝뚝하게 말하고는 문을 닫았다.

마일스 엄마는 아들을 안아주었다. "죄송해요. 이러려고 한 건 아닌데…." 마일스의 목소리가 갈라졌다. 엄마는 아무 대답도 하지 않았다. 그저 무슨 말이라도 하려는 것처럼 입술을 꾹 다물더니, 그냥 아들을 놓아주었다. "주말에 뵐게요." 마일스는 조수석에 타는 엄마한테 기어드는 목소리로 말했다.

마일스는 블로퍼스 선생님 수업의 끝자락에 아슬아슬하게 맞춰 들어갈수 있었다. 선생님께 지각 사유증을 제출한 마일스는 자기 자리에 앉았다. "어딨었냐?" 강케가 마일스의 귀에 속삭였다. 마일스는 아무 말도 하지않고 그냥 고개만 저었다.

"마일스, 가족에 대한 멋진 시를 놓쳐서 참 안타깝네요." 블로퍼스 선생님이 말씀하셨다. "하지만 마일스가 놓친 부분을 알려주자면 오늘 숙제는가족에 대해 더 탐구해보는 거예요. 부모님께 전화를 해보거나 인터넷으로 자기 이름의 의미에 대해 알아보도록 하세요." 경사났군. 지금 마일스가 절대 하기 싫은 일이 있다면 바로 부모님께 전화하는 것이었다. 무슨사유로든. 블로퍼스 선생님은 손목의 플라스틱 팔찌를 만지작거리면서말을 이었다. "이름도 괜찮고, 중간 이름도 괜찮고, 성도 괜찮아요. 상관없어요. 그리고 실제 의미를 찾지 못한다면 부모님께 왜 그런 이름을 지어주셨는지 여쭤보도록 해요. 그런 다음 자기가 찾은 의미를 가지고 시조를 하나 써 오세요. 알겠죠?"

마일스는 약하게 고개를 끄덕였다. 아직도 학장실에서 벌어진 일의 여파에서 벗어나지 못한 탓이다. 마일스는 양 입술을 입 속으로 물고 잘근잘근 씹었다. 울고 싶은 기분이었다. 아니면 소리라도 지르고 싶었다.

종이 울렸다.

"야, 어디 있었어?" 강케가 물었다. "수업 동안 진실된 상담을 해줄 사람이 필요했단 말이야. 아니 다들 자기 가족을 얼마나 사랑하는지만 얘기했다고. 아니, 그러니까 나도 내 가족을 사랑하긴 하는데… 알잖아. 다들 자기 아빠를 자기 강아지마냥 너무너무 사랑스럽다고 이야기하더라고. 그러니까 수업 내내 '마일스 얘는 어디 간 거야?' 하는 생각만 하고 있었지."

"학장실에 있었어. 부모님하고." 마일스는 아직 가방에서 짐을 꺼내지도 않은 터라 그냥 어깨에 그대로 걸쳐 멘 다음, 앨리샤가 자기한테 눈길 한 번 주지 않은 채 교실을 나가버리는 모습을 보았다.

"부모님이랑?"

"응, 나중에 얘기해줄게." 마일스는 책상 사이로 지나가며 투덜거렸다.

"뭐, 점심 안 먹어?"

"응, 배 안 고파. 그냥 도서관에서 시간이나 때우다가 체임벌린 수업 들어가려고."

강케는 굳이 마일스를 붙잡지 않았다. 그냥 손만 한 번 흔들어준 다음 갈 길을 가버렸다.

마일스는 완전히 멍한 정신머리로 복도를 따라 내려갔다. 옆을 지나가는 학생들은 그저 흐릿한 분홍빛이나 복숭아빛, 가끔씩 갈색빛으로나 스쳐 보일 뿐이었다. 그 갈색 빛깔의 학생 중 하나인 저지가 마일스에게 다가오면서 손을 흔들었다. 마일스도 순전히 반사적으로 저지에게 손을 흔들었다. 저지는 할로윈 파티 얘기를 꺼냈다.

"강케 말로는 너도 온다면서." 저지의 말은 마일스의 귓가에 떠돌기는 했으나 머릿속으로 뚫고 들어가지는 못했다. 마일스는 지금 부모님이 나누고 있을 대화를 생각하느라 머릿속이 꽉 차 있었다.

우리 아들이 도둑이라고 생각해?

본인은 안 했다고 하지만 그 말이 믿어져?

아니, 당신은 옛날에 물건 훔쳤을 때 솔직하게 다 말했었어?

소시지 통조림이라고?

강케는 어디 있었대?

낭송회에 갔었다고? 무슨 랩 같은 걸 하는 자리인가?

이제 애 학비랑 숙식비는 어떻게 대지?

이제 애 학비랑 숙식비는 어떻게 대지?

이제 애 학비랑 숙식비는 어떻게 대지?

도서관 문을 밀고 들어간 마일스는 그 고요한 공간 한가운데서 땅이 꺼져라 한숨을 내쉬었다. 브루클린 비전 아카데미의 도서관은 성소와도 같은 곳이었다. 이 거대한 도서관에는 온갖 예쁜 전등과 책상이 가득했으며, 천장과 문의 모서리에는 구불구불하고 화려하게 장식이 되어 있었다. 딱 마일스가 학교에서 배웠던 셰익스피어니 뭐니 하는 옛날 백인들이 저 벚나무 목재 바닥이나 떡갈나무 책상들 밑에 자기 유골 가루를 뿌리고 싶어 할 만한 곳이었다. 지금 같은 시간에는 다들 수업을 듣거나 점심을 먹고 있을 테니, 여기에는 마일스 혼자만 있는 것이었다. 사서인 트리플리 선생님, 일명 '유쾌한 트리플리' 선생님만 빼고. 트리플리 선생님은 다들 블로퍼스 선생님이 나이를 30살쯤 더 먹으면 저렇게 될 거라고 상상하는 모습이었다. 어찌나 기쁨과 호기심으로 가득 차 있는지 정말 생기발랄하기 그지없어서 좀 이상한 사람이라는 생각이 들 정도의 나이 먹은 숙녀였다.

"조심하렴, 마일스." 트리플리 선생님이 문을 열고 들어오는 마일스에게 말했다. 트리플리 선생님은 모두의 이름을 알고 있었다. 학생이고 선생이고 상관없이.

"뭘 조심해요?" 마일스는 트리플리 선생님을 보고 말했다. "조심하실 분은 선생님 같은데요."

"아. 그런 말을 유언으로 남기고 죽은 사람이 많았지." 트리플리 선생님은 전구를 돌려 끼워서 불이 들어오게 만들며 말했다. "그냥 이 사다리 밑으로는 지나가지 말라는 얘기야."

마일스는 씩 웃었다. "선생님, 버릇없이 굴려는 건 아닌데요, 제가 뭐 하러 그러겠어요?"

"나야 모르지. 하지만 그런 사람들도 있더라. 그리고 한 가지 더 말해주면 말이다, 그러면 복이 나가요."

"저는 사다리 밑으로 안 지나가도 복이 줄줄 새는걸요."

"무슨 일이 있었기에 그래?" 트리플리 선생님이 물었다.

"아무것도 아니에요. 그냥… 그런 거 믿으세요?"

"뭐, 미신?" 트리플리 선생님은 사다리 단을 하나하나 조심스럽게 밟고 내려왔다. "잘 모르겠구나. 일단 재미있기도 하고, 아직 증명되지 못한 건 어쨌든 증명이 되지 않은 거잖니?" 마일스는 그게 무슨 말인지, 아니 무슨 의미를 담고 있기나 한지 감도 잡히지 않았다. 트리플리 선생님은 말을 이었다. "하지만 그 미신을 믿건 말건 상관없이 말이다, 마일스, 사다리 밑으로는 지나다니지 않는 게 좋아요. 사다리 위에 있던 나 같은 사람이 머리 위로 떨어질 수도 있으니까. 그리고 그건 정말로 복 나간 일이고말고." 트리플리 선생님은 전구를 귀 옆에 가져다 대고 안에 다 타버린 필라멘트를 흔들어보았다. "내 말 믿으렴. 다 경험담이니까."

마일스는 뭐라고 물어보려다가 그냥 입을 닫아버렸다.

"자, 이제 뭘 도와줄까?" 트리플리 선생님은 방 한가운데에 사다리를 그대로 둔 채 책상 뒤쪽의 커다란 나무 쓰레기통 쪽으로 걸어갔다.

"절 숨겨주세요."

"널 숨겨달라고?" 트리플리 선생님은 양손을 탁탁 털어 손가락의 먼지를 떨어내며 말했다. "누가 쫓아오니? 프랑켄슈타인의 괴물한테서 도망이라도 치고 있는 거야? 런던 빈민가 폭도들한테서 달아나는 어린 빌 사이크스(올리버 트위스트의 악당-옮긴이)니? 아니면 다른 애들의 창을 피해 도망치는 랄프(《파리대왕》의 주인공-옮긴이)니, 응?"

"어… 저는… 마일스인데요."

"네가 누군지는 안단다, 마일스. 그리고 또 셸리, 디킨스, 골딩(위 세 소설의 작가들-옮긴이)도 알지. 도서관에도 좀 와봤어야지, 이 녀석아. 여기는 그냥 숨는 곳이 아니라 추격전도 벌어지는 곳이란다. 이해가 되니?"

"어느… 정도는요?" 마일스는 이 유쾌한 트리플리 선생님에게 뭐라고 장단을 맞춰줘야 할지 알 수가 없어서 슬슬 도서관으로 온 게 후회되고 있었다. 강케는 지금쯤 입에 피자를 우겨 넣고 있을 텐데, 마일스는 학교 사서의 말동무나 해주고 있다니.

"그럼 진지하게 물어보마. 정말로 누구한테 쫓기고 있는 건 아니지?" 트리플리 선생님은 혹시라도 그 추격자가 도서관 안에 있는지 둘러보듯 몸을 앞으로 숙였다.

"아니, 전 괜찮아요." 솔직히 하고 싶은 말은 잘 모르겠어요였지만.

"좋아, 휴, 그럼 다행이로구나." 트리플리 선생님은 책상을 노크하듯 두드렸다. "요 나무 위에 노크를 하렴, 마일스."

"전 별로—"

"그냥 해봐."

마일스는 노크를 했다. "이건 또 어디서 온 미신이래요?"

트리플리 선생님은 책상 옆에 있던 카트에서 책을 한 아름 안고는 책장 쪽으로 걸어갔다. 마일스도 그 뒤를 따랐다.

"글쎄, 어디서 왔는지는 모르지만 일단… 나는 알고 있지." 트리플리 선생님은 재잘거렸다. "보렴, 옛날에는 나무에 착한 정령들이 살고 있다고 믿었단다. 그래서 나무를 두드리면 그 정령들을 불러서 자기를 지켜달라고 간청하는 셈이 되는 거야." 그러고는 책 한 권을 책장에 꽂은 다음 또 덧붙였다. "또 하나 말해주지. 거울을 깨뜨리면 7년치 복이 다 달아난다고들 하잖니? 왜냐하면 거울 속에는 영혼들이 갇혀 있기 때문이란다. 그래서 거울을 깨뜨리면 그 영혼들을 풀어주는 셈이 되지!" 트리플리 선생님은 양손을 허공으로 힘차게 펼쳐 보였다. "사실 나도 그런 이야기를 정말로 믿지는 않는단다, 솔직히 왜 복이 나간다는 시간이 7년으로 정해졌는지도 몰라요. 하지만 그냥 그렇게 전해 내려오는 걸 어떻게 한담. 또 다른 질문 있니?"

"네," 마일스는 말했다. "하얀 고양이에 대해서는 뭐 아는 거 있으세요?"

"되게 귀엽다는 것 빼고? 없지."

"아무것도요?"

"하얀 고양이 이야기하는 것 맞지?" 마일스는 끄덕였다. "그래… 아는 게 없단다."

"거미는요?"

"무섭지." 트리플리 선생님은 이미 한 줄로 쌓여 있던 책더미에서 또 한 권을 집으면서 무심하게 말했다.

"아뇨, 그러니까 거미도 무슨 미신 같은 게 있나요?" 트리플리 선생님은 책장 두 개 사이에서 멈춰서더니 마일스 쪽으로 돌아섰다. "하나는 알지. 거미들은 과거와 미래를 이어주는 존재라고 하더구나. 거미줄이 일종의 상징인 거지."

"정말로요?"

"물론." 트리플리 선생님은 다시 책을 꽂기 시작했다.

"이런 걸 어떻게 다 알고 계세요?"

"아, 마일스. 난 여기 살잖니." 트리플리 선생님은 자기 말을 고쳤다. "아니, 그러니까 정말로 사는 건 아니고. 뭐 가끔은 지리 서적 코너에서 내가 태국에 있다고 상상하면서 한숨 잔 다음 아침에 깰 때도 있기는 하지만, 그렇다고 여기에 정말로 산다고 할 수는 없지. 그러니까 오해는 하지 말거라. 하지만 난 책 속에서 살고 있단다. 읽고 또 읽고, 아주 책에 환장을 해서 사는 거지. 언젠가 학생들 중 한 명이… 그래, 너 같은 녀석이 와서 나한테 거미에 대해 아는 게 있냐고 물어볼 때까지." 트리플리 선생님은 시계를 흘끗 보았다. "이제 나 같으면 슬슬 수업에 들어갈 시간이로구나."

"지금이 몇 시인데요?"

"예비 수업종이 2분 전에 울렸단다."

"하지만 안 들렸는걸요."

"음, 이 낡은 건물에서 고장 난 게 아까 그 전구만이 아니라서 말이지." 트리플리 선생님은 윙크를 했다.

큰일났다. 아 진짜! 마일스는 체임벌린의 수업에 늦을 수가 없었다. 절대 늦어서는 안 될 수업이 있다면 바로 그 수업이었다. 마일스는 책장 사이를 달려 도서관 문을 뛰쳐나왔다. 복도는 텅 비어 있었는데, 그럼 분명본 수업 종이 울리기 직전이란 뜻이니 절대 좋은 징조가 아니었다. 마일스는 복도를 전력으로 질주하여 체임벌린 선생님의 교실로 뛰어 들어갔다. 땀이 송골송골 나고 숨이 벅차올랐다.

"딱 맞췄다!" 마일스의 입에서 안도의 비명이 절로 튀어나왔다. 체임벌린 선생님은 마일스가 왔는지도 모르고 있었다. 그때까지도 수업 전에 칠판에 끄적거리는 '오늘의 경구'를 쓰고 있었다. 마일스가 자리에 앉을 즈음에는 체임벌린 선생님이 슬슬 그 경구를 읊기 시작했다.

"우리가 원하는 건," 체임벌린 선생님은 부드럽게 말했다. "방임뿐이다." 그러고는 분필을 분필통에 넣더니 마치 명상하듯 손을 한데 모았다. 그제야 마지막 지각생들이 교실로 들어오기 시작했다. 본 수업종이 울리자 앨리샤는 꼭 차갑게 어깨를 돌리는 것처럼 보였다. 실제로도 그랬을 테니까.

그러고는 기다렸다는 듯이 마일스의 머리가 울리기 시작했다.

마일스는 앨리샤에게 뭐라고 말을 걸어보려 했지만, 입에서 나온 말은 꼭 땅바닥에 닿기도 전에 녹아버리는 눈송이처럼 허공에서 사라져버렸다. 다시 한 번 입을 열어보았지만 이번에는 체임벌린 선생님의 말에 끊기고 말았다.

"우리가 원하는 건 방임뿐이다." 체임벌린 선생님은 좀 더 크게 되뇌었다. 마일스는 그 말대로 앨리샤를 내버려두기로 했다. 체임벌린 선생님은 세 번째로 경구를 읊은 다음 물었다. "이 말을 누가 했는지 아는 사람?"

"저요." 브래드 캔비가 자리에 삐딱하게 앉아서 말했다. "우리 반 학생들이요."

학생들 대다수가 웃음을 터뜨렸고, 짓궂은 학생 몇몇은 아예 환호를 하면서 책상을 두드리기까지도 했다. 하지만 마일스의 입가는 미동도 하지 않았다. 그럴 만한 여유가 되질 않았다. 기분으로든, 돈으로든.

마일스는 잠깐 딴생각에 빠졌다. 트리플리 선생님의 말, 거미는 과거와 미래를 잇는 상징이라는 말이 생각났다. 그러면서 일자리를 다시 돌려받을 수는 없을까, 하고 희망을 품어보았다. 해고당한 과거와 재취업이라는 미래를 서로 잇는다면 어떨까.

그냥 쿠시너 학장님한테 빌어볼걸.

그냥 내 성실성을 다시 보여드릴 수 있는 유예 기간을 달라고라도 해볼걸.

아니, 난 성적 좋은 모범생이잖아. 그 정도면 충분히 고려해볼 만한 거 아냐?

"아니, 캔비 군." 체임벌린 선생님은 캔비의 말에 담긴 무례를 완전히 무시하며 말했다. "사실 제퍼슨 데이비스가 한 말이다."

그냥— 잠깐, 뭐라고?

마일스는 갑자기 튀어나온 아빠 이름을 듣고 머릿속에 꽉 차 있던 잡념의 안개가 걷혀버렸다.

제퍼슨 데이비스라고?

응응. 그러고는 입 밖으로도 꽤 크게 말해버렸다. "제퍼슨 데이비스라고요?" 욕지기를 억누르는 것도 슬슬 익숙해지기 시작했다. 어차피 진짜 죽지는 않을 거란 걸 아니까. 죽을 것 같은 기분에 공황도 오는데다, 뇌가 불에 지져지고 뱃속이 뒤집어질 것 같기는 했지만. *스파이더 센스는 무시해버려.*

체임벌린 선생님은 눈을 떴다. "모랄레스 군, 수업 중의 예의를 모르나? 발언권을 받고 싶거든 손을 들게." 마일스는 다시 한 번 그 눈을 똑바로 쳐다보았다.

"하지만 브래드는⋯." 마일스는 씩씩거리며 입을 닫았다. 어차피 소용없었다.

체임벌린 선생님이 말을 잇자 앨리샤는 제자리에서 몸을 비틀었다. "네, 맞습니다. 제퍼슨 데이비스죠. 남북전쟁 당시 남부 연방 측의 대통령이 한 말입니다. 로버트 E. 리를 북 버지니아 군의 장군, 곧 남부 연방의 최정예 병력을 이끌도록 임명한 당사자죠." 체임벌린 선생님은 다시 눈을 감았다. "이 경구는 정말 단순하지만, 그 속에 함축된 의미는 정말, 정말 많습니다. 그저 남부 미국인들에게 자치권을 달라고 요청하는 것뿐이었죠. 만사가 다 괜찮았으니까요."

"자기가 노예만 아니면 그랬겠죠." 브래드가 눈을 굴리며 툴툴거렸다.

"아, 진짜." 앨리샤도 조용히 속삭였다. 체임벌린은 잠시 두 눈을 뜨고 앨리샤를 뚫어져라 노려보았다. 하지만 아무 말도 하지 않았다. 그저 앨리샤를 눈빛으로 꿰뚫어버리려 했을 뿐이다. 그런 다음에는 다시 두 눈을 감아버리고는 귀찮다는 듯 심호흡을 들이킨 다음, 손가락질이나 꾸짖음 같은 건 일절 없이 다시 양손을 가지런히 모은 채 브래드에게 대꾸를 해주었다. "음, 캔비 군, 그것보다는 좀 더 복잡했죠."

앨리샤가 체임벌린 선생님의 말에 진절머리가 난다는 듯이 계속 고개를 저어대는 동안, 마일스는 계속 자기만의 공상에 빠졌다가 정신을 차리기를 반복했다. 앨리샤의 목덜미에서 흘러나오는 백단향 냄새뿐만 아니라 노예제 존속을 위해 싸웠던 위인의 이름이 자기 아버지와 동명이인인 바람에 제퍼슨 데이비스라는 이름이 계속 튀어나왔으니까. 그렇게 체임벌린이 주인과 노예 간에 친근한 관계가 형성되어 있는 한 노예제 자체의 체제적 잔혹성은 크게 줄어든다 운운하는 제퍼슨 데이비스의 명언을 교실 앞에서 계속 주절거리는 동안, 학생들 두엇은 그 말을 공책에 열심히 받아 적고 있었고 나머지 열댓 명 정도는 음악을 듣거나, 핸드폰을 가지고 놀거나, 아니면 브래드 캔비처럼 아예 머리를 책상에 박고 잠들어버렸다. 하지만 마일스는 그 말을 받아쓰지도 않고 잠이 들지도 않았다. 그 대신 자기 자리에 앉은 채 마음에 비수같이 날아와 꽂히는 말들을 그대로 듣고 있었다.

"우리는 노예와 주인 간의 주종간 유대감을 과소평가하고 있습니다. 실로 많은 노예들이 종속된 상태를 편안하게 느꼈죠. 심지어 행복해하던 이들도 있었습니다. 이번 주말에는 그 주장을 뒷받침하여 설명해줄 이미지를 가져와보겠습니다."

"이미지요?" 앨리샤가 목소리를 높였다. "체임벌린 선생님, 무례하게 굴 생각은 없습니다만… 글쎄요… 지금 선생님의 의견을 너무 과하게 피력하고 계시지 않나요?" 체임벌린은 미동도 하지 않았다. 앨리샤는 자기 말에 동조를 좀 해달라는 듯이 교실 안을 둘러보았지만, 학생들 대다수는 이미 관심을 잃은 상황이었다. 앨리샤는 마일스 쪽도 돌아보았지만 마일스는 지금 한참 책상의 모조 목재 무늬를 들여다보며 '지금 장난치십니까?'라는 말을 뱉지 않도록 입 속으로 꾹꾹 눌러 참고 있었다. 너무 과한 대응이었다. 확 질러버리기엔 너무 과했다. 웅웅거리는 감각은 이제 숯제 불타오르는 듯한 느낌이 되어 있었고, 열기와도 같은 무력감이 온몸으로 퍼지고 있었다. 하지만 마일스는 책상에 손을 딱 붙인 채 최대한 평정심을 유지하려 노력했다. 체임벌린 선생님이 이 웃기는 수업을 계속 진행하는 동안, 그렇게 제자리에 계속 앉은 채 조용히 생각에 잠겨 있었다. 마일스는 혹시 체임벌린이 남북전쟁이라는 주제의 수업을 이런 지경까지 몰아

128

온 것도 일종의 실패한 도발 행위가 아닐까 싶었다. 그냥 장난질로 받아들인 브래드와 깔끔하게 무시당한 앨리샤를 빼면 아무도 관심을 갖지 않고 있으니까. 하지만 체임벌린은 계속 밀어붙였다.

"이런 현상을 이해할 수 있는 흥미로운 방법 중 하나는 개에 빗대어 생각해보는 것입니다. 개는 목줄을 채우거나 우리에 가두는 것도 마다하지 않죠." 체임벌린 선생님은 평소와는 달리 석상처럼 딱딱하던 자세를 풀고 정장 상의를 벗고는 교실 구석에 있던 자기 책상 위에 앉았다. 그러더니 소매 단추를 풀고 걸어 올려서 양 손목을 드러냈다. 그때 마일스는 왼쪽 손목에 고양이 문신이 되어 있는 것을 보았다. 예전에도 몇 번 봤던 문신이기는 하지만 별 신경을 쓰지 않았었는데, 체임벌린이라면 손목에 고양이 문신을 할 만큼 확실한 괴짜였기 때문에 그러려니 하고 넘어갔던 것이다. 저런 사람이라면 분명 애완 고양이들에게 온갖 복잡한 역사적 이름을 붙여놓고 꼭 자기 애처럼 키울 만한 사람이었다. *저 양반이라면 충분히 그럴 수 있지.* 그런데 이제는 그 문신이 눈에 익었다. 정말로 고양이를 그려놓은 문신이 아니라 일종의 문양이었다. 꼭 꼬리가 여럿 달린 듯한 고양이의 문양이었다. 어젯밤에 마일스의 꿈에 나왔던 그 고양이처럼.

체임벌린은 한 걸음 앞으로 나오더니 다시 마일스의 눈을 똑바로 쳐다보았다. "그리고 개들은 제 주인을 쳐다볼 때, 그러니까 제 목줄을 쥔 사람을, 먹다 남은 찌꺼기를 밥으로 주는 사람을 쳐다볼 때 꼬리를 흔들어대지. 심지어 고마워한다고도… 말할 수 있겠지."

고마워한다고? 마일스는 순간 뇌가 완전히 정지해버려서 확신할 수는 없었지만, 아무래도 자신과 앨리샤가 동시에 고함을 지른 것 같았다. *고마워한다고요?* 그리고 체임벌린이 잠깐 침묵을 지킨 채 입술을 앙다물었던

129

것을 보면 확실히 앨리샤가 다시 나선 것 같지만, 체임벌린은 이번에도 앨리샤에게는 아무런 관심을 주지 않았다. 답변도 없었다. 하지만 그 발언과 체임벌린의 손목에 새겨진 문신, 그리고 마일스의 머릿속에서 계속 웅웅거리는 감각은 마일스의 마음속에 불꽃을 지피기에 충분했다. 마일스는 책상에 딱 붙이고 있던 손가락들을 주먹으로 말아 쥐었다. 그러고는 주먹을 들어 책상을 냅다 내리쳤다. 나무 판은 쪼개지고 철제 다리는 휘어버렸다. 앨리샤를 비롯한 모두가 깜짝 놀라 대체 무슨 일이 일어난 것인지 마일스 쪽을 돌아보았다. 마일스는 앨리샤의 눈을 똑바로 쳐다보았다. 가슴이 무거웠다.

"미안." 마일스는 부드럽게 말했다. 그리고 체임벌린 선생님을 보았다. "죄송합니다."

"당연히 죄송해야지!" 체임벌린 선생님은 쏘아붙였지만 딱히 놀란 것 같지도 않았다. 꼭 이런 반응을 예상했다는 것처럼. 체임벌린은 한 걸음 더 가까이 다가왔다. "본인의 감정에는 최대한 족쇄를 채워두어야 하지 않겠나, 모랄레스 군."

"족쇄라고요?" 마일스는 거의 자리에서 튀어 오르다시피 일어섰다. 앞에 있던 책상이 다시 한 번 뭉개졌다. 다행히 바로 그 순간 수업을 마치는 종이 울렸다. 마일스는 여전히 주먹을 꽉 쥔 채로 반 친구들을 둘러보았다. 모두 눈이 튀어나올 정도로 치켜뜬 채 입을 멍하니 벌리고 있었다. 친구들은 마일스의 불타는 눈빛을 받는 가운데 주섬주섬 짐을 챙기기 시작했다. 꼭 다음에 뭉개질 것은 자신들이 아닌가, 하고 생각하는 것 같았다. 마일스는 눈에서 힘을 풀고 한숨을 푹 내쉬고는, 최대한 빨리 짐을 챙겨 자리를 떠났다.

복도로 뛰쳐나간 마일스의 귓가에는 자기가 마음속으로 되뇌는 목소리에 앨리샤가 자신을 부르는 소리까지 겹쳐 들렸다. 멍청이, 멍청이, 멍청이! 하지만 마일스는 학생들의 무리를 뚫고 계속 앞으로 나갔다. 어떤 애들은 이미 방금 전 수업에서 무슨 일이 있었는지 속닥거리고 있었다. 고등학교 복도라면 인터넷보다 소문이 빠르게 퍼지는 법이다. 그래서 마일스는 두 배는 더 빠르게 움직여야 했다.

"마일스!" 앨리샤가 다시 외쳤다. 하지만 마일스는 고개를 푹 수그리고 계속 앞으로 걸었다. "마일스! 잠깐만!" 앨리샤는 복도 끝까지 마일스를 쫓아왔다. "잠깐… 잠깐만 멈춰봐!" 앨리샤는 기어이 마일스의 어깨를 잡을 만큼 쫓아와서 말했다. 마일스는 뒤로 돌아섰다. 딱딱하게 굳고 시뻘겋게 달아오른 표정에, 가슴은 무겁기 그지없었고 양손은 여전히 파르르 떨리고 있었다. 난 이제 끝났어. 학교에서 쫓겨날 거야. 앨리샤는 가쁜 숨을 고르며 말했다. "마일스, 그냥 방금 전 수업에서 있었던 일은 정말… 정말… 우리가 뭐라도 해야 돼."

"뭘 해? 뭘 한다는 거야?" 마일스가 쏘아붙였다. "오늘 있었던 일로 귀여운 시 낭송이라도 하게? 그게 나한테 도움이 될 것 같다고 생각해?" 날카로운 비수처럼 날아가는 말이었다. 거기다 뼈까지 들어 있었다. 마일스는 그 말을 내뱉자마자 곧바로 후회했다.

"너한테 도움이 된다고?" 앨리샤의 표정도 굳었다. "이게 너한테만 문제가 되는 것 같아, 마일스?" 앨리샤는 고개를 절레절레 저으면서 웃음을 터뜨렸지만, 전혀 즐겁다는 의미의 웃음은 아니었다. "이건 너만의 문제가 아냐. 우리 모두의 문제라고. 너랑 나뿐만 아니라 위니랑 저지, 그리고 이수업을 듣게 될 1학년과 2학년, 이미 이 수업을 들었던 3학년, 그리고 이 학교에 오게 될 꼬마들 모두의 문제라고. 체임벌린이 대놓고 저딴 말을 한 다고 해서 저런 사람이 체임벌린뿐인 줄 알아? 그리고 저 사람이 괴롭히는 학생이 너뿐인 줄 알아?" 앨리샤는 팔짱을 끼었다. "그래, 그 귀여운 시 낭송은 별 도움이 안 될지도 모르지. 그럼 하나 물어보자 마일스, 너라면 이제 어쩔 거야?"

"그런 뜻으로 말했던 게 아냐." 마일스가 말했다. "내 말은, 내가 뭘 어쩌겠어? 넌… 넌 몰라. 난 방금 책상을 하나 박살냈다고." 마일스는 자신을 추슬렀다. "그러니까 그냥 한 번 내리쳤는데 박살이 나버렸다고. 이것 때문에 난 아마 퇴학당할 거야. 그러니까 정말 내가 할 수 있는 일은 없다고."

"아, 그래. 자알 알겠다." 앨리샤가 빈정거렸다. "난 모르지, 그치? 그럼 내가 아는 대로 말해줄까? 넌 무서운 거야." 마일스는 입을 열고 뭐라 항변하려 했지만, 앨리샤는 한 손을 들어 그 말을 막아버렸다. "아니, 아니 야. 괜찮아. 겁을 내는 걸 탓하는 게 아냐, 그냥 아무것도 안 할 거라서 탓하는 거지. 그럴 거잖아? 그냥 지고 넘어가는 게 나으니까 가만히 있을 거 잖아?"

"앨리샤…" 마일스는 입을 열었지만 할 말이 없었다. 대답할 말도 없었고 설명할 방법도 없었다.

"뭐, 그게 잘 먹히거든 알려주라, 마일스." 앨리샤는 몸을 돌려 걸어가버렸다.

멍청이. 멍청이. 멍청이.

CHAPTER 7

"자, 이제 불어봐."

마일스는 오후 수업이 끝나고 마침내 기숙사 방으로 돌아왔다. 배배 꼬이는 것 같던 위장은 앨리샤와 대화한 이후 그냥 아예 텅 비어버린 듯한 느낌이었고, 머릿속으로는 계속 같은 생각만 되뇌고 있었다. *난 이제 끝났어. 학교에서 쫓겨날 거야. 멍청이. 멍청이. 멍청이.* 마일스가 옷장을 뒤져 가면을 꺼냈을 때 강케는 막 닌텐도 게임기를 켜고 있던 참이었다.

"어디서부터 시작해야 될지 감도 안 잡힌다." 마일스가 입을 열었다. "우선 누가 어제 편의점을 털었어." 담담한 말투였다. "내가 블로퍼스 선생님한테 추가 점수 받으려고 자리를 비운 사이에 누군가 가게로 침입해서—" 마일스는 거짓말을 하는 것 같아서 잠시 말을 끊었다. 어쨌든 가게로 침입을 한 건 아니다. 문이 훤히 열려 있었으니까. "누군가 가게로 들어와서 소시지 몇 개를 훔쳐갔어."

"뭐?" 강케는 즉각 게임에 일시정지를 걸고 아직도 옷장을 뒤지고 있던 마일스 쪽을 돌아보았다. "소시지를?"

"그래. 소시지. 통조림." 마일스는 침대에서 가면과 슈트를 입었다. "그리고 다들 내가 훔쳤다고 생각해"

"누가 그렇게 생각하는데?"

마일스는 얼굴을 문질렀다. "쿠시너 학장님이랑 우리 부모님. 그래서 두 분이 여기 오셨어. 나를 공범 같은 걸로 생각하시나봐." 마일스는 고개를 흔들었다. "아니, 그럴 리가 없잖아. 난 소시지 통조림을 좋아하지도 않아."

"그걸 누가 좋아해? 역겨운 건데." 강케는 다시 게임을 재개했다. 엄지가 패드 위를 누비는 동안 화면 속 마리오는 벽돌 위에서 점프해 굼바의 머리 위에 착지했다.

"역겹든 멍청하든 이제 상관없어. 쿠시너 학장님은 날 편의점에서 해고했고 근로 장학생도 잘렸어. 그래서 내가 이 역겨운 방에서 너랑 같이 호강하는 돈은 이제 우리 부모님이 다 대줘야 돼."

강케는 다시 게임을 멈춘 다음 마일스 쪽을 돌아보았다. "아이고, 왜 그렇게 화가 났는지 이제야 알겠네. 하지만 이 방은 역겹지 않거든. 역겹더라도 그건 내 탓이 아니거든. 우선 맨날 같은 청바지만 입는 건 바로 너라고."

"그런 생각이 이 방을 역겹게 만드는 거라고."

"응 아니야. 그리고 두 번째로 난 한국인이야. 그래서 암내도 안 나."

"뭐?"

"그냥 믿어."

마일스는 강케를 괴물이라도 되는 양 쳐다보았다.

"아니, 그러니까 내 말은 내 실수 때문에 부모님한테 더 부담을 줄 수가 없다는 거야. 이미 충분히 등골이 휘고 계신데, 내 기숙사 방세만 내셔도 아마 재정이 파탄날걸." 마일스는 자기 이마를 두드렸다. "그러니까 어떻게든 방법을 생각해봐야 해."

"그냥 학장님한테 가서 다시 일자리 돌려달라고 빌어보지 그러냐."

"그 생각도 해봤지. 하지만 현실적으로 생각해보자고. 쿠시너 학장님이 마지막으로 미소라도 짓는 걸 본 적이 언제냐? 아니, 표정도 한 번 안 풀고 사는 사람인데 나만 특별히 사정을 봐줄 이유가 어디 있겠어? 그리고 솔직히 뭘 말해봤자 입만 아픈 게, 어차피 이제는 다 소용없게 됐거든. 방금 체임벌린 수업에서 뛰쳐나오면서 책상을 하나 부숴먹었어. 그러니 이젠 학교 기물 파손으로 퇴학당하게 될 거야."

"뭘 어쨌다고? 책상을 부숴먹어? 야, 너 뭐 잘못 먹었냐?"

"야 강케, 진짜 장난 아니었어. 체임벌린이… 아무튼 좀 선을 넘었어. 나도 어쩔 수가 없었다고. 그런데 신기한 게, 수업 끝난 다음에도 나한테 아무 말 안 하더라. 교실 밖으로 나가는데 붙잡지도 않아요. 그러니까 한번 기다려보자고."

"아니, 징계 주겠다는 소리도 안 했는데 벌써 망하게 생겼네. 이제 어쩔 거야?" 처음에는 앨리샤가 어쩔 거냐고 하더니, 이젠 강케가 물어보고 앉았다. 슬슬 지겨워지는 질문이었다. 강케는 의자 위에 길게 눕더니 배 위에 팔을 얹었다. 그러다 침대 위에 있던 슈트를 보았다. "야 잠깐만, 벌써 휴가 끝났냐? 아니면 드디어 슈퍼 용병으로 나서게? 차라리 그랬으면 좋겠네. 아니면 체임벌린한테 갖다 줄 새 책상 하나 찾아보려고? 내 생각에

135

스파이더맨이 할 만한 일은 아닌 것 같은데."

"응, 다 아니야." 마일스는 가면을 집어 들고 침대에서 일어났다. 마일스의 침대와 강케의 침대 사이에는 거울이 하나 있었다. 마일스가 아침마다 자기가 입은 청바지와 운동화의 상태를 체크하는 거울이자, 그런 모습을 강케가 따라 하는 거울이었다. 거울 속에 비친 자신의 모습을 보던 마일스는 가면의 안팎을 뒤집어 얼굴에 썼다. 이제 온통 검은색이 되었다.

너 나랑 똑같아.

마일스는 침을 꿀꺽 삼키고는 거울 속에 비친 자신 아닌 자신을 쳐다보았다.

너 나랑 똑같아.

"모르겠다." 마일스는 가면을 벗고 다시 원래대로 뒤집어서 얼굴에 썼다. 그리고 침대 위의 슈트를 집어 들었다. "바람 좀 쐬고 올게."

마일스가 바람 좀 쐬고 온다는 건 밖에서 *거미줄 좀 타다 오겠다*는 뜻이다. 마일스는 기숙사 창문을 열고 바깥에 있는 사람들에게 들키지 않도록 투명해진 다음 벽을 타고 나갔다. 검정과 빨강이 어우러진 슈트는 이제 학교 외벽처럼 벽돌과 시멘트 무늬가 되어 있었다. 지붕까지 올라간 마일스는 은신을 해제한 다음 교정 전체를 내려다보았다. 웅장한 건물들과 양 옆으로 가로수가 심긴 길이 펼쳐져 있었다. 광장과 안뜰까지도 모두 아이비리그(미국의 명문대들을 한데 묶어 이르는 용어-옮긴이)의 풍경을 따라 한 모습이었다. 그리고 저 멀리 보이는 도시는 마치 하늘로 쭉 뻗어 저 높은 곳의 누군가를, 혹은 모두를 붙잡으려는 손처럼 보였다.

마일스는 몇 발짝 뒷걸음질을 치고 깊이 심호흡을 하면서 머릿속에 있던 쿠시너 학장님, 부모님, 그리고 체임벌린 선생님까지도 모두 마음속 깊이 억눌렀다. 그러고는 전력으로 달리기 시작하더니 건물에서 냅다 뛰어내렸다.

꼭 길가에 고인 물웅덩이를 간단하게 뛰어넘듯, 건물과 건물 사이를 너무도 쉽게 도약하며 내달리던 마일스는 곧 교정의 끝자락에 도착했다. 마일스는 거미줄을 양손으로 쏘아 나무나 전봇대, 그리고 주위에 있는 온갖 건물들에 걸면서, 저 발밑의 거리에서 개미들처럼 점점이 흩어져 있는 사람들의 머리 위로 더 높이, 그리고 더 멀리 날아갔다. 어디로 가는지는 신경 쓰지 않았다, 그저 하늘을 난다는 이 느낌만을 머릿속에 새기려 했다. 마치 바닥도 없이 무한히 추락하는 느낌이었다.

그런 비행은 시계탑에서 시청까지, 고급 아파트의 지붕에서 공공 주택의 지붕까지 계속해서 이어졌다. 그리고 마일스는 미처 알아차리기도 전에 어느새 자기 동네에 와 있었다. 갑자기 감고 있던 눈을 뜨는 듯한 느낌이었다. 온갖 소리가 뒤엉킨 소음이 마일스의 귀를 때렸다. 브루클린 비전 아카데미에서 들리는 소리와는 크게 달랐다. 귀청을 찢을 듯한 버스 급정거하는 소리. 빵빵거리는 택시의 경적 소리. 농구공 튕기는 소리. 라디오와 도시에서 흘러나오는 음악 소리까지.

마일스는 풀튼 가의 1달러샵(프렌치 아줌마가 일하는 가게였다) 지붕으로 올라가 동네 전체를 내려다보았다. 웬 꼬마들이 버스에서 내리는 모습이 보였다. 머리를 화려하게 염색하고 요란한 스타일로 잘라서 원래보다 나이를 훨씬 더 먹은 것처럼 보였다. 마일스는 꼬마들이 자기들끼리 웃고 떠들면서 동네를 따라 쭉 내려가다가 막다른 길목으로 들어가는 것을 지켜보았다. 도로 끝에 도달한 아이들은 나이가 더 들어 보이는 사람들과 마주치더니 모두 입을 다물어버렸다. 그중 한 명이 이 꼬마들에게 뭐라고 말하는 것 같았다.

웅웅.

마일스의 스파이더 센스가 머릿속에서 울렸다. 웅웅.

꼬마들은 그 남자를 상대하지도, 머뭇거리지도 않았다. 그냥 냅다 뿔뿔이 흩어지더니 각자 다른 방향으로 도망쳤다. 남자들 중 딱 한 명만 애들을 쫓으러 나섰다. 그자가 점찍은 꼬마는 가장 잽싼 녀석이었다. 머리에 금발 브릿지를 넣은 소년이었다.

마일스는 옆의 건물로, 그리고 다시 그 옆의 건물로 도약하며 아래쪽에서 벌어지는 추격전을 따라갔다. 꼬마는 보도를 따라 달리다가 이따금 자기 앞을 가로막는 사람들을 피해 도로까지 내려가기도 했다. 그렇게 찻길과 인도를 넘나들며 족히 몇 블록은 도망쳤지만, 그 뒤를 쫓는 추격자는 점점 더 가까워지고 있었다.

소년은 도로 왼쪽으로 힘차게 방향을 꺾더니 한적한 길로 냅다 뛰어갔다. 자기가 사는 동네인가보네. 마일스는 생각했다. 여전히 몸은 두 사람의 머리 위로 숨기고 있는 상황이었다. 하지만 그쪽에는 아무 장애물이 없어서, 소년을 뒤쫓던 남자는 전력으로 달려 금세 소년의 어깨를 잡아챌 수 있었다. 그러더니 꼭 둘이 친한 것처럼 어깨동무를 해서 소년의 상체를 단단히 붙들었다. 소년은 소리를 지르지 않았다. 도움을 청하지도 않았다. 마일스는 그 애가 왜 입을 다무는지 알고 있었다. 소리를 질러서 도움을 청하는 것은 아무 소용도 없을 뿐더러 거리의 규칙에 어긋난다는 걸 잘 알고 있는 것이다. 오히려 상황만 더 악화될 뿐이다.

두 사람은 아무 일도 없다는 듯이 몇 걸음을 더 걸어갔다. 그러다 마일스는 소년이 제자리에서 몸을 숙여 운동화 끈을 푸는 모습을 보았다.

웅웅.

신문에서 보니까 요새 애들이 두들겨 맞고 운동화 뺏기는 일이 잦다더라. 마일스는 아빠의 말을 떠올리며 건물에서 뛰어내렸다. 소년이 도둑에게 신발을 건네던 순간, 마일스는 운동화 도둑 바로 뒤에 서 있었다.

소년의 눈이 휘둥그레졌다. 뒤로 돌아선 강도 역시 스파이더맨 가면의 빨갛고 하얀 눈과 정면으로 마주쳤다. 도둑은 아무 말도 하지 못하고 그저 욕설을 내뱉으며 고개를 흔들었다.

"네 일이나 신경 쓰지 그래." 도둑은 이렇게 말하면서 셔츠를 걷어 올려 허리춤에 끼워놓은 권총 손잡이를 슬쩍 보여주었다.

"이게 내 일이야." 마일스가 대답했다. 그렇게 마일스와 도둑은 인도 위에서 서로를 노려보았다. 소년은 옆에 있던 집의 계단으로 조용히 올라갔다.

도둑은 신발을 떨어뜨렸다. 갑자기 마일스의 스파이더 센스가 크게 울리더니, 이 남자가 곧 총을 쏠 것이라고 알려주었다. 도둑이 총을 잡기도 전에 마일스는 그 손목을 꽉 쥐었다. 손가락 두 개로 손목을 꽉 조인 것만으로도 마일스는 도둑의 손목뼈를 석고처럼 박살내버렸다. 도둑은 비명을 지르면서 부러진 손목을 다른 손으로 부여잡았다. 도둑이 고통스레 끙끙거리면서 몸을 앞으로 숙이자, 마일스는 도둑의 턱을 깔끔하게 올려쳐 뒤로 완전히 넘어뜨려 버렸다. "야, 덤빌 줄은 아네. 그래도 넌 그냥 겁쟁이일 뿐이야." 마일스는 고개를 흔든 후 쓰러져 있던 남자 위에 올라탔다. 그리고 멱살을 붙잡아 올린 다음 주먹을 말아 쥐었다. 그 얼굴에 망치질 같은 주먹을 내리치기 직전, 옆에 있던 소년이 시야에 들어왔다. 금발 브릿지를 넣은 소년은 겁에 질려 있었다. 소년의 눈을 본 마일스는 남자를 때리려던 자세 그대로 얼어버렸다.

넌 나랑 똑같아.

마일스는 멈칫했다. 그러고는 이제 도보 위에서 소금 뿌린 민달팽이 마냥 고통스레 어기적거리고 있던 남자를 내버려두었다. 하지만 바지춤에 있던 총은 빼앗은 다음 발로 밟아 부숴버렸다. 남자도 바닥에서 한 번 굴린 다음 양손을 등 뒤쪽으로 홱 잡아챘다. 부러진 손목은 이제 거의 오렌지 크기로 퉁퉁 부어 있었다. 마일스는 끙끙대며 뒹굴고 있는 도둑의 양팔을 한데 모아 거미줄로 단단히 묶어버렸다.

그런 다음에는 남자의 신발을 홱 잡아 벗겨서는, 겁에 질려 벌벌 떨고 있던 소년에게 원래 자기 것이었던 운동화와 함께 내밀었다. "이 사람은 네 맘대로 해." 이번에는 온통 피투성이로 만신창이가 된 남자의 얼굴에 대고 똑똑히 말했다. "네가 겪은 일을 똑똑히 말하고 다녀. 그리고 한 번만 더 너나 네 친구들이 이딴 짓을 벌였다간 내가 알아낼 거야. 넌 날 모르지. 하지만 난 널 알아. 그리고 내가 꼭 찾아가주마."

소년이 무릎을 꿇고 앉아 운동화 끈을 매는 동안 마일스는 가로등에 거미줄을 걸고 멀리 날아가버렸다. 마일스는 양손에서 계속 뽑아내는 거미줄을 가로등, 고층 빌딩, 공사장 뼈대 등 아무데나 걸치면서 더 위로, 또 더 멀리 날아갔다. 그렇게 마일스는 계속 바람을 가르며 날면서 끓어올랐던 피가 식은 후에야 결국 자기가 하마터면 사람을 때려죽일 뻔했다는 사실을 똑바로 직시하게 되었다. 죽였으면 어쩔 뻔했어? 꼬마가 보고 있던 바로 앞에서 그 사람을 때려죽였으면 어쩔 뻔했냐고? 눈망울에 눈물이 송골송골 맺혔지만, 끝내 흘러내리지는 않았다. 너 대체 어떻게 된 거야? 넌 대체 누구야?

넌 나랑 똑같아.

140

"아니야아!" 마일스가 크게 소리쳤지만 그 목소리는 마스크에 막혀 거의 묻혀버렸다. 하지만 어차피 브루클린 하늘 높이에서 날고 있는 전신 쫄쫄이의 절규를 들을 수 있는 사람은 아무도 없었을 것이다. "아니라고!" 마일스는 다시 외치면서 거미줄을 끊고 학교 지붕 위로 착지했지만 관성 때문에 앞으로 한 바퀴 굴러야 했다. 다시 두 발로 버티고 선 마일스는 얼굴에서 가면을 거칠게 벗겨냈다. 벅찬 가슴으로 아래를 내려다보니, 남학생들이 학교 정문 바깥에 모여서 마치 시한폭탄이라도 주고받는 기세로 농구공을 거칠게 패스하고 있었다. 다들 키가 크고 땀투성이에다 학교 농구팀의 연습용 유니폼을 입고 있었다. 그것도 마일스의 집에서 멀리 떨어지지 않은 학교였다. 아무 생각 없이 하늘을 활공하는 것 같았는데, 무의식중에 다시 집으로 돌아온 것 같았다. 아니면 최소한 집 근처까지는 와버린 듯했다. 그래서 마일스는 내친 김에 그냥 집으로 계속 가보기로 마음을 먹었다.

사실 마일스는 자기가 무심코 집까지 왔다는 사실 자체가 꽤 충격이었다. 지금 마일스에게 집이라는 장소는 딱히 가고 싶은 곳이 아닌 것 같았으니까. 오늘 같은 사건들이 벌어진 다음에는, 특히나 이젠 책상까지 박살낸 다음 어떤 처우를 받게 될지 알지도 못하는 상황에서는 더더욱 집에 가고 싶지가 않았다. 하지만 마음속에 묵혀둔 게 너무 많아서 뭐가 뭔지 한번 헤아려보기라도 해야 하는 판국이니, 냄새 나는 기숙사 방에서 짜증나는 *슈퍼 마리오* 배경음이나 듣고 앉아 있으니 차라리 편안한 집에서 잔뜩 언짢아 있을 부모님과 함께 있는 편이 더 나을 것 같기도 했다.

그래서 날이 점점 흐릿해지는 가운데, 마일스는 학교의 벽을 타고 내려간 다음 집까지는 투명한 상태로 걸어가기로 했다. 산책 나온 개들은 마일스가 근처를 지나갈 때마다 신나서 어쩔 줄을 몰라 했지만, 개 주인들은 바로 근처에 마일스가 있는 걸 모르니 그저 개들만 혼낼 수밖에 없었다. 하얀 고양이 한 마리도 마일스가 있다는 걸 눈치채고는 잔뜩 경계하면서 등과 털을 바짝 곤두세우고 하악질을 하더니 차 밑으로 잽싸게 도망가 버렸다. 하지만 그 차는 사실 그냥 차가 아니었다. 차보다는 집에 더 가까웠다. 운전석 앞쪽에는 슈퍼에서 파는 커피 컵이 나란히 줄지어 있는 가운데, 그 사이사이에는 알 수 없는 종이 쪼가리와 쓰레기들이 어질러져 있었다. 앞좌석에는 쓰레기 봉지가 잔뜩 쌓여 있었다. 하늘색이었을 차체는 이제 잔뜩 녹이 슬었다. 이 차는 거의 동네의 일부나 마찬가지였다. 이 차의 뒷좌석에서 웬 남자 하나가 먹고 자고 한다는 사실은 동네 사람들이 다 알고 있었다. 마일스는 그 사람의 이름도 알지 못했지만. 아무도 그 남자에게 굳이 신경을 쓰지는 않았다. 꼬맹이들은 담력 겨루기의 일환으로 잠깐씩 남자를 엿보는 장난을 치기도 했다. 마일스도 오늘은 괜시리 참견하고픈 마음이 들어, 투명한 상태로 한번 남자를 엿보기로 했다. 마침내 자신의 호기심을 해결해보기로 한 셈이다. 마일스는 차의 뒤쪽 창문을 들여다보았다. 잔뜩 구겨진 줄무늬 담요만 덩그러니 놓여 있었다. 꼭 잠자는 유령 같았다. 게다가 문도 제대로 닫혀 있지 않은데다 실내등까지 켜져 있었다. 하지만 남자는 없었다. 그래서 마일스는 문을 쾅 닫은 다음 계속 걸었다.

동네가 가까워졌다. 차도 안 보이고, 사람도 안 보이고, 뚱보 토니와 그 패거리도 안 보였다. 뚱보 토니네가 안 보인다는 건 좀 이상했는데, 그치들은 경찰이 근처에 있을 때만 빼면 항상 밖에 나와 있었기 때문이다. 하지만 거리를 따라 더 내려간 마일스는 그 이유를 정확히 파악할 수 있었다. 경찰관들이 닉을 집에서 데리고 나오고 있었던 것이다. 온통 수염이 덥수룩하고 머리까지 벗겨진 모습의 닉은 굉장히 혼란스러워 하고 있었다. 꼭 자기가 체포되는 이유를 모르고 있는 것 같았다. 그는 시뻘개진 얼굴에, 입으로는 분통을 터뜨리고 있었다.

"놔줘! 놔줘!" 닉은 거칠게 소리쳤다. "날 잡아가게 두지 마!" 마일스는 잠깐 동안 자기가 투명한 상태라는 걸 잊어먹고 닉이 자신에게 말하고 있는 줄 알았다. 하지만 아니었다. 닉은 그냥 소리를 지르고 있었다. 하마터면 신발을 빼앗길 뻔한 꼬마도 지켰던 거리의 규칙을 어기고 있는 셈이었다. 마일스는 닉이 아마 회상 발작을 일으키고 있는 게 아닐까, 생각했다. 닉이 시달리고 있는 외상 후 스트레스 장애의 전형적인 증상이었다. 아까 보았던 것 같은 그 하얀 고양이가 닉의 발치에 몸을 부벼대고 있었지만, 경찰은 결국 순찰차의 뒷좌석에 닉을 태우고는 붕, 하고 떠나버렸다.

닉과 경찰들이 떠난 후, 마일스는 벽을 타고 지붕으로 올라간 다음 집 뒤쪽의 자기 침실 창문으로 내려갔다. 마일스의 방 창문은 항상 이런 때를 대비해서 잠가두지 않고 있었다. 창문을 들어 올린 마일스는 마치 발레리나처럼 우아하게 방으로 흘러 들어갔다. 거실에서 부모님이 투덜투덜 이야기하는 소리가 들렸지만, 최소한 안 좋은 소식이 또 들려오지는 않았다는 사실만큼은 마음이 놓였다.

마일스는 조심스레 옷장으로 다가가 슈트 위로 티셔츠와 청바지를 입은 다음, 1학년 때 받았던 학교 후드티까지 걸쳤다. 마일스는 아직 은신 능력을 해제하지 않았던 상태라 몸에 걸치는 옷들은 이내 옷장이나 바닥과 같은 나무 무늬와 색깔에 투명하게 녹아들었다. 그런 다음 마일스는 도로 창문으로 나가 지붕을 가로질러서 정문까지 내려간 뒤, 청바지는 파랗게, 그리고 피부는 다시 갈색으로 완전히 돌아올 때까지 기다렸다.

마일스는 벨을 눌렀다.

"누구세요?" 마일스 아빠의 목소리가 스피커에서 탁하게 흘러나왔다.

"어… 저예요." 마일스는 인터폰 쪽으로 몸을 숙였다.

잠시 아무 말도 없었다.

"마일스냐?"

"네."

정문이 철컹, 하는 소리가 나자 마일스는 문을 밀고 들어가 위층으로 올라갔다. 집의 문 앞까지 가자마자 엄마가 타이밍을 딱 맞춰서 문을 열어주었다.

"마일스니?"

"응, 엄마. 미안, 열쇠를 까먹고 놓고 와서." 마일스는 문을 닫으며 말했다. 아빠는 거실 소파에 앉아 있었고, 커피 탁자 위에는 지폐가 가지런히 놓여 있었다. 꼭 엄마 아빠가 퍼즐 맞추기나 하면서 재미있는 저녁 시간을 보내고 있던 것처럼. 사실 퍼즐 맞추기가 맞긴 맞았다. 어쨌든 어떤 돈을 어디에 써야 할지 생각하고 계셨을 테니까. 꽤나 헷갈리는 조각 맞추기가 될 터였다. "하마터면 내쫓을 뻔했잖아. 지금 여기서 뭐 하는 거냐?" 마일스의 아빠가 차갑게 물었다. 마일스는 즉시 학교에서 방금 전화 받았다. *책상을 부쉈다는 게 무슨 소리냐?*라는 추궁이 튀어나올 줄 알고 마음의 준비를 했다.

하지만 그 대신 돌아온 대답은 "지금 학교에 있어야지, 아들." 하는 엄마의 목소리였다. 그 목소리가 지금처럼 다정하게 들린 적이 없었다.

"당연히 학교에 있어야 하고말고, 아예 학교에 뼈를 묻고 '내가 망할 놈의 교보재가 아닌가' 싶을 정도로 박혀 있어야지."

"제프." 마일스 엄마가 의자의 팔걸이에 앉아 짓궂은 눈길로, 하지만 그러면서도 엄마다운 눈길로 아빠를 쳐다보았다.

"난 그냥…." 마일스는 입을 열었지만, 하고 싶은 말은 마치 낚싯줄에 걸린 물고기마냥 목구멍에 걸려버렸다. 마일스는 커피 탁자를 바라보았다. 탁자는 온통 종이들로 덮여 있었다. 그것도 무지무지하게 많았다. 종이들에는 검정색 잉크로 숫자가 인쇄되어 있었다. **기한. 연체. 최후 고지.** 탁자 구석에는 하얀 봉투들이 쌓여 있었다. **지급.** 연필 한 자루와 메모장, 그리고 계산기까지. 막 입을 열려던 마일스의 눈에 비친 이런 풍경이 갑자기 모두 흐려져 보였다. "난 그냥… 죄송하다고, 정말 죄송하다고 말하려고 왔어." 마일스가 말했다. 목소리가 탁하게 갈라져 나왔다. 그 눈은 이제 다시 엄마를 보고 있었다.

"엄마도 알아." 엄마는 한숨을 쉬며 말했다. "이렇게 말해주니까 죄송하다는 건 알겠네. 하지만 요새 너한테 대체 무슨 문제가 있는 건지는 아직도 모르겠다." 엄마가 마일스를 쳐다보는 눈빛이 빛났다.

돌아가신 삼촌이요.

학교요.

선생님이요.

감옥에 있다는 사촌이요.

제 초능력이요.

"아무 문제도 없어." 마일스가 말했다. "뭐 압박감이 좀 심하긴 해. 그래도… 괜찮아."

"정말?" 엄마가 몸을 앞으로 숙이며 말했다. 그 두 눈은 마일스를 그대로 꿰뚫어보는 것 같았다. 얼굴의 가면까지도.

마일스는 눈길을 다시 커피 탁자로 돌렸다. 그리고 역시 커피 탁자를 바라보고 있던 아빠 쪽을 보았다. "응." 마일스는 고개를 끄덕였다. "정말로." 마일스는 엄마를 한 번 안아주었다. "다 해결할 방법을 찾아볼게."

"아니야." 엄마가 딱 잘라 말했다. "넌 네 성적이랑 학교 일에만 신경 쓰렴. 더 이상은 필요 없어. 아빠랑 엄마가 다 해결해볼게."

"그럴 것까지는 없는데." 마일스가 말했다.

"아유, 마일스. 부모가 될 때는 이런 것까지 다 각오하는 거란다."

"난 안 했는데!" 마일스 아빠가 투덜거렸다.

"아빠 말 듣지 마. 다 각오했거든. 마일스 네 배만 부를 수 있다면 엄마 아빠는 좀 굶어도 상관없어. 알아듣겠니?" 마일스의 목구멍에 또 응어리가 지는 것 같았다. "배부르다는 얘기가 나왔으니 말인데, 샌드위치 하나 만들어줄 테니 싸 갖고 가렴."

"그리고 시간도 늦었으니 아빠가 지하철까지 데려다주마." 마일스 아빠가 몸을 앞으로 기대며 말했다. "운동화 강도들이 기승을 부린다고 얘기했었지? 네 운동화가 그렇게 비싼 건 아니다만," 아빠는 마일스의 신발을 흘긋 쳐다보았다. "그래도 깔끔하긴 하니까."

바깥은 여전히 조용했지만 뚱보 토니와 그 패거리가 떠드는 소리는 들렸다. 다들 동네로 돌아와서는 정문에 기대어 놀고 있었다. 그 웃음소리가 조용한 공기를 갈랐다.

"안녕하세요, 데이비스 씨? 마일스도 안녕?" 뚱보 토니가 한 손을 들어 보이며 인사했다.

"별일 없나, 토니?" 계단을 내려온 마일스의 아빠도 정문을 닫으면서 인사했다. 마일스가 뭐라 입을 열기도 전에 아빠는 아들의 팔을 붙잡고는 반대쪽으로 걷기 시작했다.

"저기요, 데이비스 씨?" 토니가 불렀다. 마일스 아빠가 돌아보았다. "닉한테 무슨 일 생겼는지 보셨어요?"

"그래, 봤다."

"무슨 일로 잡아간 것 같아요?" 토니가 물었다. 마일스는 길 건너편의 닉이 살던 집을 쳐다보았다. 그 집의 계단참 맨 꼭대기에는 아까의 고양이가 앉아 있었다. 혀로 털을 손질하더니 고개를 바짝 들어 마일스의 눈을 똑바로 쳐다보았다.

꼭 마일스가 자기를 쳐다본다는 걸 아는 것처럼.

꼭 마일스를 아는 것처럼.

"전혀 모르겠는걸." 마일스 아빠는 고개를 저어준 다음 다시 뒤로 돌았다. 마일스는 그 고양이를 뚫어져라 쳐다보았다. 그 눈이 희한하게 눈에 익었다. 시선이 절로 이끌렸다. 고양이는 고개를 갸웃, 하고 마일스를 뜯어보더니 다시 온몸과 털을 위협적인 자세로 곤두세웠다.

넌 나랑 똑같아. 마일스는 고양이가 정말로 그렇게 말했다고 확신했다. 고양이가 정말로 자기 입을 뻐끔거리면서 그 말을 토해냈다고 확신할 수 있었다. 마일스는 두 눈을 가늘게 뜨고 자신에게 하악질로 위협을 하고 있는 고양이를 가만히 쳐다보았다. 그 꼬리는 앞뒤로 살랑이고 있었지만 뭔가 이상했다. 고양이 꼬리는 대부분 음악을 들은 뱀처럼 움직이는데, 이 녀석의 꼬리는 어딘가 망가진 뱀이 삐그덕거리는 것 같았다. 아빠가 다시 팔을 붙잡았지만 마일스는 돌아설 수 없었다. 눈이 바싹 마르고 시야가 흐려지는 가운데 길고양이의 꼬리가 서서히 여러 개로 갈라지기 시작했다.

147

꿈에 나왔던 그 고양이처럼.

그리고 체임벌린 선생님의 손목에 있던 녀석처럼.

체임벌린 선생님.

"빨리 와." 아빠가 말했다. 마일스는 발걸음을 떼어 아빠 쪽으로 돌면서도 시선은 여전히 고양이 쪽에 붙박혀 있었다. *체임벌린 선생님.* 마일스는 마지막으로 고양이를 어깨 너머로 한 번 더 쳐다본 후에야 마지못해 아빠에게 갔다. 머릿속은 온갖 생각으로 꽉 차 있었다. 사실 온갖 생각이랄 것도 없이 *체임벌린 선생님이야*라는 생각뿐이었지만. 그게 무슨 뜻인지는 마일스 자신도 알 수 없었지만, 분명 역사 선생님과 뭔가 관련이 있다는 것은 확실했다. 선생님의 인성이 더럽다는 것 말고도 분명 뭔가 더 있었다. 하지만 동시에 전혀 말이 되지 않는 점도 많았다. 이를테면 체임벌린이 닉이랑 무슨 상관이 있단 말인가? 또 그렇다고 해서 마일스가 뭘 어떻게 해야 한단 말인가?

"녀석, 괜찮으냐?" 다섯 걸음 정도 떨어져 있던 아빠가 다가오면서 물었다. 사실 마일스가 걷고 있는 꼴을 보면 그런 말이 안 나올 수가 없었다. 갑자기 갈피를 못 잡고 머뭇거리고 있으니. 전혀 스파이더맨답지 않았다.

"어, 어. 네." 마일스는 고개를 흔들어 산만한 생각들을 털어버렸다. 그러고는 후드티의 앞주머니에 양손을 찔러 넣고, 기어이 충동을 참지 못하고 다시 한 번 고양이 쪽을 돌아보았다. 고양이는 사라지고 없었다.

"별로 안 괜찮아 보이는데. 뭐 할 말 없냐? 오늘 있었던 일도 다 괜찮은 거야?" 마일스는 아직까지 목구멍에 올라와 있던 응어리를 꿀꺽 삼키고는 아빠 쪽으로 돌아봤다. "아빠는… 어… 나 믿어?" 이것이야말로 마일스에게 가장 중요한 일이었다. 학장님한테 누명을 쓰는 것도 기분 나빴지만,

부모님의 신뢰를 잃는 것은 차원이 다른 일이었다. "아니면 내가 진짜로 편의점에서 도둑질을 했다고 생각해?"

아빠는 한숨을 쉬었다. "당연히 널 믿지, 아들."

"엄마는?" 마일스가 물었다

"엄마가 왜?" 마일스 아빠는 양손을 주머니에 넣었다. "엄마는 그냥 널 걱정하는 거야. 엄마 아빠 입장에서 한번 생각해봐. 평생 사고 한 번 안 치던 아들이 갑자기 지난주에 수업 땡땡이로 정학을 먹질 않나, 학교로 돌아가자마자 도둑으로 몰려서 근로 장학생까지 잘리질 않나. 아빠도 네가 도둑질을 했다고는 생각하지 않아, 근데 시 낭송회 때문에 가게를 비웠다고 했지. 천생 이과 머리인 내 아들이 뭘 보러 갔다고? 노래? 랩? 시 낭송? 이게 우리 입장에서 대체 어떻게 보일지 이해를 좀 해줘야 돼. 넌 지금 일상에서 벗어나고 있잖아, 마일스 이 녀석아. 그러니 엄마는 그냥 무서운 거야, 네가 혹시라도….."

"애런 삼촌처럼 될까봐."

"그래, 애런 삼촌처럼 될까봐. 제기, 자기 전에 침대에 누워서 네 엄마랑 삼촌 얘기를 할 날이 올 거라고는 상상도 해본 적이 없는데. 오늘 밤은 딱 그 얘기를 하겠구나." 마일스 아빠는 걸음을 멈추고 마일스의 어깨를 붙잡고는 아들의 눈을 똑바로 들여다보았다. "그냥 다 괜찮다고 얘기해주렴."

"난 괜찮아."

"그럼 왜 가게를 비웠는지 설명해봐. 진짜로."

"말했잖아." 마일스는 다시 걷기 시작했다. 아빠도 그 뒤를 따라 걸었다. "시 낭송회 갔었다니까."

"낭송회에 가셨다." 마일스 아빠는 고개를 끄덕이며 마일스의 옆얼굴을 쳐다보았다. "거긴 뭐 하러 갔어?"

"추가 점수 받으러."

"아, 그래." 마일스 아빠는 고개를 끄덕였고, 두 사람 사이에는 잠시 뭔가 어색한 기류가 점점 모여들다가 마침내 뻥, 하고 터져버렸다. "그래서, 걔 이름은 뭐냐?"

"누구?"

"네가 낭송회 나가서 구경하려고 했던 여자애 말이다. 녀석아, 아빠도 네가 추가 점수 받으려고 낭송회 갔다는 건 믿어. 근데 왠지 그게 유일한 이유일 거란 생각이 안 드네. 아빠도 너만할 때가 있었다는 건 알지? 분명 네 머리를 핑핑 돌게 만들었던 누군가가 있을 것 같은데, 아니면 네가 차세대 랭스턴 휴스가 되든가. 아빠야 모르는 일이지만." 마일스는 이제 얼굴을 실룩거리며 최대한 웃음을 참고 있는 아빠를 쏘아 보았다. "그래서… 걔 이름이 뭐냐?"

마일스는 고개를 저었다. "앨리샤." 아빠는 웃음을 숨소리에 섞어 흘려 보냈다.

"걔도 네가 좋아하는 거 알아?"

"잘 모르겠어. 아는 것 같았는데, 지금은 확신이 안 서. 개랑 수업 두 개 같이 듣거든, 근데 맨날 내가 무슨 말을 걸려고 할 때마다 기분이 이상해져. 처음에는 그 멍청한 스파이더 센스 때문인 줄 알았고, 솔직히 조금은 그 탓도 있거든. 근데…."

"근데 뭔가 딴 문제도 있단 얘기지. 이 녀석 홀딱 빠졌구먼." 아빠는 성악가 같은 목소리로 거의 노래를 부르다시피 하면서 마일스를 놀려댔다. 그러면서 악단의 지휘자처럼 양손을 허공에 흔들면서 아들을 툭툭 쳤다.

"알 게 뭐야." 마일스는 그런 손을 밀어냈다. "어쨌든 걔한테 쓴 시를 주려고 간 것도 있어."

"정말 걔한테 시를 써줬단 말이야?"

"응."

"와. 이 녀석 진짜 홀딱 빠졌구먼. 그래서 걔한테 시를 주니까 어떻게 됐어?"

"못 줬어. 주려고 하니까 애들 앞에서 읽어달라고 하더라고. 그래서 정신 놨지."

"뭐, 그런 점은 이 아빠를 닮은 것 같아서 너무너무 자랑스럽구나." 마일스 아빠는 손가락으로 자신을 가리키며 말했다. "네 삼촌은 여자 문제라면 아주 선수였지. 하지만 아빤 아니었어. 아빠가 엄마 어떻게 만났는지 얘기해줬냐?"

"응. 엄마 말로는 파티에서 처음 만났는데 완전 멋있었댔어."

"그건 그냥 엄마가 착해서 하는 말이고. 하지만 진실은 이렇단다. 아빠랑 애런 삼촌이 저 라파예트 동네의 쪼만한 아파트에서 살던 시절에 다 같이 슈퍼볼이나 보자는 파티를 열었었거든. 아빠 친구가 엄마 사촌이었거든. 그래서 엄마가 자기 사촌이랑 같이 온 거야. 그런데 엄마는 사실 그 자리에 잘 안 어울렸지. 브롱크스에 사는 카톨릭 신자였으니까 우리랑 접점이랄 게 없었지. 그런데 네 엄마가 들어오는 모습이… 어휴… 아빠도 홀딱 빠졌지 뭐냐. 그날 밤 내내 뭘 할 수가 없었어. 슈퍼볼 결승전에 누가 출전했었는지도 기억이 안 난다. 아빠는 어떻게든 네 엄마를 홀딱 사로잡을 만한 말을 생각해내려고 머리를 엄청나게 쥐어짰거든. 근데 아빠가 긴장했다고 한다면 말이다… 그건 진짜 제대로 긴장한 거야. 그래서 그냥 좋은 집주인으로서 손님들한테 마실 거랑 과자, 그리고 살사나 제대로 갖다 줘야겠다 싶었지." 마일스와 아빠는 잠시 모퉁이에 멈춰 서서 지나가는 차가 없는지 확인하고 길을 건넜다. "처음에는 엄마한테 음료를 따라줬지. 샴페인 마실래?" 마일스 아빠는 병을 따르는 시늉을 해 보였다. "엄마가 고맙다고 하고는 작게 웃어주더라고. 그래서 아빠는 혹시 과자나 살사라도 갖다 줄까 하고 물었단다. 그것도 프랑스어로 멋있게 오르 되브르? 하고 물어봤어. 근데 지금 생각해보면 대충 오더부? 비슷한 발음이었던 것 같아. 엄마가 또 깔깔 웃으면서 좋다고 했지, 그건 언제나 좋은 신호란다. 그래서 아빠는 방 건너편으로 가서 살사 한 그릇을 통째로 집었어. 그런 다음 사람들을 헤치고 네 엄마한테 가다가 커피 탁자에 발이 걸려서 그릇을 놓쳤어." 아빠는 양손에 보이지 않는 그릇들을 들고 허둥거리는 시늉을 해 보였다. "이게 어떻게 됐게?"

"엎었구나."

"네 엄마한테 다 엎었지." 마일스 아빠는 고개를 끄덕이며 말했다. 두 사람은 공원을 가로지르는 지름길로 가기로 했다. 벤치에 웬 남자가 누워 있었다. 지나가던 남자는 자기 주머니를 마구 뒤지면서 뭔가 잊어먹은 듯 물건을 찾고 있었다. 십대 청소년들이 서로 농담을 주고받는 모습도 보였다. "살사 한 그릇을 통째로." 아빠가 확인해주었다.

"그래서 엄마는 어떻게 했는데?"

"인마, 얘기를 어디로 들은 거야? 엄마한테 살사 한 그릇을 통째로 엎었다니까? 당연히 벌컥 화를 냈지!" 아빠는 냅다 웃음을 터뜨렸다.

"아니… 그러면… 어쩌다가 다시 만난 거야?"

"녀석, 그건 중요한 게 아냐. 중요한 건 아빠는 그때 엄마한테 살사를 엎지 않았다면 이렇게 잘됐을 거라고 생각하지 않는다는 거지." 아빠는 머리 위로 양손을 올리고 깍지를 끼었다. "그러니까 개한테 써줬다는 시가 바로 네 살사가 되는 거야. 그러니까 개한테 엎어야지. 알겠니?"

"음, 그러니까 읽어주라는 얘긴 거지?"

"정확하지. 살사를 엎어야 한다, 아들아." 마일스 아빠의 미소에는 자신감이 넘쳤다. 지금이야말로 아빠 노릇 제대로 하는 순간이란 확신이었다. 참 소중한 순간이었다.

이제 두 사람은 공원 반대편으로 나와 지하철역으로 내려가는 계단 앞에 서 있었다. 마일스는 어깨를 늘어뜨렸다. "애런 삼촌은 어땠어?"

"삼촌이 뭐?" 마일스 아빠가 대번에 엄격한 아버지 모드로 돌아갔다. 몸은 뻣뻣해졌고 눈길은 다시 아들을 내려다보는 시선이 되었다.

"아니 그러니까, 삼촌은 여자애들을 어떻게 꼬셨어?"

마일스 아빠는 꼭 비밀스러운 이야기를 후딱 털어내는 듯이 한 손으로 입가를 문질렀다. "사실 아빠도 자세히는 몰라, 하지만 삼촌은 여자애들을 잘 꼬셨지. 그것도 참 많이 꼬셨어." 아빠는 아랫입술을 깨물고는 고개를 한 번 젓더니, 뒷주머니에서 접힌 종이 한 장을 꺼내 다른 손으로 옮겨 쥐었다. "아무래도 지금 말해주는 게 좋은 타이밍일 것 같구나." 아빠는 툴툴거리듯 말하면서 종이를 마일스에게 주었다.

종이를 펴자 눈에 익은 연필 글씨가 나타났다. 게다가 죄다 대문자였다.

데이비스 씨께

제 이름은 오스틴입니다. 저는 15살이고, 지금 청소년 감옥에서 이 편지를 쓰고 있습니다. 저희 할머니가 말씀 많이 해주셨습니다. 데이비스 씨의 이름을 아시더라고요. 그리고 아무래도 인터넷으로 주소까지 찾아내신 것 같습니다. 딱히 유감은 가지지 않으셨으면 좋겠습니다. 할머니는 계속 데이비스 씨에 대해 말씀하시면서 가족의 나머지 반쪽도 꼭 알아봐야 한다고 말씀하시더라고요. 저희 아버지 성함은 애런입니다. 그리고 이 주소가 맞는 주소라면, 데이비스 씨는 저희 아버지의 형제 되시죠. 그러니 제 삼촌이 되시는 셈입니다. 데이비스 씨는 분명 저에 대해 아는 게 없으실 테고, 할머니 말씀에 따르면 데이비스 씨와 저희 아버지는 그다지 좋은 사이가 아니라고 하셨습니다. 그러니 저를 모르실 수도 있고, 아니면 알고는 계시지만 아버지 일로 너무 화가 나셔서 연락을 하시지 않는 것일 수도 있습니다. 다 이해합니다. 어쨌든 분명 아시겠지만 저희 아버지는 이제 돌아가셨으니, 지금 이렇게 편지를 보내는 행동이 선을 넘는 것인지 아닌지는 모르겠지만 한번 제 면회를 오셨으면 좋겠습니다. 제 면회일은 매주 토요일입니다. 딱히 저를 보러 오는 면회객도 없을 뿐만 아니라 가족을 직접 만나는 일은 멋진 일이라고 생각합니다. 저희가 아직 서로를 잘 알지 못하더라도 말입니다.

이 편지를 잘 받으셨길 빕니다.

오스틴 데이비스

마일스는 편지를 다시 접어 넣으며 의심스러운 표정을 숨기려고 아예 혀까지 깨물었다. "아빠 알고 있었어?

"당연히 몰랐지. 아빠는 애런 삼촌이랑 오랫동안 거의 연락도 안 하고 살았잖니, 가끔 연락을 할 때도 너한테서 떨어지라는 얘기밖에 안 했고."

"그러니까 얘가 있는지도 몰랐던 거지?"

154

"지난주 토요일에 그 편지를 열어보기 전까지만 해도 그랬지." 생각났다. 마일스가 화장실에서 나왔을 때 엄마가 웬 종이 하나를 들고 있었다. 엄마는 그 종이를 보면서 안색이 확 바뀌었었다.

마일스의 머리가 핑핑 돌았다. 깨물고 있던 혓바닥도 이빨에서 놔주었다. "음, 난 알고 있었어."

"뭘 알고 있었다고?"

"얘." 마일스가 말했다. "어, 어제까지는 몰랐어. 그런데 나한테도 편지를 보냈더라고."

"학교로?"

"응." 마일스는 편지를 다시 아빠께 돌려드렸다. "혹시라도 아빠가 화내는 게 싫어서 얘기 안 한 거였는데. 뭐… 일단 그래."

"아들, 난 이거 마음에 안 든다." 마일스 아빠는 고개를 절레절레 흔들면서 편지를 다시 주머니에 넣은 다음 팔짱을 꼈다.

"우리 얘 면회 가자." 마일스가 툭 던졌다. 가슴이 두근거렸다.

"절대 안 돼." 아빠가 바로 대답했다. "아니… 봐라, 모르겠다. 그렇게 간단한 문제가 아니야."

"음, 엄마는 뭐라고 했는데?" 마일스는 엄마가 애들한테 유독 약하다는 것도, 서로 싸우는 모습을 보기 싫어한다는 것도 알고 있었다. 그게 꼭 자기 가족일 필요도 없었다. 엄마는 강케도 자기 자식처럼 사랑했다. 하지만 엄마가 혹시라도 오스틴이라는 조카의 존재를 알았더라면, 애런 삼촌에 대한 감정이 어찌 됐든 분명 연락을 하고 싶어 했을 것이다. 엄마라면 분명 그랬을 거다.

아빠는 양 볼이 한껏 부풀 정도로 깊은 한숨을 푸욱 쉬었다. "엄마 성격

알잖냐. 꼭 가보라고 하더라."

"아 그럼… 얘기 끝났지 뭐. 꼭 가봐야겠네. 그럼 나도 같이 갈래."

"우선 아빠한테 이래라 저래라 할 때는 선을 지켜라, 아들." 아빠가 엄격하게 말했다. "너 아직 되게 아슬아슬한 입장이거든, 혼날 일 남아 있다는 거 잊어먹지 마. 일에서 잘렸다고 해서 위아래까지 다 잘라먹겠다는 생각은 하지도 말라고. 지금 이 일을 숨기고 있었다는 사실은 말할 필요도 없고."

"알았어요, 죄송해요." 마일스는 재빨리 꼬리를 말았다. "하지만… 그러면… 다 솔직하게 털어놓기로 한 거니까 말하는 건데, 나 얘한테 답장도 썼어."

"뭘 어쨌다고?" 마일스 아빠는 자기 머리 위쪽을 부여잡았다. 꼭 머리를 몸에서 뜯어내려는 듯한 기세였다.

"어쩔 수 없었어. 아니, 꼭 그래야 한다는 생각이 들었다고. 그래서 그냥… 답장을 써서 오늘 아침에 부쳤어."

마일스 아빠는 아들에게 등을 한번 돌리더니, 이내 다시 아들 쪽으로 몸을 돌려 하늘만 멍하니 쳐다보았다. 꼭 저 구름에 반쯤 가려진 달에서 해답을 찾으려는 것 같았다. "마일스 이 녀석아, 이게 전혀 좋은 생각인 것 같지는 않아. 우린 얘가 누군지도 모르잖니."

"그러니까 더더욱 가서 만나봐야지."

"얘 말이 사실인지, 아닌지도 몰라."

마일스는 아빠를 확고한 뜻이 담긴 곁눈질로 흘겨보았다.

"알았다, 알았어." 아빠는 두 손을 앞으로 내저었다. "이 녀석이 말하는 것도 아마 사실일 거다. 애초에 우리한테 사기를 칠 이유도 전혀 없을 테니까."

156

"맞는 말씀. 그러니까…?"

"그러니까 제발 이제 지하철 타고 학교로 좀 돌아가라." 마일스 아빠는 갑자기 맥이 확 빠진 것 같았다. 아빠의 핸드폰이 울렸다. 아빠는 전화기를 확인한 다음, 마일스의 뒷목을 잡더니 확 땡겨서 거칠지만 사랑이 느껴지도록 꽉 안아주었다. 하마터면 마일스가 자기 몸한테 괜찮은지를 물어볼 정도로 거친 포옹이었다. "엄마 전화다. 아빤 집에 가서 이 문제에 대해 엄마랑 다시 상의해보마."

CHAPTER 8

마일스가 방으로 돌아왔을 때 강케는 컴퓨터 앞에 앉아 있었다. 책상 위 노트북 옆에 치즈 과자도 한 봉지 두고.

"야아." 마일스가 문을 닫으면서 말했다.

"야아." 강케는 화면에서 눈을 떼지도 않은 채 말했다. 한 손은 과자 봉지 속으로 집어넣어 한 개를 꺼내 입으로 쏙 털어 넣고는, 손가락에 묻은 치즈 가루를 쪽쪽 빨아먹었다. 그런 다음에야 코앞까지 다가온 마일스를 바라보았다.

"이런 세상에, 스파이더맨. 쫄쫄이 입고 가면 쓰고 나가시더니 웬 먼지투성이 청바지랑 후드티를 입고 돌아오셨네. 이젠 범죄의 길에 들어서서 아싸들이나 털어먹으려고?"

"거 유머 감각은 좋으시지만 감은 좀 떨어지시네." 마일스가 트레이닝복 셔츠를 머리 위로 벗자 그 밑에 받쳐 입고 있던 검정과 빨강 배색의 거미줄무늬 슈트가 드러났다. "집에서 오는 길이야."

"그런데 아직도 살아 있는 걸 보니 오늘 교실에서 있었던 무용담은 아직 연락이 안 갔나 보네?" 강케가 짓궂은 목소리로 말했다.

"응. 그런데 청구서 때문에 현금 다 꺼내서 세고 계시더라. 그러니 누구 한 명 털어먹어서 부모님 도와드리는 것도 그렇게 나쁜 생각은 아닌 것 같아."

강케는 과자 봉지로 다시 손을 집어넣고 꼭 주황색 스티로폼으로 감싼 것처럼 생긴 땅콩 과자를 집어서 입으로 털어 넣었다. "마일스, 좀." 강케는 말했다. "착해 빠져서는 누구 하나 털어먹지도 못할 거면서."

마일스는 침대에 철퍼덕 앉았다. 그리고 트레이닝복 셔츠 주머니에서 가면을 꺼내 옆으로 던졌다. 꼬맹이한테서 운동화를 빼앗으려던 놈을 혼내준 이야기를 하고 싶었다. 그 자식을 어떻게 두들겨주었는지. 길바닥에 피가 얼마나 흥건했는지. 그놈의 발에서 벗겨낸 운동화까지 꼬마한테 줘서 정의를 살짝 더 구현해준 이야기까지. 마일스도 그런 복수심 정도는 잘 알고 있었다. 다 아는 얘기였다.

하지만 그런 얘기를 강케에게 할 수는 없었다. 그리고 솔직히 말하면 강케가 옳았다. 자기는 누군가를 털어먹거나 할 수가 없었다.

"네가 뭐라던 넌 나랑 똑같으니까." 귓가에 진득하게 들러붙은 듯한 그 목소리가 느리게 들려오자, 마일스는 곧장 그 하얀 고양이를 떠올렸다. 그리고 하얀 고양이의 모습은 곧바로 양손으로 자기 목을 쥔 채 으르렁거리던 삼촌의 모습으로 이어졌다. 강케가 말을 이었다. "당연히 난 춤도 출 수 있다는 점만 빼고. 아, 참. 생각해보니까 넌 슈퍼 히어로였지?" 강케는 손가락에 묻은 주황색 가루를 츄리닝 바지에 슥슥 문질러 닦았다.

"야, 그냥 과자나 좀 내놔. 그리고 춤 얘기는 갑자기 왜 나온 거야?"

"와서 훔쳐가보시지 그래?" 강케가 깔깔 웃고는 마일스에게 봉지를 내밀자, 마일스는 냅다 봉지를 빼앗았다. "농담이고, 그래도 진지하게 한번 생각해보자. 만약에… 음, 춤으로 돈을 벌어보면 어때."

"뭐?" 마일스는 얼굴을 잔뜩 구겼다.

"아니, 어른들 춤 말고, 인마. 지하철에서 봤던 쇼타임 같은 거 있잖아."

"싫어."

"야, 걔네가 돈 버는 거 봤잖아. 그리고 넌 돈이 필요하댔고—"

"강케." 마일스는 한 손을 들어 더 이상의 말을 막았다. "푼돈 벌자고 지하철에서 팝핀 같은 걸 추지는 않을 거야."

"우선 딱히 팝핀을 출 필요는 없어. 그리고 두 번째로, 네 능력만 있으면 우린 푼돈이 아니라 떼돈을 벌 거다."

"우리라니?"

"뭐, 나도 매니저로 나설 테니 좀 받아먹어야지. 지분은 조금만 먹을게. 어쨌든 수금할 사람은 있어야 할 거 아냐." 강케는 정말 천사 같은 미소를 지었다. "한번 생각은 해봐."

마일스는 고개를 저었다. 방법이 없었다. 당연히 날강도가 될 수는 없었지만 그렇다고 지하철에서 춤추는 쇼타임 꼬맹이가 될 수도 없었다. 왜냐면 춤을 못 췄으니까. 지붕도 뛰어넘고 주먹도 피하는 등등 세상에서 가장 좋은 신체 조건을 갖췄으면서, 그런 초능력을 갖고도 도통 리듬에 맞춰서 몸을 움직이는 것만큼은 제대로 되지가 않았다.

"이거나 생각해보셔!" 마일스는 방 건너편으로 냅다 거미줄을 갈겼다.

두터운 거미줄이 강케의 티셔츠에 묻으면서 꼭 스파게티 흘린 것 같은 자국을 남겼다.

"마일스, 좀." 강케는 고개를 젓고는 소매에서 거미줄을 떼어내리고도 하지 않았다.

마일스는 어깨를 으쓱했다. "근데 넌 뭘 하는 거야?" 과자 봉지를 집으며 말했다.

"블로퍼스 선생님 숙제로 내 이름 조사하고 계시다. 생각해보니 이건 네 숙제이기도 하네. 바람 좀 쐬겠답시고 창문 밖으로 나가서 이런저런 거 하고 온 건 알겠는데, 신선한 공기 마시면서 시상도 좀 떠올렸길 바란다. 안 그랬다간 추가 점수를 또 어떻게 받아야 할지 궁리해봐야 할걸."

"그래… 아냐, 추가 점수는 이제 됐어." 하지만 하루 종일 그 많은 사건들을 겪고 난 다음 한밤중에 시를 쓰겠다고 앉았으니, 꼭 머리를 쥠틀에 넣고 바싹 조이는 것 같았다. "이게 그 자기 이름의 뜻을 알아오세요 했던 그 숙제 맞지?"

"응. 그리고 내 이름은 아무 뜻도 없는 것 같아." 강케가 말했다.

마일스는 반달 모양의 치즈 과자를 아삭아삭 씹었다. "찾아보기는 했냐?" 마일스가 물었다. 치즈 과자가 입 속에서 살살 녹았다.

"응. 네가 오기도 전에 찾아봤지. 사실 엄청 많은 이름들을 찾아봤거든. 앨리샤의 이름은 '귀족'이란 뜻이래. 아, 그리고 체임벌린이 좀 웃겼다. 그 또라이 이름은 사실 '가사를 돌보는 집사'라는 뜻이라나. 하! 근데 제일 웃기면서 최악인 건 랫클리프였어. 진짜로 영어 발음마냥 '붉은 절벽'이란 뜻이더라고. 라이언이 진작 그런 절벽 같은 데서 뛰어내리지 않았다는 게 좀 아쉽긴 하다." 강케는 과자 봉지 쪽으로 손을 더듬으면서 이야기를 이었다. "어쨌든 요점은 내 이름을 찾아봤는데, 유일하게 찾아낸 결과물은 무슨 위키 같은 데서 '죽인다'고 나온 뜻밖에 없었어."

"죽인다고?"

"응. 그 왜… 누굴 죽일 때 사람을 '강케'한다고 표현한다나."

피곤에 찌들어 있던 마일스의 얼굴에 미소가 번졌다. 그 미소는 이내 웃음으로 터져 나왔다. "야, 아냐. 그건 갱크잖아. 게임에서 '갱 간다'고 할 때가 그 뜻이야."

"아, 갱크야? 갱 간다는 게 무슨 말인지는 알지. 근데 위키에는 강케라고 나와 있었단 말이야." 강케는 기분을 풀었다. "그래서 '야, 씨, 내 이름이 살인이라는 뜻이야?'라고 말하려고 했거든." 마일스와 강케는 웃음을 터뜨렸다. "근데 진짜로, 내 이름은 아무 뜻도 없는 것 같아. 그게 한국어인 것 같지도 않아. 엄청 이상해."

"부모님한테 전화해서 물어봤어?" 마일스가 물었다. 방금 웃음으로 한껏 띄웠던 분위기가 갑자기 싸해졌다. 강케의 얼굴이 침울해졌다.

"내가 엄마 아빠한테 전화 안 하려는 거 알면서 그러냐. 그리고 전화해서 뭐라고 할까? 어, 내 이름은 그냥 막 지은 거야? 이건 아니지. 솔직히 엄마한테 전화할 수는 있는데 그냥 엄마 슬퍼하는 소리를 듣기가 싫어서 그래. 아마도 이러시겠지. 네 이름은 아빠가 지은 거란다. 그런 다음 왈칵 눈물을 쏟는 거야. 그래서 아빠한테 전화를 하면 아마 또 이러시겠지. 왜, 마음에 안 드냐? 그리고 네 이름보다는 성이 더 중요한 거야, 녀석아." 강케는 자기 아빠를 흉내 내듯 운동화 한 짝을 벗어 신발에 입을 찐하게 맞췄다. "넌 어때? 네 이름이 무슨 뜻인지 알아?"

"네가 아직 안 찾아봤다는 게 좀 놀랍다."

"야, 진짜 친구라면 자기 숙제를 스스로 하게 냅둬야지." 강케가 말했다. "근데 알 게 뭐냐, 한번 찾아보자. 마일스, 마일스. 흐음." 강케는 곰곰이 생각하는 체하면서 입 속으로 마일스의 이름을 굴렸다.

"별거 있겠어. 그냥 거리 재는 '마일' 단위랑 비슷한 뜻이겠지." 마일스가 말했다.

강케는 친구를 흘겨보았다. "그게 네 상상력의 한계냐? 정말로? 차라리 책상 파괴자 같은 뜻이 더 낫겠다." 강케는 의자를 다시 노트북 쪽으로 돌렸다. 그 손가락이 키보드 위를 누비고, 시선은 화면을 좌우로 쭉 훑었다. "흐음," 강케는 다시 한 번 콧소리를 냈다. 그러더니 노트북을 집어 들어 마일스의 무릎 위에 올려놓았다.

"자, 읽어봐." 마일스는 화면을 자기 쪽으로 맞췄다.

마일스는 라틴어 밀레스(miles), 즉 '군인'에서 파생된 남성형 이름이다.

"군인이라고?" 마일스는 눈을 가늘게 뜨고 화면의 스크롤을 위아래로 다시 훑었다.

"군인이래."

마일스는 앨리샤가 블로퍼스 선생님 수업에서 자기 작명시를 발표하지 않았을 때부터 뭔가 잘못됐다는 걸 깨달았어야 했다. 사실 앨리샤는 수업에 전혀 참여하지 않았다. 마일스의 시원찮은 군인 시조와 강케의 '한국인-무제'를 비롯해 반 전체가 자기 이름으로 지은 시조를 발표한 다음에는 블로퍼스 선생님이 한국의 시인이었던 우탁 선생이 산봉우리에 쌓인 눈을 녹이는 봄바람을 보고 지은 시조에 대해 장황하게 설명해주었다. 그런 다음에는 학생들과의 질의응답을 진행했다.

"우탁 선생이 '귀 밑에 해 묵은 서리를 녹여볼까 하노라'고 한 부분에는 어떤 시상이 깃들어 있을까요?" 선생님이 물었다. 마일스는 앨리샤가 대답할 줄 알았다. 얘는 시에 관련된 문제라면 항상 다른 애들이 거의 모르는 것도 다 알고 있으니까. 하지만 그 대신 라이언이 손을 들었다.

"제가 보기에 춘산의 바람이란 부드러운 손길이 아닌가 싶네요." 라이언의 대답은 곧장 야유의 포화를 직면해야 했다. 앨리샤만 빼놓고. 앨리샤는 수업 내내 책상 위의 공책에 코를 박은 채 무슨 문장을 사납게 끄적이는 데만 몰두하고 있었다. 앨리샤와 마일스가 서로 말도 섞지 않았다는 건 딱히 놀라울 일도 아니었지만, 문제는 앨리샤가 아무와도 이야기를 전혀 하지 않았다는 점이다. 위니하고도, 심지어 블로퍼스 선생님하고도 말을 섞지 않았다. 수업 시작할 때 인사했던 것만 빼고는.

점심을 먹는 동안 강케는 붕어빵에 진짜 붕어가 들어간다면 어떨지 한 번 상상해보라는 둥 실없는 농담을 던졌다. 그런 다음 마일스는 역사 수업에 들어갔다. 교실에 들어간 마일스는 자기 자리에 앉았지만, 책상은 다리가 온통 휘어버린 탓에 제멋대로 휘청거렸다. 그동안 체임벌린 선생님은 평소처럼 칠판에 경구를 쓰고 있었다. 오늘의 경구는 수정헌법 13조의 글귀였다. 앨리샤는 다른 애들이 운동화도 찍찍 끌고, 가방도 쾅쾅 내려놓고, 의자도 바닥에 시끄럽게 끌고 앉는 와중에 교실로 들어왔다. 그리고 곧장 자기 자리로 가더니 가방을 내려놓았다. 그때 앨리샤는 아주 잠깐 마일스를 흘끗 쳐다보았지만, 마일스가 그 눈빛에서 분명한 감정을 읽어내기에는 충분했다. 공포가 아니었다. 분노였다. 앨리샤는 홱 소리가 나게 돌아서더니 체임벌린이 한창 판서중인 칠판으로 똑바로 다가가 분필통에서 분필을 꺼내 들었다.

"앨리샤?"체임벌린 선생님은 자기가 쓴 경구 바로 밑에 대문자로 무슨 문장을 쓰기 시작한 앨리샤를 보았다.

우리는 사람입니다

우리는 바늘꽂이가 아닙니다

"앨리샤!"체임벌린이 소리쳤다. 하지만 앨리샤는 계속 손을 놀렸다.

우리는 허수아비가 아닙니다

우리는 꼭두각시가 아닙니다

마일스는 자신의 눈을 믿을 수가 없었다. 교실 전체가 조용해졌다. 체임벌린 선생님마저도 충격으로 완전히 굳어져 있었다. 마침내 선생님은 칠판지우개를 집어 들고 칠판을 죄다 지워버리기 시작했지만, 앨리샤는 아랑곳 않고 반대쪽 칠판으로 가서 계속 글귀를 써댔다. 꼭 심각한 술래잡기를 보는 것 같았다.

우리는 동물이 아닙니다

우리는 노리개가 아닙니다

우리는 사람입니다

우리는 사람입니다

우리는

"작작 해, 앨리샤!"체임벌린 선생님은 칠판지우개를 떨어뜨렸다. "정신 나갔나?"체임벌린은 앨리샤의 팔을 와락 붙잡고는 칠판에서 떼어내려 했다.

"내 몸에 손대지 말아요."앨리샤는 체임벌린의 손을 뿌리치며 말했다. 마일스는 본능적으로 자리에서 일어났다. 오금이 달아오르면서 금방이라도 땅을 박찰 준비를 했다. 바로 그때 체임벌린이 뒤로 물러났다. 마일스도 진정했다. "내 몸에, 절대, 절대로 손대지 말아요." 앨리샤는 체임벌린을 쏘아보고는 자기가 쓴 문장들을 크게 읽기 시작했다. "우리는 사람입니다. 우리는 바늘꽂이가 아닙니다. 우리는 허수아비가 아닙니다."

"당장 교무실로 내려가." 체임벌린이 으르렁댔다. 콧구멍이 벌름거렸다.

앨리샤는 반 아이들 쪽으로 돌아섰다. 다들 놀라서 입을 벌리고 있었지만, 그중에서는 놀랍게도 브래디 캔비처럼 고개를 끄덕이는 아이들도 있었다.

"우리는 꼭두각시가 아닙니다. 우리는 동물이 아닙니다. 우리는 노리개가 아닙니다."

"내 교실에서 나가, 앨리샤! 제대로 선 넘었어. 이건 정학 감이야! 퇴학 감이야!"

앨리샤는 마일스를 똑바로 쳐다보았다. 이글거리는 눈빛으로 마일스의 두 눈을 똑바로 쳐다보았다. "우리는 사람이야. *사람이라고.*" 앨리샤는 다시 체임벌린을 돌아보았다. 그러고는 바닥에 분필을 내던진 다음 가방을 들고 나가버렸다.

그러니 수요일도 조용히 넘어가진 않은 것이다.

그래도 목요일은 조용했다.

마일스는 최대한 조신하게 행동했다. 놀러 나가지도 않았고, 짝사랑하던 여자애는 나타나지 않았으며, 안타깝지만 학교 편의점에서도 잘렸으니 일하러 나갈 일도 없었다. 그냥 학교 공부나 하면서 앨리샤는 어떻게 됐을지, 또 자기가 그 상황에서는 뭘 할 수 있었을지, 혹시나 앨리샤가 썼던 그 문장들을 함께 읊을 수 있었을지 골똘히 생각해보았다. 하지만 그럴 수는 없었다, 아니, 솔직히 말하면 그럴 수도 있었다. 그냥 *그러지 않은 것*

166

뿐이다.

하지만 앨리샤는 금요일에 다시 돌아왔다. 시조 단원의 마지막 수업을 진행하던 날이었다. 앨리샤는 여전히 마일스를 등지고 앉았다. 마일스는 앨리샤에게 말을 걸어보려 했지만, 뭐라고 해야 할지 생각나지가 않았다. 안녕이라고 하는 법을 잊어먹은 것만 같았다.

블로퍼스 선생님은 요상한 필기체로 칠판에 판서를 했다. 만약에….

"각자 '만약에'로 운을 띄워서 시를 써보도록 해요. 다들 하나씩 쓴 다음 수업이 끝난 후에는 차례대로 읽어서 하나의 연작시로 만들어볼 거예요. 이번 단원의 마무리로 아주 좋겠죠." 옛날 패션의 재닛 잭슨(미국 가수이자 마이클 잭슨의 여동생-옮긴이) 콘서트 티셔츠를 입은 블로퍼스 선생님은 학생들에게 30분의 시간을 주었다. 시간이 다 지나자 선생님은 교실 맨 앞에 있던 섀넌 오퍼먼부터 시작해 그 뒤의 학생으로 계속해서 시를 낭송시켰다. 시는 교실을 차례차례 누비면서 엄마에 대한 이야기부터 긴 머리를 갖고 싶다는 소망, 그리고 "만약에 내가 널 사랑할 수 있다면" 운운하는 시(당연히 라이언의 시였다)까지 온갖 주제를 다 거쳤다. 그렇게 결국 앨리샤의 차례가 왔다.

"만약에 인생이 시련 없는 삶이라면
모두가 거미줄에서 발버둥치는 벌레일 뿐
포식을 기다리는 거미만 두려워하며."

강케는 마일스의 등을 찰싹 때렸다.
"네 얘기야." 강케가 속삭였다.

"응 아니야." 마일스가 대답했다. 그래도 그 마음속에는 혹시나, 하는 마음이 조금 있기는 했다. 하지만 앨리샤는 마일스에게 눈길 한 번 주지 않았기 때문에 마일스 역시 나머지 수업시간 내내 앨리샤를 없는 사람 취급하는 데 최선을 다했다. 두 사람의 눈이 마주칠 때마다 마일스는 꼭 발가벗겨진 것 같기도 하고, 또 아예 투명인간이 된 것 같기도 한 미묘한 기분이 들었다.

다음 차례는 위니였지만 오늘 결석을 했기 때문에 곧바로 마일스의 차례가 왔다. 완벽하군. 마일스는 우선 흠흠, 하고 목을 가다듬었다. "어…" 그리고 입을 열었다. "좀 망쳤을 수도 있어요."

"망친 시 같은 건 없어요, 마일스. 분명 네 작명시처럼 괜찮은 작품일 거야. 그냥 색다를 뿐이지 틀릴 건 없어." 블로퍼스 선생님이 두둔해주었다.

마일스는 고개를 작게 끄덕인 다음 종이를 쳐다보며 읽어나갔다.

"'만약에', 아침마다 머릿속을 채우는 말
좋은 맘 먹었지만 나쁜 결정이 나오더라도
그래도 '만약에', 더 나은 세상을 만드는 말."

마일스의 등 뒤에서 강케가 종이를 바스락거리는 소리가 났다. 블로퍼스 선생님의 입가에 잔잔한 미소가 띠어졌다. "아주 좋아요, 마일스. 다음은 강케."

"넘길래요." 강케가 말했다.

"엥? 왜?" 블로퍼스 선생님이 물었다. 마일스도 뒤를 돌아보았다. 강케는 항상 시조 발표를 하고 싶어서 안달이지 않았는가.

"준비가 덜 됐어요." 강케가 설명했지만, 마일스는 강케의 시가 이미 완성되어 있는 걸 똑똑히 볼 수 있었다.

"괜찮아. 한번 들어보자. 분명 아름다운 시일 거야." 블로퍼스 선생님이 말했다. 선생님은 항상 뭘 보든, 누구를 보든 항상 장점을 찾아내는 방법을 알고 계셨다. 덜 유쾌한 트리플리 선생님이라고나 할까. 그래서 모두가 좋아했다.

"알았어요."

"만약에 부모님이 내 사랑을 알아준다면,
웃음 띤 눈길로 서로를 바라봐주고
내 맘속 사랑만큼 서로를 사랑하시길."

"그런데 정말로 하고 싶은 말은 이게 아니었어요." 강케가 해명했다.

"괜찮아요, 강케. 아주 좋았어요. 계속 다듬어봅시다. 다음 사람." 마일스는 몸을 돌려 강케에게 고개를 끄덕여주었다.

이번 주 블로퍼스 선생님의 수업은 참으로 시적이었지만, 체임벌린 선생님의 수업은 '앨리샤의 난' 이후로 전쟁이 되어버렸다. '남부군의 전성기'에 대한 정신 나간 이야기를 좀 늘어놓은 다음, 남부 연방이 전쟁에서 패배한 후에 노예제를 강제로 끝낼 수밖에 없었다는 레퍼토리는 평소랑 똑같았다.

"모든 노예 제도 혹은 강제 노역은, 해당하는 자가 정식 재판에서 형벌로 판결 받은 경우를 제외하고, 미합중국 및 그 관할 하의 어디에서든 존

재해서는 안 된다." 수정헌법 13조였다. 체임벌린 선생님은 원래 그 글귀를 수요일에 적었었지만, 일련의 사건이 있고 난 후 목요일 수업에서 다시 가르치기로 작정을 한 것 같다. 체임벌린은 이 수정헌법이 남북전쟁의 핵심적인 위인들에 의해(혹은 본인의 표현에 따르자면 "훼방자들"에 의해) 어떻게 태어났는지 설명했지만, 금요일에는 일주일 내내 쌓아둔 설명을 기반으로 드디어 자신의 진짜 주장을 펼치기 시작했다.

"가장 아름다운 점은," 체임벌린 선생님은 말했다. "남부 연방이 겪었던 그런 비극으로부터 이렇게 자그마한 승리가 나타나고 있다는 겁니다." 그러더니 분필 하나를 집어서는 형벌로 판결 받은 경우를 제외하고 부분에 밑줄을 쫙 그었다. "보십시오, 남부가 다시 부흥하고 있습니다. 그것도 새롭고 훨씬 깔끔한 노예화 방식으로 말이죠. 바로 감옥입니다." 체임벌린의 입가에 지어진 미소 위로는 탁 뜨인 두 눈이 있었다. 평소와 같은 '눈 먼 현자'로서의 모습을 벗어 던진 셈이다. 사실 체임벌린은 마일스가 책상을 부숴먹었던 화요일부터 계속 눈을 뜨고 있었고, 그 책상은 완전히 박살이 나는 바람에 이제는 다리도 없이 윗부분의 나무판자만 바닥에 덩그러니 놓여 있었다. 하지만 체임벌린 선생님은 마일스가 그 책상을 계속 쓰게 만들었다. 이젠 책상이 아니라 거의 발판에 더 가까워졌는데도. 게다가 그렇게 낮은 책상을 강제로 써야 했으니, 마일스는 어쩔 수 없이 의자를 치워버리고 바닥에 쪼그려 앉아야 했다. 그렇게 마일스는 바닥에 쪼그려 앉은 채 지난 수업부터 수정헌법과 그 헌법을 작성한 국부들에 대해 체임벌린 선생님이 툴툴거리는 헛소리를 공책에 받아 적었다. 오늘도 여전히 바닥에 앉아 수업을 듣고 있었지만 체임벌린 선생님은 이걸로도 부족하다고 생각한 것 같았다.

"그냥 무릎을 꿇는 게 더 편할 것 같은데, 모랄레스." 체임벌린 선생님은 마일스에게 말했다. 그러면서 앨리샤 쪽도 흘끗 쳐다보았다. 앨리샤는 1일 정학을 당한 다음 다시 교실로 돌아와 있었고, 체임벌린은 꼭 앨리샤가 자리에서 튀어나와 자기와 몸싸움이라도 벌일까봐 두려워하는 것처럼 계속 그쪽을 쳐다봤다. "의자는 책상과 어울리는 높이일 때만 쓸 수 있는 거지, 그런데 자네의 책걸상은 그런 것 같지가 않은걸. 왜냐면 본인이 직접 부숴먹었으니까. 아무래도 그런 행동에 대한 벌칙을 내려야 할 것 같아."

"하지만 얘가 책상을 부순 건 다—"

"아, 앨리샤." 체임벌린 선생님은 앨리샤의 말을 끊었다. "우리 지난번의 추태를 재현하지는 말지?" 마일스는 앨리샤가 다리를 떨고 있는 걸 보았다. 얼굴은 보이지 않았지만 그래도 분명 입술을 깨물고 있을 거란 걸 똑똑히 알 수 있었다. "뭐 원한다면 언제든지 마일스와 똑같은 꼴이 되어도 좋아."

앨리샤는 입을 다물었다. 그저 패배감과 혐오감만 느끼며 고개를 떨구는 수밖에 없었다. 마일스도 마찬가지였다. 또 징계를 받을 수는 없었다. 정학이고 퇴학이고 절대 안 된다. 이 학교는 마일스에게 있어 일생일대의 기회였다. 부모님만 봐도, 자기 동네만 봐도 알 수 있었다. 그래서 마일스는 부끄럽지만 바닥에 무릎을 꿇고 앉아 다리도 없어진 앉은뱅이책상 위에서 계속 필기를 했다.

마일스는 이성을 잃지 않기 위해 최선을 다했다. 성질대로 이 앉은뱅이책상을 체임벌린의 머리에 냅다 꽂은 다음 그 머릿속이 정말 하얀 고양이 털로 꽉 차 있는지 확인해볼 수는 없는 노릇이었다. 분명 수상한 점이 있기는 했다. 하지만 마일스는 숫제 비명을 지르는 스파이더 센스도 억눌러야 했으니, 결국 공책에는 필기보다 삐뚤빼뚤한 잉크 자국에 가까운 흔적만 남아버렸다. 그러면서도 마일스는 동시에 친구들이 입을 다문 채 어색하게 바라보는 시선부터 체임벌린의 날카로운 농담까지 죄다 견뎌내야 했다. 이제는 다들 자신을 무슨 동정의 대상이나 사고뭉치처럼 바라보고 있었다. 자기를 가지고 온갖 이야기를 다 만들어내고 있었다. 제 성질을 못 죽여서 곤란한 상황에 빠진 학급이. *아마 집안 문제겠지 뭐.*

하지만 마일스가 또 폭발하기 직전, 때마침 수업이 끝나는 종이 울리면서 마일스를 다시 한 번 구해주었다. 앨리샤는 곧장 자리에서 일어나 마일스를 일으켜주려 했다. 좋은 뜻으로 그런 건 알았지만, 마일스는 그런 앨리샤를 뿌리치지 않을 수가 없었다. 조금 속이 상했다. 그렇게 마일스는 잠시 바닥만 쳐다보다가 천천히 앨리샤의 얼굴을 바라보았다. 앨리샤도 마찬가지였다. 마일스의 눈은 아무 감정도 없었다. 앨리샤도 마찬가지였다. 마일스는 이제야 앨리샤가 정말로 아랫입술을 한껏 깨물고 있는 모습을 직접 볼 수 있었다. 앨리샤는 고개를 저으며 어떻게든 할 말을 찾으려는 것 같았다.

"난… 우리 가족 때문에." 앨리샤는 고개를 흔들며 간신히 말을 이었다.

마일스는 고개를 끄덕였다. 다 이해했다. "응. 나도 그래." 마일스는 겨우 대답했다. 목구멍에 웬 야구공이 틀어 막힌 것 같았다.

앨리샤는 체임벌린 선생님 쪽을 쏘아보았지만 선생님은 이미 뒤로 돌아서서 칠판을 지우고 있었다. 그 등짝에는 꼭 *방해하지 마*라고 써 있는 것 같았다.

앨리샤는 '와당탕 쿵쾅' 하며 요란하게 교실을 빠져나갔다. 마일스도 그 뒤를 따라가려 했다.

"모랄레스, 나가기 전에 내가 한마디 해도 되겠나?" 체임벌린의 말이 막 나가려던 마일스를 붙잡았다. 마일스는 양손에 칠판지우개를 쥐고 있던 선생님 쪽으로 걸어갔다. 콧속에 난 하얀 코털과 입가 주위에 쓸린 피부까지 보일 정도로 가까이 다가갔다. 곧장 덮쳐버릴 수 있을 정도로 가까이. "너도 잘 알겠지만," 체임벌린이 입을 열었다. "그냥 제 분수에 어울리는 위치에 있으면, 제 주제를 안다면 살아남을 수 있기 마련이야." 그러더니 체임벌린은 칠판지우개를 서로 부딪힌 다음 물었다. "아, 그리고 요새 근로 장학생 일은 좀 어떤가?" 그렇게 칠판가루의 구름 속 마일스의 표정이 미묘하게 일그러지는 걸 보며, 체임벌린은 마지막으로 덧붙였다. "'우리의 그물은 어찌 이렇게 꼬여버렸단 말인가.'"

그런 수업, 그딴 경험을 하고 난 마일스는 속에 끓어오르는 분노를 어떻게든 해소해야 했다. 그냥 투명해진 채 쓰레기통을 걷어차거나 벽에 구멍을 뚫어버릴 수도 있었다. 아니면 며칠 전처럼 곤란에 빠진 사람들을 찾아 구해줄 수도 있었다. 물론 가면을 쓴 채 더러운 일은 죄다 마일스가 아닌 스파이더맨에게 시켜서 본인의 손은 더럽히지 않는 거다. 아니면 좀 쑥스러워도 앨리샤한테 가서 꿈지기 동아리에 들어가 활동을 해볼 수도 있겠다. 체임벌린을 씹어볼 구실도 생길 거고.

하지만 뭘 해볼지 결정하기도 전에 부웅— 하는 소리가 났다.

문자 메시지였다. 마일스는 건물의 문을 쾅 열었다. 어찌나 세게 열었는지 경첩이 다 삐걱거릴 정도였다. 갑자기 바깥의 햇빛을 보자 순간 눈앞이 캄캄했다. 그래서 등을 돌려 햇빛을 가린 채 핸드폰을 확인했다. 아마 강케가 체임벌린의 수업에서 무슨 일이 있었냐고 연락한 것이라 생각했다.

하지만 아니었다.

오후 2:51 아빠로부터 받은 새 메시지 1개
내일 아침

그리고 곧바로 또 하나가 왔다. 부웅.

오후 2:53 아빠로부터 받은 새 메시지 1개
오스틴

이 세 단어를 본 것만으로도 마일스는 마음을 다시 가다듬을 수 있었다. 그리고 기숙사 방에 돌아와서 본 광경도 큰 도움이 되었다.

강케는 역시 강케다웠다.

음악이 빵빵하게 울리고 있었다. 80년대 힙합 음악이었다. 아마 강케가 인터넷에서 찾아낸 고전 브레이크비트인 것 같았다. 아빠가 마일스한테 '진짜 힙합'이 무엇인지 알려주겠다며 틀어주는 음악이었다. 강케는 양말을 신은 채 스텝을 밟으면서 방바닥을 이리저리로 미끄러지며 티킹, 팝핀, 라킹 등등 꼭 방금 복권에 당첨된 사람처럼 춤을 추어대고 있었다.

마일스가 방으로 들어오자 강케는 로봇 춤을 추며 마일스에게 다가왔다. 그 얼굴에는 실없는 웃음이 번져 있었다. 그리고는 한 손을 쫙 펴서 하이파이브를 하자는 듯이 내밀었다. 마일스가 그 손을 쫙, 하고 쳐주자 강케는 몸에 전류라도 흐르는 양 그대로 팔, 어깨, 팔로 이어지는 웨이브를 탔다. 그런 후에야 음악에 일시정지를 걸었다.

"나 없을 때 게임 안 하면 맨날 이러고 놀았냐?" 마일스가 물었다.

"어쩌면. 가끔은 이러고 놀지. 안 그러면 내 흥을 어떻게 주체하겠냐?" 강케는 머리카락에서 이마까지 흘러내린 땀을 닦아낸 다음 털썩 주저앉았다. "어휴, 농담이야. 체임벌린 시간에 무슨 인성 터지는 예능을 찍었다는 얘길 들었어. 아무래도 네 기분이 좀 다운되어 있을 것 같았거든. 그래서 이러면 네 감정도 좀 풀고… 기분도… 나아지지 않을까 싶어서." 강케는 천천히 고개를 끄덕였다.

"고맙다, 인마." 마일스는 침대로 가방을 던졌다. 그리고 의자에 앉았다. "그래도 괜찮아. 아빠가 내 사촌… 오스틴을 내일 보러 가자셔서."

"진짜로?"

"진짜로. 그래도 네가 크레이지 렉스(미국의 힙합 댄서-옮긴이) 흉내 내는 건 계속 보고 싶은데… 그 사람 맞냐? 크레이지 렉스?"

"그게 누군데?"

"신경 쓰지 마. 그냥 네가 마음 써줘서 엄청 고맙다는 뜻이야."

"음, 솔직히 말하면 어느 정도는 나 때문에 추는 춤이기도 했어." 강케가 말했다. "야, 오늘 금요일이야. 곧 내가 이상한 우리 집으로 돌아가야 하는 날이기도 하잖아, 너라면 제대로 이해할 거다." 강케는 손가락을 꺾으면서 꺼진 텔레비전의 까만 화면에 비치는 자기 얼굴을 바라보았다. "그리고 일요일에는 내가 집에 없으니, 우리 아빠가 오늘 밤에 오실 테니 가족끼리 저녁 식사나 한번 하자더라. 그러니 불금 동안 세 가족이 식탁에 오손도손 둘러앉아서 조용히 김치찌개나 푸게 생긴 거야. 진짜 감자랑 고기 숭숭 썰어 넣으면 오지게 맛있긴 한데, 밥 먹는 내내 말하는 사람이 아무도 없으면 제 맛이 안 나요. 거기다 오늘이 또 하필 금요일이라니까 더럽게 맛없을 것 같다. 하필 금요일에 이런다니까, 마일스."

"그래, 알아."

"짜증나 진짜. 그래서 이렇게라도 해소하고 싶은 거야."

마일스는 자기도 아빠한테 문자를 받기 전까지 온갖 스트레스 해소 방법들로 머리가 꽉 찼던 생각을 했다. "응, 나도 그래."

강케는 마일스를 돌아보았다. "너도 한번 해봐."

"뭐… 싫어. 안 해."

"야 좀, 여기 우리 둘밖에 없어." 강케는 자리에서 일어나 다시 음악을 틀었다. 베이스 소리가 울리면서 석고 벽을 꽝꽝 때렸다. "실력 한번 보자고, 친구. 그냥 네 자신을 풀어봐." 강케는 양팔을 흔들었지만 마일스는 굳게 팔짱을 끼었다.

"우리 이제 가야 돼." 두 사람이 집에 가려면 지하철을 타야 했다.

"가야지. 네가 날 춤으로 이기면."

"네 속셈 다 알아, 강케."

"무슨 속셈? 친구 기분 좀 풀어주려는 속셈? 내 브라더한테 인생은 아직 아름답다는 걸 일깨워주려는 속셈? 위대한 마일스 모랄레스에게는 그어떤 시련도 그를 무너뜨릴 수는 없으니 이를 찬미해보자는 속셈? 그런 속셈이 뭐가 잘못됐다고 그러냐?"

"알 게 뭐야."

마일스는 한숨을 쉬었다. 자기가 강케한테 맞춰주기 전까지는 이 상황이 끝나지 않을 거란 걸 알았기 때문이다. 게다가 지금은 최대한 빨리 교정에서 빠져나가야 할 타이밍이었다. "에라, 모르겠다." 마일스는 자리에서 일어나 목을 좌우로, 다시 우좌로 꺾으면서 몸을 풀었다.

"음악을 느껴보라고, 브라더." 강케가 응원했다. 마일스는 리듬에 맞춰 고개를 까닥거리다가 마침내 흥이 느껴지자 움직이기… 시작했다. 한쪽 다리를 차올리고, 그 다음에는 반대쪽을 차올렸다. 꼭 아일랜드의 지그 춤 같았다. 꼭 널빤지처럼 뻣뻣하던 양팔도 앞으로 좀비처럼 확 뻗었다. 구린 춤이었다. 심하게 구렸다. 어찌나 구린지 강케도 바로 음악을 끊어버렸다. 마일스가 한창… 어… 휘청거리고 있었는데도.

"그래, 안 좋은 아이디어였다. 그냥 가자."

금요일의 퇴근 시간이었다. 즉 지하철이 앉을 자리도 없는 만원 열차가 되어버렸다는 뜻이었다. 마일스와 강케는 열차의 승객들 사이를 비집고 들어가 머리 위의 손잡이를 붙잡았다. 키가 작은 사람들은 단단히 팔짱을 끼었고, 키가 큰 사람들을 양 손바닥으로 열차 천장을 단단히 떠받쳤다. 다들 이어폰을 끼거나, 책을 펴거나, 옆 사람과 이야기하고 있었다.

"그래서, 내일 할로윈 파티 말이야." 강케가 말했다. "마음 안 바뀐 거지?"

"왜 자꾸 물어보냐?" 강케는 이번 주 내내 그 질문으로 마일스를 귀찮게 했다. 아마 마일스가 발을 뺄 거라고 지레짐작하는 것 같았다. 그리고 솔직히 마일스도 그냥 가지 말까, 하고 간을 좀 보기는 했지만 체임벌린 선생님도 그 파티에 올 거란 걸 알고 나서는 마음이 완전히 바뀌었다. 그 정도면 스파이더 센스가 맛이 가더라도 충분히 갈 가치가 있었다. 체임벌린의 규칙을 깰 수 있다는 일말의 가능성만 있더라도 이 파티는 절대 놓칠 수 없었다.

문제는 딱 하나였다.

"부모님한테 말씀 드리기는 했냐?" 강케는 마일스를 너무 잘 알았다.

"자꾸 까먹는데 그래도 말할 거야."

"요번 주말에 외출이 가능하기는 해? 너 편의점에서 잘리고 그다음 날에는 맨손으로 책상까지 부쉈잖아."

마일스는 강케를 노려보았지만 강케 역시 내가 틀린 말 했냐는 얼굴로 맞받아쳤다. 열차가 흔들리자 다들 비틀거렸다. 마일스만 빼고.

"자꾸 그렇게 떠올려줄 필요 없거든. 어쨌든 파티 간다고."

"좋아, 좋아. 그럼 이 점은 말해둬야겠네, 난 널 존경한다는 의미에서 스파이더맨 변장으로 나갈 거야." 강케는 엄격하고 근엄한 표정을 하곤 소곤소곤 얘기했다. "그냥 슈트만 빌려주면 돼. 스판이지? 그럼 사이즈도 늘어날 거야." 강케가 잠시 말을 멈췄다. "아니 물론 네가 스파이더맨으로 변장하고 나간다면 양보하겠지만."

"뭐래는 거야." 두 사람은 웃음을 터뜨렸다. 시각장애인 한 명이 지팡이로 승객들의 정강이를 툭툭 치면서 사람들 사이를 돌아다니고 있었다. 한 손에는 짤랑거리는 컵을 들고 구걸을 했다. "잔돈 남는 거 없습니까? 제발 잔돈 좀 주세요."

"어떤 것 같아?" 그 사람이 다가오자 강케는 마일스에게 속닥였다. 마일스는 노인에게 집중해 주저하는 움직임과 눈 주위의 근육을 자세히 뜯어보았다. 그러더니 강케에게 고개를 끄덕여 보였다. 두 사람은 컵에 1달러씩을 넣어주었다.

열차가 프로스펙트 공원에 서자 사람들이 물밀듯이 빠져나가면서 마일스와 강케에게도 간신히 숨 쉴 틈이 생겼다. 노인과 불량 청소년들이 잽싸게 자리를 차지했다. 그중에는 이어폰을 낀 사람과 책을 읽고 있던 사람 사이에 억지로 끼어서 앉는 사람들도 있었다. 열차 문이 닫히자 마일스와 강케는 손잡이에서 손을 떼고 기둥을 붙잡았다. 바로 그때였다.

"안녕하십니까, 신사 숙녀 여러분. 여러분의 퇴근길을 방해해서 죄송합니다만 이번 주 주말을 완벽하게 시작해드리기 위해 이 자리에 섰습니다. 다들 지금이 무슨 시간인지 아시겠지만 혹시나 모르시는 분들을 위해 말씀드리자면, 저희는 이 자리를 빌려… 멋진 **쇼타임**을 보여드리고자 합니다!" 어린 꼬마가 복도에 서서 손나팔을 입에 대고 째지는 목소리로 외쳤다. 상체는 맨몸인데다 아까까지 입고 있었을 티셔츠는 머리에 감은 채였다.

"**쇼타임!**" 다른 소년들 두엇도 함께 외쳤다.

"쇼타임이네!" 강케도 마일스에게 양 눈썹을 치켜 올려 보이며 환호했다.

음악과 함께 박수가 시작되었다. "잘 보세요!" 꼬마가 소리치자 좀 더 나이를 먹은 댄서가 발재간을 보여주기 시작했다. 발재간은 이내 몸 뒤집기, 물구나무 서기, 기둥 묘기 등으로 이어졌다. 관광객들은 턱 빠질 듯이 입을 쩍 벌린 채 놀랍다는 시선을 떼질 못했다. 다들 자기 주머니와 지갑을 뒤지기 시작했다.

30초 후, 쇼타임 꼬마가 외쳤다. "쇼 잘 보셨습니까!" 셔츠도 없는 꼬마가 다시 한 번 손뼉을 치기 시작하자 승객들도 모두 따라 박수를 쳤다. 꼬마는 모자를 들고 열차의 통로를 왔다 갔다 하면서 구경꾼들이 주는 돈을 모았다. 강케도 20달러짜리 지폐를 꺼냈지만, 꼬마가 마일스와 자신이 서 있는 쪽으로 오자 강케는 손가락에 지폐를 끼운 채 입을 열었다.

"이 돈 걸고 댄스 배틀 한 판 하자."

"강케, 그만 둬." 마일스가 짜증을 냈다. "야, 꼬마야, 얘도—"

꼬마는 강케를 쳐다보고 있었다. 마일스의 말은 귓등으로도 듣지 않은 것 같았다. "내가 뭐 하러 댄스 배틀을 받아줘? 벌써 이만큼 모았는데." 그러면서 모자를 가볍게 흔들어 보였다.

"이 열차에서 꼴랑 10달러 모았으니까. 그 두 배는 되는 돈이 여기 들려 있고 말이야. 30달러 먹고 갈래, 아니면 10달러만 들고 갈래? 어차피 본전 이니까 완전 안전한 내기 아니냐?"

"나랑 형이랑 붙자고?" 꼬마가 물었다. "내가 바보인 줄 알아?"

강케가 낄낄 웃었다. "좋아, 그럼 너희들 중에 제일 실력 좋은 애랑."

꼬마는 나머지 팀원들을 불러 모았다. 마일스는 그냥 싹 다 때려치우고 싶었지만 강케는 계속 20달러 지폐를 흔들고 있었다. 이미 다들 마일스는 안중에도 없는 듯했다.

"좋아, 붙어보자. 나랑 너랑." 쇼타임 무리의 대장쯤 되어 보이는 애가 말했다. 강단 있어 보이는 체격에 꽁지머리를 땋고 가짜 다이아몬드 장식 이 붙은 커다란 귀걸이를 하고 있었다.

"아니, 아니, 아니지. 너희들 중에서 실력이 제일 좋은 애가 나왔으니, 나 도 그런 애를 골라야지." 강케는 마일스 쪽으로 한 팔을 쫙 펼쳤다. "애야."

"얘 혼자 장난치는 거야. 지가 알아서 출걸. 난 대… 댄서도 아냐." 마일 스는 더듬거렸다.

"그래, 전혀 안 그래 보인다." 꼬마가 이죽거렸다. "형도." 강케한테도 마 찬가지였다

강케는 즉시 몸으로 웨이브를 타 보였다. "나를 도발하지 마라." 그러고 는 엄중히 경고했다. "근데 얘가 더 잘해." 강케는 마일스 쪽으로 몸을 기 울이더니 속삭였다. "그냥 아까 기숙사에서 했던 것만 하지 마." 그러고는 다시 쇼타임 패거리에게 말했다. "음악 틀어!"

고물 휴대용 라디오에서 다시 리듬이 흘러나오기 시작했다. 마일스가

생전 들어본 적 없는 일렉트로닉 노래의 반복 재생이었다. 그러더니 박수가 나오기 시작했다.

"신사 숙녀 여러분, 2라운드는 친선 댄스 배틀입니다!" 꽁지머리 소년이 몸을 비틀기 시작하더니 리듬에 맞춰 몸을 꼬았다. 길쭉길쭉하고 유연한 팔다리에는 상당한 힘이 실려 있었고, 소년은 위로 펄쩍 뛰어올라 천장의 손잡이를 잡더니 공중에서 자전거를 타는 듯한 발놀림을 보여주었다.

"네 가방 줘." 강케는 마일스의 가방을 숫제 빼앗아 가버렸다.

"너희들 차례야." 어린 소년이 말했다.

"야, 지금 날 무슨 상황에다 끌어들인 거야?" 마일스는 물었지만, 뭐라고 해보기도 전에 강케는 마일스를 보이지 않는 무대 속으로 냅다 밀어버렸다. 모두가 보고 있었다. 심지어 이런 일상을 무시하는 데는 도가 튼 뉴요커들의 눈길까지 쏟아졌다. 흑인 어른들이 안경 너머로 이 꼴을 쳐다보며 웃고 있었다. 백인 여성들도 무릎에 양손을 올린 채 흥미진진하게 바라보았다. 어린 애들은 아예 박자에 맞춰 손뼉을 쳤다.

"빨리! 빨리!" 강케가 말했다. 마일스는 그대로 얼어붙었다. 그런 다음 강케의 조언과는 정반대로, 마일스는 그 기괴한 경련을 똑같이 보여주었다. 팔다리는 제멋대로 놀았고 얼굴은 그런 돌덩이 같은 몸보다 더욱 뒤틀리고 있었다. 아이들이 웃음을 터뜨렸다.

"어… 이건 그냥 몸풀기 같은 거였어." 강케가 말했다. 그러고는 마일스에게 돌아섰다. "벽 타기 해봐."

"뭘 해보라고?"

"벽… 타기 있잖아." 찡긋찡긋 눈 신호. 그제서야 마일스는 강케가 지금까지 무슨 말을 하고 있었는지 깨달았다. 마일스는 모두에게서 등을 돌려 열차 기둥들 사이로 난 통로를 따라 냅다 뛰어갔다. 열차 끝에 도달한 마일스는 도약하여 옆 열차와 연결된 문을 발로 딛고 뛰어 올랐다. 그런 다음 열차 반대쪽까지 천장을 타고 기어갔다. 손잡이 따위는 잡지도 않은 채 손가락과 발만 써서.

열차는 열광의 도가니가 되었다. 다들 어리둥절해 하면서도 폭발적인 반응을 보여주었다. 댄서 소년들마저도 고개를 끄덕이며 박수를 보냈다. 이들은 음악을 끄고 소리쳤다. "끝났네! 끝났어!"

강케는 20달러를 주머니에 집어넣고 가방을 연 채 열차를 돌면서 수금을 했다. 과연 모두가 돈을 주었다. 심지어 쇼타임 소년들조차도 1달러를 주었다. 댄서 소년들은 도저히 알 수가 없다는 눈길로 마일스를 쳐다보았다. 심지어 직접 벽 타기를 시도해보기도 했는데, 꼴사납게 천장을 붙잡고 매달려본 후에야 이게 시간낭비라는 걸 깨달은 듯했다. 결국 소년들은 다음 열차로 옮겨갔다. 강케는 가방에서 돈을 꺼내 마일스에게 주었다.

"얼마나 돼?" 강케가 물었다.

"거의 40달러는 돼." 마일스가 믿을 수 없다는 듯이 말했다.

"엣헴." 슬슬 마일스가 자기 집인 라파예트 역으로 가려면 C선으로 갈 아타야 할 역, 애틀랜틱가 역이 가까워졌다. 마일스가 4달러를 떼어 강케의 손에 쥐어주자 강케는 헛기침을 했다. "내 수수료는 20퍼센트야. 그리고 지금 이 순간은 내가 절망의 저녁 식사를 들기 전에 누릴 수 있는 마지막 재미가 될 거라고. 그러니… 팁 좀 주시죠." 마일스는 강케의 손바닥에 4달러를 더 얹어준 다음 가방을 어깨에 들쳐 멨다. 밀려들어오는 사람들을 뚫으며 출입문으로 달려 나가는 마일스의 등 뒤로 강케가 외쳤다. "내가 뭐랬냐!"

30달러를 벌어들인 마일스는 공원을 지나 집으로 가고 있었다. 아직 늦은 오후라 어르신들은 체스를 하고 있었고, 주차된 차들에서는 R&B와 소울 음악이 흘러나왔다. 꼬마들은 삐뚤빼뚤한 보조바퀴가 달린 네발자전거를 타고 비틀거리며 냅다 달렸다. 젊은 연인들은 나무 벤치에 앉아 입을 맞추었다. 저 벤치는 곧 노숙자들의 침대가 될 터였다. 그 옆에서는 할머니들이 교회 전단지를 돌리고 있었다. 잔잔한 바람이 불어오자 공원의 나무들이 흩날렸고, 나뭇잎이 브루클린에 속삭이는 소리가 울려 퍼졌다.

마일스는 핏불과 푸들을 산책시키는 개 주인들을 지나쳤다. 모퉁이의 슈퍼에서는 사람들이 들락날락하느라 문에 달린 종소리가 끊이질 않았다. 최신 트렌드의 옷을 걸친 패셔니스타들은 녹슨 하늘색 자동차 앞에서 사진을 찍고 있었다. 한때 누군가가 집으로 삼던 자동차였다. 더 이상 그 자리에 없는 누군가가.

마일스는 자기 집을 지나쳐 블록을 따라 계속 걸어 모퉁이에 있는 가게로 갔다. 슈퍼가 아니라 진짜 식료품 상점이었다. 그 앞에는 양동이에 꽂힌 꽃들이 나란히 늘어서 있었다. 상점 직원 한 명이 꽃들을 돌보는 중이었다.

"얼마예요?" 마일스가 장미를 살펴보며 물었다.

"15달러다." 남자가 말했다. 마일스는 더 이상 아무 말도 하지 않고 그냥 걸었다. 물론 장미를 드리면 엄마는 기뻐하겠지만, 지금 갖고 있는 돈의 절반 값이었다. 차라리 식료품점에 들어가서 진짜 식재료를 사다 드리는 게 훨씬 더 현명하며, 어쩌면 재료는 내가 사왔으니 음식은 엄마 대신 아빠가 해보시라고 설득할 수도 있을 터였다. 엄마는 충분히 그런 대접을 받을 만한 분이니까. 하지만 재난이란 온갖 모습으로 나타난다는 말이 있듯이, 마일스와 아빠가 한 요리는 재난 그 자체나 다름없었다. 그런 재난을 피하려면 마일스 엄마가 한 손으로 이마를 짚은 채 두 사람의 어깨 너머로 요리를 바라보며 스페인어 섞인 영어로 이것저것 계속 지시를 내리는 수밖에 없었다. 그러다 "알루다 메 산토스(성자님, 저 좀 살려주세요)"라는 말이 절로 나왔다.

마일스에게는 다른 계획이 있었다.

다음에 들를 곳은 1달러샵이었다. 마일스는 웬 할머니가 열어준 문을 비집고 들어가 종이 접시, 파티용 선물, 안부 엽서, 그리고 온갖 노브랜드 상품들의 바다 앞에 섰다. 카트 바퀴 삐걱거리는 소리, 계산대에서 바코드 찍는 삑삑 소리, 비닐봉지가 바스락거리는 소리로 가득했다. 마일스는 주위를 둘러보고 복도를 죄다 살펴보면서 프렌치 아줌마를 찾았다. 아줌마는 쭈그려 앉은 채 화장실 방향제에 가격표를 붙이고 있었다.

"안녕하세요, 아줌마."

"마일스냐?" 프렌치 아줌마는 마일스를 봐서 좀 놀란 것 같았다. 하긴 마일스가 이 근처에 거의 올 일이 없으니 놀랄 만도 했다. "너 여기서 뭐 하니?"

"꽃 좀 사려고요."

"웬 꽃?" 프렌치 아줌마가 씨익 웃으면서 일어나 팔짱을 꼈다. "머리에 피도 안 마른 녀석이 데이트라도 하려고? 너희 아버지가 나한테 용돈 주면서 베이비시터 좀 해달라고 부탁하던 때가 어제 같구먼. 그래서 애를 봐주는데 어떻게 하루 종일 오줌만 싸던지. 그런 애가 이제는 꽃을 고르고 앉았네."

"여자애 줄 거 아녜요… 엄마 드릴 거예요."

"어, 그러셔." 프렌치 아줌마가 놀렸다. "효자 났네. 우리 마텔도 나이 먹거든 너처럼 철 좀 들었으면 좋겠구나."

"아유, 마텔도 철들면 아예 장미 정원을 사다줄걸요."

"얘가, 빈말하면 못 써요!" 프렌치 아줌마는 곧바로 양손을 모으고 눈을 감았다. 꼭 3초짜리 간이 기도라도 올리는 것 같았다. "따라오렴."

아줌마는 가게 반대편에 꽃들이 있는 쪽으로 마일스를 데려갔다.

"여기서 고르렴." 아줌마는 형형색색의 진열대를 가리키며 말했다. 2번 통로에는 화사한 가을이 찾아와 있었다.

"생화는 없어요? 이건 다 조화네요." 마일스는 이렇게 말하며 인조 장미 한 송이의 플라스틱 꽃잎을 만지작거렸다.

"녀석아, 여기는 1달러샵이야." 프렌치 아줌마도 지지 않았다. 마일스는 꽃 한 송이를 들어 냄새를 맡고는, 순간 자신이 굉장한 바보처럼 느껴졌다. 프렌치 아줌마가 덧붙였다. "그래도 이건 다 2달러란다."

마일스는 장미를 산 다음 옆집의 레이몬드 피자로 갔다. 흔히들 레이스 피자와 많이 헷갈렸지만 엄연히 다른 가게였다. 마일스는 자기랑 아빠가 저녁을 하느니 차라리 레이몬드 피자를 사 가는 게 훨씬 더 안전한 선택임을 알고 있었다. 피자는 언제나 옳은데다 성자님 찾을 일도 없을 테니까.

사람들이 줄을 서서 조각별로 주문을 하고 있었다.

"보통 두 조각이요."

"페퍼로니 한 조각이요."

"보통 하나, 소시지 둘이요."

계산대의 직원들은 피자를 조각조각 잘라 커다란 오븐에 집어넣어 몇 분 정도 덥힌 다음, 계산대 밑에 놔둔 종이 접시에 올리고 봉지에 담아주었다.

"다음!" 직원이 계산대를 쿵, 내리치며 말했다.

"보통 한 판 주세요." 마일스도 주문을 했다.

"한 판 주문 받았습니다." 직원도 복창했다. 그러고는 다음 사람의 주문을 받았다. 마일스보다 살짝 더 나이를 먹어 보이는 남자였다.

"앤초비 있어요?" 남자가 물었다.

"앤초비 다 나갔는데요." 앤초비 피자라는 말을 들은 마일스는 곧바로 바루크의 레이스 피자에서 주문을 하던 삼촌이 떠올랐다. 한 차례 전율이 마일스의 온몸을 타고 흘렀다. "알았어요. 그럼 그냥 페퍼로니 먹죠 뭐. 바싹 구워주세요."

5분 정도 지났을까, 마일스의 피자가 오븐에서 나와 포장이 되었다. 피자 박스가 계산대 밑으로 밀려나왔다.

"보통 한 판 맞죠?" 계산대의 직원이 물었다.

"네."

"15달러입니다." 마일스는 계산대에 돈을 올려놓고 박스를 집은 다음, 방금 앤초비 한 조각을 시킨 남자의 뒤를 따라 문으로 향했다. 하지만 누군가 문을 붙잡고 있었다. 그런데 눈에 익었다. 마일스는 첫눈에 그 사람이 누군지 알아보지는 못했지만, 문을 잡고 있던 사람이 앤초비 피자를 시킨 손님 뒤로, 그리고 그다음으로는 마일스가 맨 뒤로 따라 나가면서 마침내 누군지 기억해냈다. 지난번의 그 신발 강도였다. 그 얼굴은 마일스가 한 방 먹였던 대로 온통 멍이 들어 있었다. 지금 피자 한 조각을 입 속에 쑤셔 넣고 있는 남자는 완전 새 운동화를 신고 있었다. 에어맥스 인프라레드였다. 강케가 농구장에서 내기로 걸었던 것과 똑같은 모델이었다. 마일스의 스파이더 센스가 울렸다. 강도는 계속 좌우를 살피면서 혹시 경찰이 없는지 확인하는 것 같았다. 아니면 스파이더맨이 없는지 확인하는 거겠지.

강도는 뒤로 돌았다.

하지만 뒤쪽에는 자신을 쏘아보고 있는 마일스뿐이었다. 세 사람이 모퉁이에 다다르자 강도는 왼쪽으로 돌았다. 새 운동화를 신고 피자를 먹던 남성은 계속 앞으로 갔다. 그리고 마일스는 오른쪽으로 돌았다.

마일스는 한 손에 피자, 다른 한 손에 장미를 든 채 계단을 올라 집으로 갔다. 문 안쪽에서 음악이 흘러나오는 소리가 들렸다. 열쇠로 문을 따고 들어간 마일스는 엄마와 아빠가 거실에서 손을 맞잡고 춤을 추고 있는 광경을 보게 되었다. 호른, 카우벨, 팀발레스, 그리고 콩가 소리가 스피커에서 울려 퍼졌다. 살사, 그것도 파니아 올스타즈(유명 라틴 음악 밴드-옮긴이)였다.

"마일스 왔니." 엄마가 뒤로 스텝을 밟으면서 양팔을 몸 주위에서 흔들며 노래하듯 말했다. 아빠가 손을 뻗자 엄마는 타이밍 딱 맞춰 손을 잡았다가 다시 놓고는 몸을 빙글빙글 돌렸다. 셀리아 크루즈의 목소리가 두 사람을 은은히 감싸는 사이, 아빠는 엄마의 등을 한 팔로 받쳐 뒤로 눕히는 동작을 어색하게 보여주었다.

"리오, 우리 아들이 선물을 가져온 모양인데." 마일스 아빠가 엄마에게서 멀어지며 말했다.

"어… 피자 사왔어." 마일스는 좀 충격을 받았다. 피자 박스는 부엌의 식탁 위에 올려두었다. 설마 부모님이 지금 춤을 추며 웃고 있을 줄은 몰랐다. 물론 지금껏 그런 적이 없었던 건 절대 아니지만, 마일스는 그저 요번 주처럼 다사다난한 일주일을 보냈으니 아마 TV나 보면서 각종 청구서 이야기나 하고, 마일스가 집에 돌아오거들랑 된통 혼쭐을 내주려고 기다리고 있을 줄 알았던 것이다.

"피자네!" 마일스 엄마가 소리를 꽥 질렀다. "우리 아들 착하다니까. 정말 고마워."

"그것도 훔쳤냐?" 마일스 아빠가 피자 박스를 열면서 말했다. 치즈 내음 풍기는 김이 아빠의 얼굴로 물씬 올라왔다.

"훔쳤으면 뭐 어때서?" 마일스도 치즈 덩어리에 손을 가져가는 아빠한 테 가볍게 농담을 던졌다.

"상관없고말고."

지금까진 좋고.

"이것도 사 왔어." 마일스는 엄마한테 장미꽃을 내밀었다.

"엄마 주는 거야?" 엄마는 수줍은 체했다. "엄마는 학교에 있다는 그 여자애한테 주려는 줄 알았지. 투 아모르(네 여자 친구)."

"아니거든. 그리고 나 학교에 여자 친구도 없거든." 마일스가 말했다. 엄마는 장미를 받아 코에 가져다 댔다.

"아직도 살사 안 옆냐?" 아빠가 찬장에서 가져온 접시에 피자 한 조각을 옮겨 담으면서 투덜거렸다. "그리고 그 장미, 조화야?"

마일스는 어깨에서 가방을 벗으면서 양손을 공손히 모았다. "이 피자와 장미는 제가 죄송하다는 의미로 드리는 겁니다."

"사과는 그만 하고 엄마랑 춤이나 추자." 엄마가 마일스에게 손을 뻗으며 말했다. "기억나지, 마일스. 너 어릴 때는 맨날 춤췄던 거." 마일스 엄마는 몸을 앞뒤로 움직이면서 팔과 다리를 조화롭게 움직여 보였다.

"네가 바지에도 오줌 싸고 침대에도 오줌 싸는 바람에 아빠를 많이 화나게 했던 시절에 말이야." 아빠가 농담을 했다.

"거 이 양반도 참." 엄마는 아빠를 찰싹 때려 농담을 묻어버린 다음 장미를 소파 위에 올려놓았다. "엄마만 따라와."

그렇게 마일스와 엄마는 춤을 추고 또 추었다. 마일스가 온몸을 눕히고 획획 움직이는 모습은 숫제 권투를 하는 것 같았다. "하반신보다 허리를 움직이는 거야. 엉덩이 봐라, 엉덩이. 몸이 원하는 대로 해줘. 어떻게 움직여야 할지 다 알려줄 거야." 엄마가 설명했다. 그러다 아빠가 끼어 들어왔다.

"요 소이 운 옴브레 신세로, 데 돈데 크레세 라 팔마(나는 진실된 사람이라 한 손 들고 굳게 맹세합니다)." 셀리아가 노래했다

"웨파(좋고)!" 마일스의 엄마가 추임새를 넣으며 아빠의 손을 맞잡았다.

"봐라, 아들. 살사를 엎은 다음에는 이런 회전 동작으로 감동을 주는 거야." 아빠가 우쭐댔다. "항상 먹히거든."

몇 시간 후, 마일스는 자기 방에 앉아 일주일 내내 신는 운동화를 칫솔로 박박 문질러 닦고 있었다. 그때 누군가 방문을 노크했다. 마일스는 드디어 심판의 순간이 다가왔다는 걸 깨달았다. 이런 건 아빠 주특기였다. 하루 종일 웃고 농담을 하며 모든 게 다 괜찮은 것처럼 보낸 다음 적절한 때가 오면… 꽝! 외출 금지를 먹이는 것이다.

"들어오세요."

역시나 아빠였다. 아빠는 문을 닫고 길게 기대어 섰다. "운동화 깔끔해 보이는구나."

"고마워."

"그래, 이제 이야기를 좀 해보자." 마일스는 한숨을 푹 쉬었지만, 그 한숨은 이내 아빠가 뒤이어 꺼낸 말에 뚝 끊겨버렸다. "내일 말이야. 아직도

가고 싶은지 한번 확인하고 싶었다. 싫어졌대도 다 이해한다."

"감옥 말이야? 완전 가고 싶지." 안도한 마일스는 신발을 내려놓았다. "아빠도 아직 가고 싶은 거지?"

이젠 마일스 아빠가 한숨을 쉬었다. "그래." 아빠는 침대로 와서 앉았다. "그냥 내일 무슨 일이 일어나든 다 괜찮을 거라고만 생각하자. 혹시라도 오스틴이 우리가 생각하던 그런 애가 아니더라도, 아니면 뭔가 언짢은 이야기를 하더라도 말이다. 감옥이란 곳은 말이다… 사람을 분명히 바꿔놓는단다. 아빠를 믿어, 잘 알고 있으니까." 마일스는 아빠의 말에서 섞여 나오는 불편한 감정을, 목이 바짝 마르는 그 목소리를 들을 수 있었다. 하지만 마일스는 그 부분에 딱히 반응을 보이지는 않았다. 그냥 아빠를 쳐다보고 고개를 한 번 끄덕였을 뿐이다. 아빠는 양손으로 자기 허벅지를 짝, 때린 다음 침대에서 일어났다. "좋아, 아빠가 하고 싶은 말은 이게 전부다." 아빠는 마일스의 이마에 입을 맞췄다. "잘 자라."

아빠는 문을 열다가 뒤를 돌아보았다. "아, 그리고 피자 잘 먹었다." 아빠의 얼굴에 장난스러운 미소가 번졌다. "그래도 앤초비 한두 조각 섞었으면 더 좋았을 텐데."

아빠가 방을 나가자 그 빈 자리에 잠이 밀려 들어왔다. 꼭 그날의 피로가 한꺼번에 마일스를 덮치는 것 같았다. 마일스는 금세 꿈속으로 빠져들었다. 무의식으로 너무나 자연스럽게 넘어가버렸다. 마일스는 자기가 눕기는 했는지, 아니면 침대에 들어가기는 했는지도 기억할 수가 없었다. 그냥 자기는 침대에 앉아 있었는데, 눈 한 번 깜빡이니 어느새 소파에 앉아 있었다. 가죽 소파였다. 하지만 자기 집이 아니었다. 그 집이었다. 마일스가 생전 한 번 가본 적도 없지만 너무나 잘 알고 있는 그 집. 방에 뚫려 있는 작은 창문에는 이제 새하얗고 호화로운 아마 커튼이 쳐져 있었다. 자신은 타일 바닥에 맨발로 서 있었다. 흙냄새, 젖은 냄새, 그리고 담배 연기 냄새가 풍겨왔다. 허공에는 고양이 털이 마치 자그마한 요정이라도 되는 양 떠다니고 있었다.

"내가 너한테 악감정이 있는 건 알지, 마일스?" 자기 옆자리에서 웬 목소리가 들려왔다. 소파가 좀 크기는 했지만 옆에 누가 앉아 있었는지도 알지 못했다. 체임벌린 선생님이었다. 온통 누렇고 메마른 피부에 콧수염과 부르튼 입술까지. 손톱을 온통 둥글게 물어뜯은 양손을 모은 채 앉아 있었다. "난 네 오만함이 싫어. 정말로 사람들을 구할 수 있을 거라고 생각하지. 정말로 선행을 베풀 수 있을 거라 생각하지. 그런 초능력은 너희 같은 족속들에게 생기면 안 돼. 뿌리부터 썩어버린 것들이 어딜. 넌 내가 친히 찍어 눌러주지."

마일스는 말을 할 수가 없었다. 꼭 혓바닥이 입에서 잘려나간 것만 같았다. 공포에 질린 마일스는 소파의 반대편으로 도망가려 했다. 움직일 때마다 엉덩이가 가죽에 스치는 소리가 났다. 바로 그때 하얀 고양이 한 마리가 소파의 등받이로 뛰어올랐다. 마일스는 그 고양이를 쳐다봤다. 그러고는 이제 훨씬 더 유령 같은 형상이 되어버린 체임벌린 선생님을 보았다. 턱에서는 하얗고 긴 수염이 늘어져 있었다. 콧날은 날카로웠고 이빨은 구운 옥수수처럼 노랬다. "스파이더맨." 남자가 입을 열었다. 목소리는 악몽 같았고 미소는 역겹기 그지없었다. "넌 날 모르지. 하지만 난 널 안다. 그리고 내가 찾아가마."

191

CHAPTER 9

"당신은 날 몰라도 난 당신을 잘 알아!" 마일스의 아빠가 복도에서 장난스레 외쳤다. 마일스는 잠에서 깼다. 심장이 꼭 가슴에서 뛰쳐나오려는 야생마처럼 쿵쾅댔다. "리오 당신이랑 이발하러 가면 마일스는 눈썹부터 온갖 잔털들까지 손질하고 오게 될 거라고."

"하! 제프, 당신은 지금이 무슨 90년대인 줄 알아. 요새 애들은 이제 눈썹 손질 같은 거 안 하네요."

"요점이 그게 아니잖아. 요점은 애가 원하는 대로 하게 내버려둬야 한단 거야."

"하긴 어차피 본인 머리카락이니까."

"그래. 나도 알아." 똑똑똑. "마일스, 일어나라. 감옥 가기 전에 이발은

해야지." 마일스의 아빠는 복도에서 말을 이었다. "그래, 여보. 나도 알아. 하지만 얘가 지금 '큰집'에 가려는데 거기서 별 정신 나간 소리를 듣게 하고 싶지는 않단 말이야. 그냥 여름까지만 깔끔하게 놔두자고. 그런 다음에는 쟤가 눈썹을 밀든 말든 상관 안 할게!"

"왜 자꾸 눈썹 얘기만 하는 거야?"

잘 잤냐. 마일스는 스스로에게 물었다. 양손으로는 얼굴을 덮은 채 창문으로 쏟아져 들어오는 햇빛에 적응하려 했다. 하지만 한쪽 눈이 잘 떠지지 않았다. 마일스는 그쪽 눈을 비비고 또 비벼서 눈물이라도 짜보려 했지만, 어찌된 일인지 아무리 비벼도 눈물이 나오질 않았다. 마일스는 화장실로 가서 두 손가락으로 눈꺼풀을 벌린 다음, 뭔지는 몰라도 자기 눈 속에 들어간 걸 빼낸 다음 거울 앞에 가져가보았다. 하얗고 긴 털이었다.

그러고는 느긋하게 따뜻한 물로 샤워를 시작했다.

하지만 그 샤워도 그다지 길게 이어지지는 못했다. 곧 엄마가 화장실 문을 두드리기 시작한 것이다. "마일스, 그 뜨거운 물 돈 내고 쓰는 거다!"라고 하시더니 "마일스, 아빠 인내심이 슬슬 바닥나고 있어. 무슨 뜻인지 알지!"라고 했다.

곧 아빠가 마일스의 아침까지 다 먹어버릴 거란 뜻이었다. 순전히 앙심으로.

결국 마일스는 그 이상한 악몽의 여운을 털어낸 다음, 따뜻한 물로 씻고 옷을 입은 후 아침을 먹으러 내려갔다. 아침 메뉴는 계란과 전자레인지 와플이었다. 마일스는 엄마한테 뽀뽀를 하고, 아빠가 엄마한테 입을 맞추는 것까지 본 다음 토요일의 첫 번째 임무인 이발을 하러 갔다.

"내 말 좀 들어봐."

"아니, 내 말을 들어보쇼. 난 꼬맹이 때부터 여기로 머리 깎으러 왔는데, 반삭 한 번에 30달러를 받아 드시겠다고, 하우스 영감님? 그냥 기본 서비스랑 면도에 30달러를?"

"커트에 15달러, 면도에 15달러, 애들은 10달러야. 우리 천재한테는 8달러만 받아야지." 하우스 영감님은 마일스에게 고개를 끄덕여 보였다.

"이런 날강도를 봤나." 불평쟁이가 꿍얼거렸다.

"날강도? 이런 골치 아픈 놈들 때문에 못살겠다니까. 마이클 조던이 오늘은 이 운동화의 가격을 300달러로 매겨보겠습니다라고 하면 다들 신발 한 켤레에 우주선도 살 돈을 갖다 박더라고. 그러면서도 아무 불만이 없어요. 그런 멋쟁이 신발을 신으면 뭐 하나, 그 먼지투성이 궁둥이는 여전히 이 동네에 있구먼. 그런데 내가," 하우스 이발소의 주인인 하우스 영감님은 손가락 하나를 치켜들며 말을 이었다. "이 내가 이발비를 조금만 올리면 곧바로 징징거리고 우는 소리가 터져 나온다는 말씀이야. 그 궁둥이에 먼지 한 톨 없어 보이는 멋쟁이로 만들어주는데도 말이야."

하우스 영감님은 더러운 청바지와 진흙투성이 신발 차림의 건설업자를 이발해주고 있었다. 남자의 머리를 이발기로 밀자 머리카락 뭉치가 바닥에 눈송이처럼 떨어졌다.

"이보쇼, 그냥 단골 할인 같은 건 없는지 기대 한번 해본 거예요." 이발비가 비싸다며 불평하던 남자는 마일스와 아빠 옆에 앉아 있었다. 대강 오십대 정도로 보였지만 주말마다 벤지나 콧물맨 같은 사기꾼 녀석들과 농구를 하면서 청년 같은 건강을 유지하는 부류처럼 보였다.

"다안고올?" 하우스 영감님은 이발기로 그 남자에게 삿대질을 했다.

"단골이면 그따위 마음을 먹으면 안 되지. 돈도 안 받고 이발을 해주면 여기 임대비도 못 내. 그럼 저기 하늘 높이 솟은 당신네 고급 아파트로 불러다가 당신 머리도 만지고 면도도 하게 시킬 건가? 저런 천치들 말만 들어보면 이 뉴욕시가 무슨 놈의 디즈니랜드 같다니까. 미키 마우스가 기막히게 멋진 성에 멋대로 들어가서 제멋대로 놀 수 있는 자유이용권이라도 줬다던가? 어? 아니거든!"

"영감, 그냥 후딱 끝내고 우리 머리도 잘라주쇼. 하루 종일 입만 털고 앉았어."

"아, 이발을 받으시겠다. 좋아. 계속 짖어보라고. 그리고 규칙도 알겠지. 기다리기 싫으면 나가라고. 어쨌든 저 사짜 꼬맹이 다음으로 잘라줄 테니까." 하우스 영감님은 마일스를 사짜 꼬맹이라고 불렀다. "다들 내가 저 꼬맹이를 왜 그렇게 부르는지도 알 거야, 시험만 쳤다 하면 맨날 4.0 만점에 4.0을 맞아 오거든. 이 동네에서 제일 똑똑한 축에 들어가는 녀석이야. 당연히 이 이발소에서는 가장 똑똑할 거고."

페인트 자국이 가득한 청바지를 입은 남자는 프랭키 아저씨였는데, 역시 이발소에서 일하는 젊은 이발사인 데릭 아저씨와 체스를 두고 있었다. 데릭 아저씨는 아직 손님을 받고 있지 않았다. 아저씨는 헬륨 마신 목소리 흉내로 사람들을 잘 웃기는 특기가 있어서, 주로 이발하기 싫어서 울음을 터뜨리는 아이들을 달래며 이발을 해주는 담당이기 때문이다. 그리고 아이들은 11시나 되어서야 오기 시작할 터였다. 샤인 아줌마도 있었는데, 머리숱이 꽤 수북해서 언제나 하우스 영감님한테 관리를 받는 분이었다.

"우리 사이러스도 옛날에는 학점 4.0을 찍는 훌륭한 학생이었단 말이야. 다들 정말 본받을 만한 공부벌레였어." 샤인 아줌마가 살짝 떨리면서

195

도 다정한 목소리로 말했다. "그러니 명심하거라 마일스, 마약은 손도 대지 마."

"네, 아줌마." 마일스는 샤인 아줌마에게 대답했다. 샤인 아줌마는 고개를 끄덕이고 자기 입술을 만지작거렸다.

"요새 사이러스는 어디 있대?" 하우스 영감님이 물었다. "한동안 못 봤는데."

샤인 아줌마의 눈빛은 공허했다. "저도 몰라요. 요전번에 경찰들이 집에 와서 애를 끌어내더라고. 그다음부터는 소식도 못 들었어요. 그래도 그 안에 처박혀 있으면 밖에 나와 있는 것보단 낫겠지. 최소한 거기서는 재활이라도 받고 약이라도 끊을지 누가 알아요."

"맞습니다." 마일스 아빠가 말했다. "분명 사이러스는 무사할 거예요." 그러고는 정적이 흘렀다. 어찌나 불편한지 이발소가 점점 좁아지는 것 같은 느낌까지 들었다. 마침내 하우스 영감님이 입을 열었다.

"한동안 안 보이는 사람이 또 누가 있는 줄 알아? '뒷좌석 베니'야."

"누구요?" 한창 슬픔에 빠져 있던 샤인 아줌마도 관심을 보였다.

"베니. 저 모퉁이에 세워진 차에서 먹고 자고 하는 노숙자 양반 있잖수. 가끔 이발소로 찾아오면 바닥에 떨어진 머리카락 청소를 시키는 대신에 공짜로 머리를 잘라줬거든."

"아 맞네. 그런데 그 양반 이름이 베니인 줄은 몰랐네요. 저도 추수감사절이랑 크리스마스에는 커피 깡통에 쿠키를 가득 채워서 그 차 트렁크에 올려놓고는 했거든요. 그러고 보니 한동안 안 보였네."

"저도 못 봤어요." 데릭 아저씨가 체스판의 퀸을 옮기면서 말했다.

"난 봤지." 프랭키 아저씨가 말했다. "한 2주 됐나. 자기 차에서 끌려 나와서는 경찰차에 실리더라고."

"무슨 짓을 했기에?" 하우스 영감님이 물었다. 한창 건설업자의 목에서 작업복 자락을 걷어낸 다음 츄리닝 셔츠에 묻은 머리카락을 털어내는 중이었다.

"낸들 아나요." 프랭키 아저씨가 말했다. "근데 그게 마지막이었어요."

마일스는 자기가 블로퍼스 선생님 수업에서 뒷좌석 베니를 주제로 썼던 시를 떠올렸다. 제목이 '사라진 남자'였다. 이 동네에 그렇게 오래 있었는데 정작 이름을 아는 사람은 별로 없었다. 닉도 마찬가지였다. 자기 집에서 거의 나오지도 않는 사람이라 건너편에 사는 사람이 아니었더라면, 그래서 닉이 가끔씩 커튼 사이로 바깥을 훔쳐보는 모습을 볼 수 없었더라면 그런 사람이 거기 사는 줄도 전혀 몰랐을 것이다. 그리고 사이러스 샤인은 또 어떤가, 요새는 거의 반송장이나 다름없었기에 다들 무시하고 다녔다. 차라리 '투명인간'에 더 가까웠다.

이발소에 있는 사람들은 다들 고개를 절레절레 저으면서 평소와 같은 대화로 넘어갔다. 하우스 영감님은 건설업자의 머리에 스프레이를 뿌려주었다. 코코넛과 바닐라 향기가 공기를 가득 채웠다. 그런 다음 하우스 영감님은 그 머리에 손수 웨이브를 만들어준 다음 건설업자의 얼굴 앞에 거울을 갖다 댔다.

업자는 고개를 끄덕였다. 팁까지 얹어 이발비를 준 다음 가게에서 나가 버렸다.

"사짜 꼬맹이, 네 차례다!" 하우스 영감님이 이발 의자에 붙은 머리카락을 탁탁 털어내며 말했다. 마일스가 자리에 앉자마자 아빠가 불쑥 나타났다. "짧고 깔끔하게요. 기본으로만 잘라주시면 됩니다. 딱히 특별하게 하실 필요 없고요."

"아이고, 진정해 제프. 왜 갑자기 내가 살아생전 이 녀석 머리 만져본 적도 없는 것처럼 구는 건가? 그리고 얘가 내 의자에 앉으면 이건 내 일이지 자네 일이 아니라고." 하우스 영감님이 말했다. "어쨌든 요새 학교는 어떠냐, 마일스?"

"좋아요." 구려요.

"슬슬 순간이동 장치도 발명했고?"

"누구든 좀 발명해줬으면 좋겠네." 데릭 아저씨가 나이트를 폰 위로 넘기며 말했다.

"아뇨, 아직 못 했어요." 마일스가 말했다. "일단은 학교 나오는 데 집중하려고요." 그리고 아무래도 우리 선생님이 날 죽이려는 것 같아요.

"거 녀석 마음가짐이 제대로 됐어." 아까부터 마일스 옆에서 궁시렁대던 아저씨가 말했다. "나도 하우스 영감이 좀 집중했으면 좋겠다, 후딱 머리 깎고 이발소에서 좀 나가게!"

그렇게 이발비부터 시작해서 집을 얼마에 팔았네, 남쪽에 새로 지은 집은 값이 얼마네 하는 식으로 온갖 잡담이 이어졌다. 이발소의 라디오는 상태가 안 좋았는지 볼륨이 들쑥날쑥 했는데, 그래도 아빠가 항상 마일스에게 들려주곤 하는 힙합의 샘플링에 쓴 듯한 80년대 풍 리듬과 음악이 흘러나왔다. 이발기의 플라스틱 캡이 머리를 가르자 머리카락 뭉치가 얼굴 앞으로 떨어졌다. 따끈따끈한 기계 날이 목 뒤로, 이마 위를 지나는 게 느껴졌다. 익숙한 모터음이 귓가에 울렸다. 마일스의 이발이 끝나자 아빠가 돈을 내려고 했지만, 마일스는 아빠를 말리고 전날에 지하철에서 그 웃기는 쇼타임으로 벌었던 돈을 죄다 꺼냈다.

"내가 낼게." 마일스는 아빠에게 말한 다음 1달러 지폐를 세기 시작했다.

"뭐 스트리퍼로 취업이라도 했냐?" 하우스 영감님이 물었다.

데릭 할아버지와 화난 아저씨가 둘 다 웃음을 터뜨렸다. 샤인 아줌마도 얼굴을 돌리고 킥킥 웃는 모습을 감췄다.

"아뇨."

"안 그러는 게 좋을 거다." 마일스 아빠도 덧붙였다.

"아, 아니라고." 마일스는 하우스 영감님의 손에 돈을 쥐어드렸다. "그런데 돈이 필요하긴 해요. 요새 베니도 없고 하니까… 체포당했다니까 제가 토요일 청소를 도와드리면 어떨까요?"

하우스 영감님은 여전히 마일스의 손을 쥔 채 고개를 끄덕였다. 두 사람이 맞쥔 손 사이에는 돈이 끼어 있었다. "얼마나 받으려고?"

"시급 10달러에 저랑 아빠 머리 공짜로 깎아주세요."

하우스 영감님은 뿌듯해하는 마일스 아빠를 바라보았다. "거 꼬맹이가 참, 네가 무슨 13살짜리냐?"

마일스의 머릿속에 체임벌린 선생님 수업 시간이 떠올랐다. 부서진 책상 앞에 무릎 꿇고 있는 자신의 모습.

13.

형벌로 판결 받은 경우를 제외하고….

"16살이죠." 마일스는 아빠가 대신 대답하는 소리에 퍼뜩 정신을 차렸다.

"알지, 알아. 그런데 무슨 13살짜리마냥 인정머리가 없어서 그래. 내 손자도 이제 8학년인데 그 녀석은 날 볼 때마다 등쳐먹기나 하려고 드니 원." 하우스 영감님은 턱을 긁었다. "이러면 어떠냐. 시급 8.5달러에 네 머리는 공짜로 깎아주마."

"좋습니다!" 마일스 아빠가 또 펄쩍 뛰었다. 기쁜 마음을 주체할 수가 없는 것 같았다.

"다음 주부터 시작하지."

"경사 났구만. 사업이 잘 풀리는 걸 보니 내가 다 기쁘네." 아까부터 골이 나 있던 아저씨가 계속 이죽거렸다. "이제 제발 좀 비켜주쇼, 나도 저 영감탱이한테 이발 좀 받게."

토요일의 두 번째 임무는 바로 오스틴의 면회였다.

감옥으로 가는 동안 아빠는 마일스가 '능동적으로 나서서' 하우스 영감님한테 일을 따내는 모습을 보고 얼마나 자랑스러웠는지 90년대 초 랩 스타일로 칭찬을 끝도 없이 쏟아냈다. 여기에 아빠와 삼촌은 마일스 정도의 나이에 돈이 필요하면 불법에 손을 댔었다는 회고까지 덧붙여졌다. 그동안 마일스는 강케와 문자를 하고 있었다.

오전 11:51 강케에게 보낸 메시지
님 저녁 식사 잘 버팀?

오전 11:52 강케로부터 받은 새 메시지 1개
저 아직 살아 있음 아무도 안 울었음

"나랑 삼촌이 마일스 너만큼 똑똑했다면 좋았을 텐데. 돈을 느리게 번다고 해서 문제될 거 하나도 없다, 아들. 항상 명심하거라." 마일스 아빠가 말했다.

200

오전 11:54 강케에게 보낸 메시지

ㅇㅋㅋ 지금 감옥가는 중

"듣고 있냐 마일스? 듣고 있어?" 아빠가 물었다. "응, 다 듣고 있어. 돈 느리게 벌어라." 마일스가 말했다.

오전 11:55 강케로부터 받은 새 메시지 1개

그런 소리 함부로 하지 마셈 재수없어짐

마일스는 아빠 차 조수석 쪽 대시보드의 나무로 된 부분을 바라보았다. 아직도 그런 미신에 의미가 있을지 없을지는 알지 못했고 솔직히 꽤 멍청하다고도 생각했지만, 그래도 혹시 모르니까. 마일스는 나무를 똑똑 두드렸다.

거의 한 시간이 지난 후 차는 슬슬 옛 공장터 도로에 들어섰다. 마일스가 브루클린에서 본 곳 중에 가장 황량한 장소였다. 땅은 넓은데 고층 건물은 하나도 없었다. 아니, 딱 하나 있긴 했다. 감옥에 차를 댄 두 사람 앞에는 '교도소'라는 시멘트 간판이 붙어 있었다. 창문 하나 없는 거대한 건물 앞의 초소에는 보초가 서 있었다. 건물 한켠에는 크레인과 불도저, 차단용 원뿔 표지판, 테이프 등의 건설 자재들이 있었다.

"여긴 맨날 공사 중이더라. 젠장, 아빠랑 애런 삼촌이 들락날락할 때도 공사 중인 것 같더만." 마일스 아빠가 설명했다. "그땐 훨씬 작았지만." 아

201

빠는 시동을 껐다. 마일스는 도저히 진정을 할 수는 없었지만 그래도 마음을 가라앉히려 했다. "지금 들어가기 전에, 감옥은 사람을 바꿔놓는다는 점을 다시 한 번 강조하고 싶구나. 그러니 너무 큰 기대 같은 걸 하지는 말거라. 그냥 있는 그대로의 오스틴을 만나보자." 마일스는 고개를 끄덕이고 문 손잡이를 잡았다. "그리고 또 한 가지." 아빠는 말을 이었다. 마일스는 문을 열다 만 그대로 멈췄다. "아빠도 이미 이 얘기를 했단 건 알지만 혹시 무슨 일이 일어나든, 오스틴이 실제로 우리 가족이든 아니든 간에 아빠는 네가 오스틴을 직접 보러 오고 싶어 했단 점이 정말로 자랑스럽다. 왜 알 잖아, 아빠랑 애런 삼촌은 면회 한 번 없이 소년 수감동에 틀어박혀 있었 단다. 할머니는 아빠랑 삼촌이 감옥에 있는 꼴을 도저히 볼 용기가 안 나셨고, 할아버지는… 알지." 마일스는 고개를 끄덕이고 문을 밀어서 열었다. "그래서 네가 이렇게 다른 사람한테 마음 써주는 모습을 보니 참 자랑 스럽구나." 아빠는 말을 끝맺었다.

마일스와 아빠는 금속 탐지기를 통과한 후 몸집이 금속 탐지기만한 간수에게 또 몸수색을 받은 다음, 삭막한 수속실에 앉아 있던 직원에게 신고를 하러 갔다.

"누굴 만나러 왔습니까?" 작은 유리창 너머의 직원이 물었다.

"오스틴 데이비스요."

"이거 적어주시고 신분증 주시죠." 마일스와 아빠는 유리창 앞으로 튀어나온 받침대 위의 방명록을 적었다. 방문자 이름. 방문 대상자 이름. 날짜. 입장 시간 등등. 마일스 아빠는 유리창 밑으로 신분증을 주었다. 직원은 신분증을 복사한 다음 다시 돌려주었다.

"좋습니다, 데이비스 씨. 곧 누가 와서 부를 겁니다."

"어, 죄송한데 지금 면회 시간 맞습니까?" 마일스 아빠는 텅 빈 방을 둘러보며 말했다.

"그렇습니다만."

"나머지 면회객들은 다 어디 있죠?"

책상에 앉아 있던 직원은 고개를 저었다. "두 분이 전부인 것 같은데요."

마일스는 아빠가 텅 비어 있는 회색 방을 돌아보는 광경을 지켜보았다. 꼭 방의 구석구석, 카메라 배치 등을 찬찬히 뜯어보면서 예전 생각을 다시 떠올려보는 것 같았다. 마일스는 문득 혹시라도 아빠가 손을 씻은 후에도 계속 감옥을 들락날락했을 삼촌 생각을 하고 있는 걸까, 하는 궁금증이 들었다. 삼촌에게 면회자가 전혀 없었다는 것은 결국 아빠마저도 면회를 오지 않았었다는 뜻 아닌가.

잿빛 벽에는 액자 세 개가 꼭 화랑에 전시된 값비싼 작품들처럼 걸려 있었다. 마일스는 액자를 자세히 쳐다보았다. 첫 번째 액자에는 보안관의 배지 문양 위에 굵은 검정색 글씨의 공지사항이 써 있었다.

킹스 카운티 교도소

중요 공지

토요일 면회 가능자: 성이 ㄱ~ㅅ로 시작되는 수감자

일요일 면회 가능자: 성이 ㅇ~ㅎ로 시작되는 수감자

그 아래로는 규칙이 빼곡히 적혀 있었다.

부모

- 술, 약물 등에 취한 증상을 보이는 방문자는 면회가 거부될 수 있습니다.
- 적절한 복장을 갖추지 못한(성적으로 문란하거나 갱 활동과 관련된 복장) 방문자는 면회가 거부될 수 있습니다.
- 부모는 자신과 함께 방문한 아이와 항상 반드시 동행해야 합니다.
- 면회실에서는 미성년자의 머리를 땋거나 깎아주는 행위가 금지되어 있습니다.

마일스가 규칙을 읽는 사이 옆으로 다가온 아빠도 아들과 함께 기나긴 규칙을 쭉 읽어 내려갔다.

미성년자
- 면회실에서는 미성년자가 다른 미성년자와 악수를 하는 행위가 금지되어 있습니다.
- 욕설은 하면 안 됩니다.
- 갱 활동은 무관용 조치됩니다.
- 적절한 복장을 갖추어야 합니다. 슬리퍼는 신으면 안 되며 바지는 허리까지 끌어올려야 합니다.
- 편지나 전화번호, 주소를 주고받으면 안 됩니다.
- 큰 소리로 이야기를 하면 안 됩니다.

마침내 시끄러운 알림 소리가 울렸다. 전기의자 형이라도 집행하는 소리 같았다. 그리고 다시 한 번 알림이 울리더니 문이 열리고, 간수 한 명이 들어왔다.

"데이비스 씨?" 간수가 말했다. 그 목소리가 텅 빈 수속실의 벽에 부딪혀 울렸다. "이쪽으로 와주세요."

마일스와 아빠는 그 문으로 들어갔다. 등 뒤의 문이 완전히 닫힌 후에야 앞에 있던 문이 열리는 방식이라 잠시 기다려야 했다. 뒷문의 걸쇠가 단단히 잠기는 소리에 딱 맞춰, 앞문의 자물쇠가 귀청 찢어질 듯이 긁히면서 열리는 소리가 났다. 마일스의 등골이 송연해질 정도로 귀에 거슬리는 소리였다. 두 번째 문이 열리자 두 사람은 복도를 따라 걸어갔다. 희한하게도 마일스의 중학교 복도가 생각나는 풍경이었다. 신발이 고무바닥에 쩍쩍 달라붙는 소리와 찍찍 끌리는 소리밖에 들리지 않았다.

그리고 두 사람은 미처 알지도 못하던 사이에 목적하던 곳에 도착했다. 면회실로 통하는 문 앞이었다. 간수는 벨을 누르고 기다렸다. 안쪽 호출소의 작은 스피커에서 벨이 크게 울리는 소리가 들리자 곧 문의 걸쇠가 풀렸다. 간수는 문을 열고 먼저 들어간 다음, 마일스와 아빠에게 들어오라는 손짓을 했다.

면회실은 텅 비어 있었다. 족히 스무 명은 채울 수 있을 것 같았고, 실제로 그 정도 인원수에 맞을 것 같은 자리가 마련되어 있었다. 하지만 벽에 기대 서 있는 간수 한 명을 제외한다면, 이 넓은 방에 있는 사람은 딱 한 명뿐이었다. 마일스는 아마 저 간수가 오스틴을 감방에서 면회실로 호송해서 데려왔고, 다시 데려갈 사람이 아닐까 생각해보았다. 한 탁자 앞에 소년이 앉아 있었다. 떡진 아프로 머리를 하고 황토색 죄수복을 입은 채, 탁자를 양손으로 불안하게 두드리고 있는 소년이었다. 얼굴의 피부는 생기를 잃고 늘어져 있어서 원래 나이보다 더 들어 보였다. 마일스와 아빠를 안내했던 간수는 면회실 간수와 뭐라고 얘기를 한 다음 반대쪽 구석에 가섰다.

"오스틴이니?" 아빠가 말하며 소년에게 다가갔다. 마일스도 그 옆에 바짝 붙어 따라갔다. 아빠는 악수를 하려는 듯 한 손을 내밀었다.

"신체 접촉 금지입니다." 오스틴을 호송해 온 간수가 툭 던졌다.

"그랬죠." 아빠가 손을 다시 거두고 간수를 쳐다보며 말했다. "잊어버렸네요." 아빠와 마일스는 작은 탁자 앞에 앉았다.

"어…." 오스틴이 입을 열었다. "뭐라고 부르면 될까요?"

마일스는 그저 오스틴의 얼굴만 바라보았다.

"난… 아니, 그게 뭐가 중요하겠냐. 어… 얘는 마일스다."

오스틴은 마일스를 바라보았다. "안녕."

"안녕." 마일스도 인사를 받아주었다. 그 시선은 여전히 오스틴의 눈을 세심하게 살펴보고 있었다. 그렇다고 오스틴이 지금껏 거짓말을 하는 건 아닐까, 하는 수상한 낌새를 찾아보던 것은 아니다. 마일스는 오스틴이 스스로 소개한 그대로의 아이란 걸, 자신의 가족이란 걸 알았다. 이 방을 들어오는 순간부터 알고 있었다.

세 사람 사이에 어색한 기류가 감돌기 시작했다. "음, 네가 애런 삼촌의 아들이라고?" 마일스가 어색한 분위기를 환기해보려고 물었다.

"응."

마일스의 아빠는 손으로 자기 얼굴을 문질렀다. "좀… 설명 좀 해주겠니? 나는 지금껏…."

"지금껏 제가 있는지도 몰랐겠죠, 다 압니다." 오스틴은 직설적으로 이야기했다. "자, 우리는 지금 시간이 별로 없어요. 딱히 내키지 않으시면 계속 여기 있지 않으셔도 돼요. 그냥 누군가는 제가 여기 있다는 사실을 알아줬으면 했어요. 저랑 피가 이어진 누군가요. 우리 할머니는 여기 오시기엔 너무 늙으셨으니까."

"그래, 그러니까 내 동생이 네 아버지였다, 이거지." 마일스의 아빠가 말했다. "어머니 성함은 어떻게 되시니?"

"어머니 성함은 나딘이예요." 마일스는 아빠가 나딘이라는 이름을 기억 속에서 끄집어내려는 모습을 지켜보았다.

"나딘? 기억에 없는 이름인데."

"네. 결혼은 안 했지만 되게 가깝게 지냈대요."

"그럼 지금은⋯." 마일스가 말했다.

"지금은 돌아가셨어."

"유감이다."

"응. 나도 그렇게 생각해. 최고의 엄마였거든. 그 왜, 사랑하는 사람들한 테는 뭐든 다 해주려는 사람 있지? 엄마는 그런 사람이었어."

"그래." 마일스는 자기 엄마를 생각하며 말했다. 다들 잠시 자기만의 생각에 빠져 아무 말도 오가지 않았다.

"자, 봐라⋯ 오스틴. 우리가 여기 왜 온 거냐?" 마일스 아빠가 물었다. 살짝 추궁하는 듯한 목소리였다.

"말씀 드렸잖아요."

"하지만 나한테서 원하는 게 뭐냐? 나랑 마일스한테?"

오스틴은 의자에 등을 기댔다. "딱히 원하는 건 없어요. 어차피 여러분이 저한테 주실 수 있는 것도 없고요. 아, 이건 모르겠다." 오스틴은 몸을 다시 앞으로 숙였다. "지금까지 왜 저를 찾아오지 않으신 건지 그 이유는 말씀해주실 수 있을까요?"

마일스 아빠가 흠흠, 헛기침을 했다. "나랑 너희 아빠 사이가 별로 안 좋았거든."

"그래서 거의 20년 동안이나 의절을 하신 거예요?"

"그럴 수밖에 없었어. 네가 애런에 대해 얼마나 아는지는 모르겠다만…."

"아버지가 어떻게 살았는지는 알아요."

"그럼 이해하기가 쉽겠구나. 난 손을 씻겠다고 결심했지만 애런은 그럴 수 없다는 걸 알았을 때는 어쩔 수 없이 녀석과 연을 끊어야 했다. 아니, 애런한테는 손을 씻을 생각도 없었다고 하는 게 정확하겠구나."

"하지만 아버지도 손을 씻었는걸요."

"뭐?"

오스틴은 씩 웃고는 고개를 끄덕였다. "손을 씻기는 했어요. 잠시 동안은요." 오스틴은 마일스에게도 고개를 끄덕여 보였다. "넌 아버지를 알았어?" 마일스는 아빠를 쳐다보면서 지금껏 부모님 몰래 삼촌네 집에 놀러 갔던 생각을 했다. 피자와 포도 음료, 그리고 바루크라는 동네에 있던 그 더러운 아파트를 생각했다. 마지막으로 삼촌을 봤던 때를, 그 싸움을, 그리고 그 폭발을 생각했다.

"어느 정도는 알지, 하지만 정말로는 잘 몰라." 마일스는 거미가 물었던 손등의 흉터를 긁으며 말했다.

"음, 아버지는 멋진 사람이었어요." 오스틴은 마일스의 주의를 다시 끌며 말했다. "좋은 사람이었고, 사람들한테 좋은 일을 하고 싶었던 사람이지만 그냥… 모르겠네요. 그러니까 우리 엄마가 임신했을 때 아빠는 가족에 충실한 사람이 되겠다고 결심했었거든요."

"전혀 애련답지 않게 들리는걸." 마일스 아빠가 말했다.

"뭐, 사실이 그런걸요. 엄마가 항상 했던 얘기로는, 아빠는 삼촌이 결혼을 해서 가정을 꾸린 다음에 손을 씻는 모습을 보고 자기도 저래야겠다고 생각했었대요. 실제로도 그랬고요. 피자집에서 피자 반죽하는 일로 취업을 했대요. 그다지 돈을 많이 벌지는 못했지만 그래도 입에 풀칠하면서 집은 구할 수 있을 정도였대요. 그러다 엄마가 많이 편찮아지셨어요."

"너희 엄마가?" 마일스가 물었다.

"응. 위암이었대. 그래서 일도 관두고 입원할 수밖에 없었다나요. 얼마 안 가서 돈도 다 떨어졌고요. 항암 치료 같은 데 돈이 얼마나 드는지는 모르지만, 그래도 일단 많이 든다는 건 알아요. 그래서 아빠는 다시 옛 생활로 돌아갔어요."

"범죄자로."

오스틴은 마일스의 말에 얼굴을 살짝 찌푸렸다.

"응. 아빠가 그렇게 번 돈은 몽땅 엄마 치료비로 쏟아부었어. 뭐, 정확히는 거의 다 부은 셈이죠. 항상 저한테 운동화 사줄 돈 정도는 남겨두셨거든요. 멋진 아빠였죠. 하지만… 아시죠? 그러다가 돌아가셨어요."

마일스는 자세를 고쳐 앉았다. 불편한 감정이 밀려들어 꼭 물 먹은 솜처럼 몸이 무거워졌다.

"그래서 그 일은 제가 물려받았죠. 아빠가 짊어졌던 짐을 지탱해보려 했어요. 최소한의 노력도 안 해보고 엄마를 포기할 수는 없었어요. 학교도 관뒀어요. 어차피 공부도 제대로 못했고 선생님들도 딱히 이유를 물어보려 하지도 않더라고요. 그리고 미성년자 자동차 절도는 형량도 가볍다는 것도 알고 있었고요. 그런데 경찰들은 막상 저를 잡은 다음에 우리 아버지가 누군지 알고 나니까 제 혐의를 부풀려버렸어요. 그래서 이제 전 여기 있죠. 거의 한 1년 있었어요. 뭐 거의 별일 없이 시간을 보내고는 있는데, 그래도 떨쳐내기 힘든 일이 남아 있긴 해요. 그중에 하나는 제가 여기 수감되던 날에 엄마가 돌아가셨다는 거예요."

마일스의 양심을 또 한 번 찌르는 말이었다. 그리고 아빠의 얼굴도 이제 부드러워지는 걸 보면 아빠도 양심을 적잖이 아프게 얻어맞고 의심을 풀게 된 모양이었다.

"참 유감이다, 오스틴."

"나도야." 마일스도 말했다.

"나도 그래." 오스틴은 억지로 슬픈 미소를 지어 보였다. 강케가 자주 지어 보여서 마일스에게는 익숙한 표정이었다.

"5분 남았습니다." 간수가 말했다. 그 목소리가 차디찬 벽에 쩌렁쩌렁 울렸다. 마일스는 간수를 한번 쳐다보았다가 다시 오스틴을 바라보았다.

"음, 또 떨쳐내기 힘들다는 일은 뭐야?" 마일스가 물었다.

"뭐?" 오스틴이 눈을 가늘게 떴다.

"마일스." 마일스는 옆얼굴로 쏟아지는 아빠의 시선을 무시하고 다시 물었다.

"그 왜, 아까 떨쳐내기 힘든 일이 남아 있다고 했잖아. 하나는… 음… 너희 어머니 일이었고." 마일스는 침을 꿀꺽 삼켰다. "또 다른 건… 뭐가 있어?"

"굳이 대답할 필요 없다, 오스틴." 마일스 아빠는 고개를 옆으로 살짝 숙인 채 혹시 자기 아들의 정신이 나갔나 살펴보았다. "무슨 생각을 하는 거냐?"

마일스는 뭐라고 대답해야 할지 알 수 없었다. 사실 정말로 무슨 대답을 해야 할지도 알 수 없었다. 그냥 자신과 꼭 닮은 누군가의 얼굴을 바라보고 있다는 것만 알고 있었다. 그 이유가 어쨌든 간에, 자신이 해야 한다고 생각했던 일을 실천한 사람의 얼굴을 보고 있었다. 가족에게 어떤 흠결이 있든 그냥 사랑했던 사람이었다. 자신과 똑같았다.

"괜찮아요." 오스틴은 몸을 앞으로 숙이고 양손의 깍지를 낀 채 마일스의 얼굴을 바라보았다. "가끔씩 악몽을 꿔. 거의 몇 년째 꾸고 있는 것 같은데, 여기 들어오고 나서는 더 심해졌어."

이젠 마일스가 몸을 앞으로 숙였다. 하지만 아빠는 뒤쪽으로 몸을 기댔다. "어떤 악몽인데?" 마일스가 물었다.

"그냥 말도 안 되는 악몽이야. 아니, 여기 있는 사람들은 다 나랑 비슷한 신세야. 뭐 살려고 어쩔 수 없이 잘못을 저질렀든, 아니면 별 대수롭지 않게 저질렀든 간에. 그리고 다 나랑, 우리랑 비슷해. 대강 무슨 뜻인지는 알겠지. 그래서 가끔씩은 꿈속에서 여기 있는 모두가 바뀌어버려. 나만 빼고 다들 뭔가 다른 존재로 변해버리지. 그런 다음 날 공격해. 그래서 잠에서 깼을 때는 그 사람들을 정신 나간 것처럼 바라보게 되는 거야. 꿈 때문에 여기 있는 사람들을 믿지 못하게 되는 거지. 그 외에는 그냥 단순한 악몽들이야." 오스틴은 목소리를 낮춘 채 말을 이었다. "저쪽에 있는 재수 없는 양반이 나한테 '넌 아무것도 아닌 놈이야'라고 말하는 것처럼. 그건 딱히 악몽도 아닌데, 실제로 내가 깨어 있을 때도 항상 그런 말을 입에 달고 다니는 양반이거든. 유일한 차이점이라면 꿈속에서는 우리 아빠 목소리로 말한다는 점?"

"세상에…." 마일스 아빠가 고개를 흔들며 말했다. 겉보기에도 언짢아 보였다.

"넌 나랑 똑같아." 오스틴이 말했다.

"뭐?" 마일스가 화들짝 놀랐다.

"맨날 꿈속에서 하는 말이 그거야. '넌 나랑 똑같아'."

"시간 다 됐습니다!" 간수가 외쳤다.

마일스와 아빠는 자리에서 일어났다. 마일스는 방금 들은 말 때문에 살짝 안절부절못하는 상태였어서, 오스틴한테 하이파이브 하자고 손을 내밀 뻔했다가 이내 신체 접촉은 금지되어 있다는 걸 떠올렸다.

"아, 이제 슬슬 서로를 알아가고 있던 것 같은데. 두 사람 모두 다시 와주지 않아도 괜찮아요. 이번에 와준 것만 해도 정말 고마우니까요." 오스틴은 이렇게 말했지만 얼굴에서는 실망감을 감추지 못하는 것 같았다.

"잠깐만, 하나만 더 묻자." 마일스가 말했다.

"우리 이제 가야 돼." 아빠가 팔을 툭툭 건드렸다.

"알아요, 금방 물어볼게. 네 꿈속의 다른 사람들은 뭘로 변하는데?"

마일스 아빠는 간수 쪽으로 돌아서서 면회 끝났다고 알려주는 말은 제대로 들었다고 알려주었다. 브루클린 주민들 전체가 다 들었을 만큼 쩌렁쩌렁하게 외쳤으니까.

오스틴도 그 질문에 살짝 황당해하는 것 같았다. "글쎄. 하얀 고양이나 뭐 그런 정신 나간 것들이었던 것 같은데."

"하얀 고양이라고?" 마일스가 되풀이했다. 이제 아빠는 숫제 마일스의 팔을 붙잡고 반대쪽으로 몸을 돌리고 있었다.

"응. 그런데 왜?"

"응… 어… 나중에 또 보자." 마일스 아빠는 간수에게 한 소리 듣기 전에 아이들의 대화를 끊고 면회실을 나오려고 무진 애를 썼다. "다시 보게 될 거야." 그렇게 두 사람이 다시 면회실을 가로질러 나오는 동안, 마일스

212

는 시선을 돌려 오스틴을 감방으로 호송해 가려는 간수를 바라보았다. 그 사람의 배지가 형광등 불빛에 반짝 빛났다. 일반인들이라면 그렇게 작은 이름표에 뭐라고 써 있는지 읽지 못하겠지만, 마일스의 눈은 **체임벌린**이라는 이름을 똑똑히 읽어낼 수 있었다.

마일스는 차를 타고 집으로 가는 내내 아빠를 흘끔흘끔 쳐다보았다. 아빠의 눈은 앞쪽의 도로에 고정되어 있었지만 그 이마에는 거의 운하만큼이나 깊은 주름이 여럿 패여 있었다. 마일스는 아빠가 '하얀 고양이 이론'에 대해 생각하고 있지 않기만을 바랐다. 그게 뭔지는 당장 마일스 본인도 제대로 설명할 수가 없으니까. 사실 제대로 이해하고 있는 것 같지도 않았다. 머릿속에서는 워낙 많은 생각들이 날뛰고 있어서 몸이 무겁게 느껴졌다. 꼭 온몸의 뼈가 갑자기 묵직한 통뼈로 변해버린 것 같았다. 하얀 고양이와 체임벌린 선생님, 애런 삼촌이 나오던 악몽. 애런 삼촌에 대한 생각까지. 삼촌 집에 항상 운동화가 있던 이유도 이제서야 제대로 이해할 수 있었다.

"자…." 마일스 아빠가 입을 열었다. 아빠의 이마에 잡혔던 주름은 집 앞 주차장에 차를 대고 나서야 비로소 풀렸다. "참 흥미로운 면회였구나."

"네." 마일스도 말했다. 달리 뭐라고 해야 할지도 몰랐다.

"아빠는… 전혀 몰랐다. 물론 때가 되면 당연히 가족과 함께 살아야 한다고는 생각하지만, 애런이 다시 범죄에 손을 댄 이유에 대해서는 전혀 생각해보지 못했구나. 아니면 애초에 애런이 왜 다시 탈선하게 됐는지도 말이다. 그때 내가 연락을 했었더라면 좋았을 텐데 말이다. 어쩌면 도움이 될 방법을 찾을 수 있었을지도 몰라. 젠장, 어쩌면 제대로 된 직업을 구해

213

다 쳤을 수도 있었는데. 하지만 난 그때까지도 애런이 더러운 일을 하고 있다고 생각했단다. 항상 구제불능이라고 여겼으니까. 아니면 그냥 손을 씻기 싫어한다고만 생각했으니까. 그 애가 이미 돌이킬 수 없을 정도로 인생을 망쳤다고만 생각하고 그냥 날 내버려두기만 바랐었단다.”

우리가 바라는 건 방임뿐이다. 수업 시간에 들었던 제퍼슨 데이비스의 명언이 마일스의 머리를 번개처럼 스쳤다. 마일스는 아빠의 눈 속에서 번민하는 마음을, 목구멍으로 넘어가는 응어리를 모두 읽어낼 수 있었다. “눈에 보이는 모습 뒤에는 항상 더 많은 사연이 숨어 있잖아요? 겉으로 보이는 모습이 얼마나 좋든 나쁘든, 그것만으로 속단할 수 있는 경우는 거의 없어요. 언제나 또 다른 사연, 더 많은 사연이 숨어 있거든요.”

“그래, 네 말이 맞는 것 같다.” 아빠가 말했다. “너만 괜찮다면 다음 주 주말에도 오스틴을 찾아가보는 것도 좋겠구나. 물론 네 일을 끝마친 다음에 말이지.” 아빠 얼굴에 자랑스러운 웃음이 피어올랐다. “또 너희 엄마도 오스틴을 만나보고 싶을 테니 말이야.”

두 사람은 차에서 나와 집으로 올라갔다. 마일스가 집 문을 열자 강케와 마일스 엄마가 소파에 앉아 TV로 스페인어 채널을 보고 있었다.

“잠깐만요 모랄레스 아줌마, 쟤가 방금 뭐라고 한 거예요?”강케가 물었다. 마일스 엄마는 강케 옆에 앉아 비닐봉지의 포도알을 떼내고 있었다.

“저 남자를 사랑한대.”

“방금 전에도 저 남자를 사랑한댔잖아요.”

“그렇게 말했으니까, 이 녀석아.”

“음, 알겠어요. 그럼 남자는 뭐래요?”

“자기가 죽어가고 있대.”

"어… 저기요?" 마일스가 말했다.

"야아, 마일스." 강케가 어깨 너머로 친구를 맞았다.

"야아, 아들. 이제야 다시 우리 아들처럼 보이네." 마일스 엄마가 놀렸다. 마일스 아빠는 소파 쪽으로 몸을 숙여 엄마의 머리에 뽀뽀를 해주었다. "오늘 어땠어?"

"우리 아들이 하루만에 취직도 하고 감옥도 갔네." 마일스 아빠가 농담을 던졌다.

"야, 네가 이렇게 빨리 올 줄은 몰랐다." 마일스는 엄마 아빠를 내버려두고 강케에게 말하면서 소파의 팔걸이에 앉았다.

"나도 몰랐다." 마일스 아빠도 말했다.

"저도 몰랐어요. 그런데 마일스가 지금 벌 받고 있는 게 아니라면 좋겠네요. 그랬다간 전 집으로 도로 돌아가야 하거든요."

생각해보니 마일스가 벌을 받지 않고 있을 때 강케가 집으로 찾아온 건 처음이었다. 마일스는 겉으로 웃음을 꾹 눌러 참았지만 마음속으로는 정말 날아갈 것만 같았다. 더 이상 집에서 라면이나 끓여먹던 생활도 끝인 거다.

"그리고 당연히 이렇게 찾아와줘야지." 강케는 한쪽 눈과 귀를 여전히 TV로 향한 채 말했다. "우리 할 일이 있잖아."

"일?" 마일스가 물었다.

"일이라고?" 엄마가 TV 연속극에서 관심을 돌리며 말했다.

"할로윈 복장 같은 거 챙겨야지." 강케가 눈썹을 움찔움찔하면서 신호를 보냈다.

"아 맞다. 할로윈 복장. 파티에서 쓸 거지. 학교에서." 마일스가 정말 어색하게 둘러댔다.

"마일스 모랄레스, 지금 너 엄마한테 허락 받을 일이라도 있니?" 엄마가 물었다. 아빠는 입술 사이로 혓바닥을 쑥 내민 채 침을 튀기며 야유를 했다.

"말씀 안 드렸어?" 강케가 눈치도 없이 말했다.

"음… 엄마, 오늘 밤은 학교에서 할로윈 파티를 해요." 마일스가 이를 씩 드러내며 말했다. "강케도 간대요."

마일스 아빠가 다시 한 번 침을 튀기며 야유를 보냈다. "이 녀석아, 그냥 가고 싶다고 말을 해!"

마일스 엄마는 TV 드라마와 아들을 잠시 번갈아 보다가 결국 마일스에게 시선을 멈췄다.

"엄마, 저도 가면 안 될까요?"

"그 여자애도 오니?"

"아 엄마."

"왜? 그냥 물어보는 거잖니!" 엄마는 강케를 쳐다보았다. "애 강케야, 걔도 온다니?"

"올걸요." 강케가 짓궂은 눈빛으로 대답했다.

"아이고, 그럼 허락해줘야겠네." 엄마는 씩 웃어준 다음 다시 TV로 시선을 돌렸다.

마일스의 방에 들어온 강케는 마일스의 침대 위로 쓰러졌고, 마일스는 바닥에 앉았다.

"그래, 저녁 식사는 괜찮았던 것처럼 보이네."

"응. 그렇게 나쁘지도 않았어. 문자에 썼던 것처럼 아무도 안 울었고. 근데 생각해보니까 저녁 식사가 잘 풀렸던 이유는 TV에서 미제 사건들을

216

다루는 범죄 프로그램을 보면서 밥을 먹은 덕분이었던 것 같아. 경찰이 자기 아내를 목재 절삭기로 갈아버린 범인을 잡으러 가는 내용이었는데. 좀 역겹긴 했지만 재미는 있었어."

"원 세상에."

"그랬다니까." 강케가 말했다. "넌 어땠냐? 사촌 면회는 어땠어? 어… 사촌 맞지?"

"그래, 사촌이야. 좀 이상하긴 했지만 괜찮았어. 딱 삐딱해진 나랑 똑같이 생겼더라고. 나하고는 대화를 그렇게 많이 못 했는데, 우리 아빠가 질문을 더 많이 하더라. 그런데 알고 보니까 개도 나랑 똑같은 악몽을 꾸더라고. 아, 그리고 진짜 말도 안 되는 게 개를 감시하는 간수 이름도 체임벌린이더라. 그 사람 이름표로 다 봤어."

"그 양반 생긴 게 꼭 목재 절삭기로 사람 갈아버리는 트롤처럼 생겼든?"

"뭐래?" 마일스는 자리에서 일어나 옷장 쪽으로 걸어갔다.

"신경 꺼, 중요한 일도 아니니까. 그래서 또 면회 갈 거야?"

"그럴 것 같아. 그러니까 내가 보기에는 꼭 그래야 할 것 같아. 그렇게 갑갑해 보일 수가 없더라."

"그래." 강케는 손톱을 물어뜯었다. "너랑은 완전 다르지. 이제 징계도 안 받으니 갑갑할 일도 없잖아. 어떻게 이번 주 일을 그냥 넘어갔는지 알 수가 없다."

"그래, 나도 모르겠어." 마일스는 옷장 문 뒤에 달린 거울에 새로 깎은 머리를 비춰보았다. "학교에서는 책상 부순 일로 전화를 하지도 않았고, 그것 말고도 아빠한테 가게 비웠던 거랑 앨리샤 얘기까지 다 했는데 아빠는 오히려 우리 엄마 만났던 얘기를 다 해주더라고. 아무래도 그 덕분에 분위기가 좀 풀어진 것 같아."

"앨리샤는 아마 오늘 밤 파티에 완전 예쁜 괴물로 분장하고 올 것 같은데. 네가 걔한테 찰싹 달라붙을 귀신이 되어주진 못할 테니 참 아쉽네."

"아니." 마일스는 강케 쪽으로 돌아섰다. "걔한테 살사를 엎을 거야."

"잠깐만, 뭘 한다고?"

"걱정하지 마."

"뭐, 그렇게 인생을 긍정적으로 살기로 했다면야. 난 네가 아직 자유의 공기를 맛볼 준비가 안 되어 있을 줄 알고 널 도와주려고 했는데 말이야. 그래서 내 옛날 변장 중에 하나를 갖고 왔거든." 강케는 가방에 손을 집어넣더니 비닐봉지를 하나 꺼냈다. 고무 가면이 들어 있었다. 그걸 마일스에게 건넸다.

"이게 뭐냐?"

"좀비야." 강케가 설명했다. "더 좋은 점이 뭔 줄 아냐? 그냥 네가 요 며칠 동안 입던 옷만 걸쳐도 변장에 완전 잘 어울린다는 거야. 이미 85퍼센트 정도는 좀비가 되는 거라니까!" 강케는 좀비마냥 얼빠진 표정을 지어 보였다.

마일스가 앨리샤한테 다가가 살사 얘기를 하다가 '엎은 다음' 같이 춤을 출 방법에 대해 생각을 해보는 동안, 어느새 파티에 갈 옷으로 갈아입을 시간이 왔다. 마일스는 다 낡은 츄리닝 바지와 오래된 티셔츠를 입고 좀비 가면을 썼다. 굉장하지는 않지만 괜찮기는 했다. 한편 강케는 모직 정장을 입고 분홍색 수영모를 쓴 다음 작고 동그란 테의 안경을 끼고 있었다.

"넌 뭘로 변장한 거야?" 마일스는 강케를 뜯어보며 말했다.

"난 체임벌린 흉내를 내는 쿠쉬너 학장이야." 강케는 이렇게 말하고는 손을 한데 모으고 눈을 감았다. "오늘 파티장 댄스 플로어에서 종일 이러고 서 있을 거야."

마일스는 냅다 웃음을 터뜨렸다.

"마일스!" 엄마가 복도에서 부르는 소리가 들렸다. 마일스는 문 너머로 대답했다.

"네!"

"와서 인사해라. 존 존 아저씨랑 어른들이 오셨어." 존 존 아저씨는 마일스 아빠의 절친한 친구들 중 한 명으로, 해병대를 나와서 변호사를 하고 있는 분이었다. 마일스의 엄마가 얘기했던 아저씨와 '어른들'은 보통 한 달에 한 번씩 토요일에 모이는데, 여느 때처럼 거실에 둘러앉아 '스페이드'라 부르는 카드 놀이를 하고 있었다.

마일스와 강케는 엄마가 존 존 아저씨들이 왔다고 말한 지 10분이 지난 후에야 방에서 나왔으며, 그 즈음에는 거실의 아저씨들이 진행하고 있던 카드 놀이도 한창 열기를 띠고 있었다.

"다 덤벼봐, 싹 다 뭉개줄 테니까!" 아빠가 옛날에 길거리 생활을 하던 시절에 사귀었던 오랜 친구, 칼로 아저씨가 으스댔다. 칼로 아저씨는 언제나 맨 윗 단추를 하나 푼 셔츠와 굽 높은 신발 차림에, 뺨에는 꼭 노래기처럼 생긴 흉터가 하나 나 있었다. 아저씨는 카드 한 장을 하늘에 높이 든 채 마일스 아빠의 차례를 기다리고 있었다. 마일스 아빠가 클로버 퀸을 한 장 내려놓자, 칼로는 곧장 스페이드 5를 그 위에 올려놓았다. "잡카드 안 치우냐, 인마!" 칼로는 야유를 보내며 카드들을 정리했다.

그 옆에 앉은 사람은 셔먼 아저씨였다. 하지만 다들 '싶'이라 불렀는데, 아저씨 고향이 미시시피였기 때문이었다. 그다지 말이 많은 사람이 아니

었다. 아빠는 엄마를 만났던 바로 그 슈퍼볼 파티에서 싶을 만났다. 싶한
테 왜 미시시피를 떠났느냐고 물어보니 "먼지가 너무 두껍게 쌓여서"라고
만 대답했단다. 그게 무슨 뜻인지 정확히는 알 수 없었지만, 아빠도 그게
진짜 먼지 얘기는 아닐 거라고 생각했다.

"으음." 싶이 카드를 떼면서 말했다. "너희 뉴욕 놈들은 좋아하는 타이
밍이 너무 빨라. 가끔씩은 분위기를 서서히 달궈야 할 때도 있는 거야."

"싶, 인마. 좀." 존 존은 카드를 톡톡 두들기며 말했다. "너도 이 동네에
서 거의 20년 살지 않았냐. 너도 이젠 뉴욕 놈이야."

"아니, 난 내 눈에 흙이 들어갈 때까지 미시시피 촌놈일 거야. 지금은 도
시에 살지 몰라도 아직 남부의 방식을 잘 알고 있거든. 아직 진득한 참을
성의 가치를 잘 알아요." 싶은 스페이드 게임을 같이 하던 마일스 아빠에
게 찡긋 윙크를 해 보인 다음 카드를 돌리기 시작했다.

마일스와 강케는 주스나 한 잔 마시고 출발하려고 부엌으로 들어갔다.

"어머!" 할로윈에 나눠줄 사탕을 섞고 있던 마일스 엄마가 꺅, 하고 비
명을 질렀다. "우리 아가들, 어쩜 이리도 귀엽게 변장을 했니!"

"이 집에 아가가 어디 있어요!" 칼로가 거실에서 소리쳤다.

"엄마한테는 다 아가들이지 뭐." 마일스 아빠가 조용히 말했다.

"나한텐 다 아가들이에요!" 마일스 엄마도 지지 않고 소리쳤다. "한번
봐요." 엄마는 카드를 치던 아저씨들한테 마일스와 강케를 보여주었다.

"아들, 넌 뭘로 변장한 거냐?" 마일스 아빠가 물었다. 마일스는 아직 마
스크도 쓰고 있지 않았다.

"난 좀비야." 마일스는 가면을 흔들어 보였다.

"야, 이것 봐라." 존 존이 말했다. "똑같네 똑같아 아주 그냥."

"그렇고말고." 싶도 손으로 카드를 섞으며 맞장구를 쳤다.

"그리고 강케, 너는?" 마일스 아빠가 물었다.

"좀 복잡해요. 저랑 마일스네 학장님이 역사 과목 체임벌린 선생님을 따라 하는 거예요."

마일스 엄마가 새된 웃음 소리를 냈다. "그건 재미있네. 하지만 그런 모험을 마일스가 아니라 네가 해서 조금 기쁘긴 하다."

"그래, 쟤가 그랬다간 또 정학을 당할걸." 마일스 아빠가 고개를 절레절레 저으면서 말했다.

"네 아들 정학 당했냐?" 존 존이 자기 카드를 탁자 위로 엎어놓은 다음 한 잔 들이키면서 말했다.

"응. 쟤가 어, 화장실 급해서 교실에서 좀 나갔다고 체임벌린 선생이 징계를 먹였단다."

"그렇다고 애한테 정학을 때려? 애가 작은 일… 아니면 큰일 좀 보겠다고 화장실 간 것 갖고?" 칼로가 거들었다.

"상관없지. 솔직히 내가 봐도 좀 버릇없어 보이긴 하는구먼." 존 존이 말했다.

"야, 내가 지금껏 만나봤던 체임벌린은 다 짜증나는 놈들이었어." 칼로가 카드를 내려놓으면서 말했다. "솔직히 나 학교 다닐 때도 체임벌린이란 선생하고는 맨날 싸웠어."

"그 사람도 이렇게 생겼어요?" 강케는 즉시 자기네 체임벌린이 손을 가지런히 모으고 눈을 감는 포즈를 따라해 보이며 물었다.

"어… 아니." 칼로는 강케를 빤히 바라보았다. "그 양반은 진짜 괴상하게 덥수룩한 빨강머리였지. 맥도날드의 그 광대 로날드 같았어. 그리고 가르친 과목도 역사가 아니라 영어였지. 근데 다들 알겠지만 내가 영어를 그리 썩 잘 읽지는 못하잖냐. 그런데도 맨날 나만 집어다가 읽기 발표를 시켰단 말이지. 그것도 맨날."

"선생님한테 읽기 싫다고 말씀해보셨어요?" 마일스가 물었다.

"그래, 얘기해봤지. 어느 날은 수업 끝나고 남아서 그 선생한테 개인 교습이나 뭐 그런 게 필요할 것 같다, 그렇게 설명도 해봤어. 그런데 신경도 안 쓰더라고. 그냥 나만 계속 집어서 발표를 시키면서 다른 애들의 웃음거리로 만들었어. 그래서 결국 나도 그 양반을 무시하기 시작했지. 그러자마자 나한테 징계를 먹이더라고. 오래 안 가서 학교 때려치웠지 뭐."

마일스 아빠는 고개를 저었다. "그때 너 몇 살이었냐?"

"몰라. 대강 15살, 16살쯤 됐나? 대충 더러운 데 손 담그기에는 충분히 나이를 먹었었지. 내가 뭐 해먹고 살았는지는 알잖아." 칼로는 마일스 아빠에게 고개를 끄덕여 보였다.

"재미있네." 싶이 꿍얼거렸다. "내 인생에도 체임벌린이 있었는데. 그 양반은 선생이 아니라 교장이었는데, 우린 다들 꼰대 체임벌린이라 불렀어. 딱 미시시피에서 볼 법한 꽉 막힌 꼰대라 나 같은 애들하고는 악수도 제대로 하려 들지 않았지." 싶은 손가락을 뚝뚝 꺾었다. "하루는 나한테 욕을 했던 윌리 리처즈란 애랑 싸웠거든. 다들 식당에서 보고 있었단 말이야. 윌리가 나한테 욕을 했어요. 난 그냥 깔끔하게 무시를 했지. 녀석은 그냥 내가 지보다 축구 실력이 좋아서 화가 났던 거야. 멍청한 놈이었지. 그런데 그 자식이 배짱 좋게 나한테 침을 뱉더군. 침까지 맞고 가만히 있을 수는 없지. 그래서 난… 뭐… 그냥 윌리가 지금도 그 침을 도로 빨아먹고 싶어 할 정도로 만들어줬다고만 하자." 카드를 치던 어른들이 와, 하고 웃음을 터뜨렸다. 강케랑 마일스도 웃었다. "근데 꼰대 체임벌린은 그 꼴이 별로 재미가 없었나봐. 내가 딱히 결백하다고도 생각을 안 했던 것 같고. 그래서 날 퇴학시켰지. 그 양반은 맨날 흑인 애들을 학교에서 쫓아냈으니 딱히 놀라울 일도 아니었어."

"전학 가신 거예요?" 마일스가 물었다.

"가려고는 해봤지. 그런데 그 옛날 미시시피에선 나 같은 학적을 가진 애는 아예 받으려고 하지도 않더라고. 난 대학도 가려고 했어. 우리 어머니를 낡은 판잣집에서 이사시켜 드리고도 싶었고. 그런데 돈이 필요하더라고. 그래서 들었던 생각이… 모르겠다…. 막막해서 앞이 안 보이더라고. 그거 아냐? 세상이 널 무시하기 시작하면 너도 법을 무시하기가 훨씬 쉬워져."

"옳으신 말씀." 칼로가 말했다.

그렇게 체임벌린에 대한 이야기가 이어졌다. 이 자리에서 지금껏 유일하게 범죄에 손을 담그지 않았던 사람인 존 존도 체임벌린이라는 사람에 대한 우울한 추억을 풀어놓았다.

"내 인생에도 짜증나는 선생은 많았거든. 그런데 재미있는 게… 그중에서도 최악이었던 양반 이름은 체임벌린이었어."

"그래, 기억난다." 마일스 아빠가 말했다. 아빠와 애런 삼촌은 존 존과 같은 학교에 다녔더랬다. "애런한테도 심하게 굴었었지."

"그랬지, 그랬어. 근데 그 양반 직함이 뭐였더라? 사실 선생이 아니었던 것 같은데."

"훈육부장이었을걸. 그냥 복도에서 어슬렁거리거나 갑자기 교실로 쳐들어가서 혼내고 싶은 애들을 잡아서 나오는 게 일상이었어. 너랑 나랑 애런, 그리고 찍힌 애들이 몇 명 있었지."

"그래, 토미 라이스처럼. 걔 기억나냐? 체임벌린이 그 누구냐… 이름은 기억 안 나는데 사회 선생님이 수업하던 중에 체임벌린이 갑자기 끌어낸 애 있었잖아. 토미가 졸고 있었다나. 그런데 그 녀석이 졸고 있었던 건 밤 늦게까지 남동생들이랑 여동생들 돌보느라 그랬던 거잖아. 걔 엄마가 워낙 망가졌어야지. 그런 다음에 숙제까지 다 해와야 했고 말이야. 모르는 애들이 없었는데. 아마 선생들 대다수도 알았을 거다. 그런데 체임벌린은 수업 시간에 졸았다고 걔한테 정학을 때려버렸지. 수업 때 졸았다고 정학을 때렸어. '비언어적 무례'를 저질렀다나 뭐라나."

"그래, 그 양반은 애런도 별 이상한 꼬투리 잡다가 끌어내고 그랬어. 한 세 번인가 그랬는데 막판에는 아예 학교에서 쫓아내버리더라고. 하지만 난 계속 학교를 나갔지, 애런이 웬 비싼 차를 끌고 운동장에 나타날 때까지 말이야."

"딴 사람한테서 훔친 비싼 차였겠지." 현관에 사탕을 담은 그릇을 놓던 마일스 엄마가 확실하게 선을 그었다.

"그랬어." 다들 잠시 조용해졌다.

"그래서 이 이야기의 교훈은 체임벌린이란 놈들을 믿지 말라는 거야. 월트 체임벌린(유명한 흑인 농구 선수-옮긴이)만 빼고 말이야. 알겠니?" 칼로가 걸걸하게 말했다.

"무슨 말을 그렇게 해요." 마일스 엄마가 마일스와 강케의 어깨를 감싸 안고 말했다. "자기 인생에서 나쁜 일이 생긴 탓을 나쁜 선생님 몇 명한테 돌리면 쓰나요."

"안 되고말고." 싶이 말했다. "내 인생 꼬인 건 내 탓을 할 수밖에 없어.

하지만 이거 하나 말해주마. 우리 같은 놈들한테 학교란 피난처 같은 곳이었어. 올라가서 몸을 피할 수 있는 나무 같은 존재였지. 나무 둥치에는 사나운 개들이 몰려 있었고. 그 개들의 이름은 '나쁜 결정'이란 것들이었지. 그래서 사람들이 우릴 별 이유도 없이 나무에서 떨어뜨렸으니 그 개들한테 물리기가 훨씬 쉬워진 거야."

"또 맞는 말씀을 하시는구먼." 존 존도 동의했다. "항상 일어나는 일은 아니지만 그럴 공산이 크지."

"네가 어떤 가정에서 자랐든 상관없다. 학교 바깥에서는 인생 펴는 길에서 벗어나기가 그렇게 쉬울 수가 없어요. 특히나 시간은 많은데 성공할 방법이 보이지 않는다면 말이야. 어휴… 그냥 다 잊어버려라." 칼로도 덧붙였다.

"알았어요, 알았어. 그 정도면 충분해요." 마일스의 엄마가 아저씨들의 말을 끊고 들어왔다. "이 아저씨들은 계속 옛날 생각이나 하면서 징징거리게 내버려두고 파티에나 다녀 오너라." 엄마는 강케를 꼭 안아주었다. 그런 다음 마일스도 꼭 안아주면서 귓가에 속삭였다. "살사 엎고 와."

"어떻게 우리 아빠 친구들이 죄다 체임벌린이란 선생하고 악연을 맺고 있을 수가 있냐?" 마일스는 지하철로 가면서 강케한테 물었다. 아저씨들이 인생에서 잘못된 선택을 하게 된 계기 중 하나가 바로 학교에서 쫓겨났기 때문이라는 생각을 떨칠 수가 없었다. 학교란 학생들에게 반복되는 일상, 꼭 미적분처럼 일탈 없는 인생을 훈련시켜주는 공간이다. 마일스 아빠와 친구들은 미적분은커녕 기본적인 산수를 배울 기회조차 박탈당한 셈이다.

할로윈치고는 희한하게 따뜻한 밤이었다. 마녀와 공주님, 동물과 슈퍼 히어로로 변장한 아이들이 밖으로 나와 동네 이곳저곳을 어슬렁거렸다.

"아니, 이상하긴 한데 솔직히 살면서 '존슨 선생님'이라는 개차반 선생 한 명쯤 안 만나본 사람이 어디 있겠냐." 강케가 말했다. "거의 수백만 명은 될걸. 이름만 달랐지 그냥 그런 거야. 거기다 그 체임벌린 선생들도 다 다른 사람들이었잖아. 차라리 다들 똑같은 체임벌린 선생 때문에 곤욕을 치렀으면 좀 놀랍기는 하겠다, 그 미시시피에서 왔다는 아저씨까지 말이야. 그럼 그 체임벌린 선생은 전국을 돌면서 인성 터진 선생질 하는 데 평생을 바쳤다는 뜻이 될 테니까."

"맞는 말이다." 마일스도 동의했지만, 그래도 지하철에 탈 때까지도 머릿속에서 어지럽게 날뛰는 생각을 떨쳐낼 수가 없었다. 지하철은 온통 사람들로 꽉 차 있었다. 괴상한 복장을 한 사람들, 간단한 가면만 쓴 사람들, 그리고 그냥 할로윈의 정신 나간 분위기를 피하고 싶어 하는 사람들까지 다양했다. "그렇다면 간수는 어때?"

"누구?"

"감옥에 있던 간수 말이야. 그 사람 이름도 체임벌린이었다니까."

"어, 너 우연이라고 들어봤냐?"

마일스는 지하철 문이 닫히는 것을 보며 아랫입술을 잘근잘근 씹었다. "글쎄다."

브루클린 비전 아카데미의 교정으로 돌아온 두 사람은 기숙사 방으로 돌아가 가방을 내려놓은 다음, 목에 흘러내린 땀을 닦고 체취 제거제를 더 뿌렸다. 뭐 마일스는 그랬단 소리다. 강케는 한국인들한테서 암내가 나지 않는다는 점을 다시 한 번 강조했다.

"아니 근데 너 냄새 난다고." 마일스가 옷장 뒤쪽에 처박혀 있던 평일

226

청바지를 꺼내며 말했다. 주머니에는 앨리샤를 위해 썼던 시가 그대로 들어 있었다. 데님 천 때문에 종이에 약간 파란 물이 들어 있기는 했다. 마일스는 시를 트레이닝복 바지 주머니에 집어넣은 다음 다시 한 번 거울을 살펴보았다. 새로 깎은 머리를 좀비 가면으로 가리다니 좀 아까운데, 마일스는 생각했다.

"그건 네 인중 냄새고, 이 살사 소년아." 강케도 지지 않았다. "야, 이제 파티 좀 가자. 난 빨리 가서 댄스 플로어를 점령해야 한단 말이야."

파티장 바깥까지 음악이 울려 퍼지는 가운데, 학생들은 와글거리며 양쪽으로 열린 문 안쪽으로 우르르 몰려 들어가고 있었다. 강당은 온통 별난 복장을 하고 춤을 추는 학생들로 꽉 차 있었다. 그중에서는 스타워즈에 나오는 황금 로봇 C-3PO처럼 굉장한 분장을 한 애들도, 그냥 얼굴에 수염만 그릴 정도로 간소하게 꾸미고 나온 애들도 있었다. 양옆의 벽에는 각종 다과와 음료수가 준비된 탁자가 늘어서 있었고, 무대 위에서는 자기 이름처럼 판사 차림을 한 저지가 두꺼운 헤드폰을 머리에 낀 채 턴테이블 두 대 사이에 서 있었다.

"우선 한번 빠르게 훑어보자." 강케가 마일스의 귀에 대고 소리를 질렀다. 두 사람은 학생들 사이를 훑고 지나다니면서 누가 파티에 왔는지, 또 오지 않았는지를 살펴보았다. 제일 먼저 알아본 사람은 위니였는데, 굉장히 일반적인 복장인 민소매 드레스와 하이힐 차림이었기 때문이었다. 마일스는 누구 변장을 한 거냐고 물었다.

"뭐라고?!" 위니도 마주 소리 질렀다.

"너 누구냐고?!" 마일스가 좀 더 바짝 다가가 소리쳤다.

"아아, 미셸 오바마야!" 위니는 가슴에 달린 작은 성조기를 가리키며 말했다. 세쌍둥이인 샌디, 맨디, 브랜디는 각각 부직포와 접착제를 왕창 써서 만든 해, 달, 별 차림을 하고 있었다. 물론 라이언도 있었다. 마일스는 얘가 스리피스 정장 같은 고리타분한 차림을 하고 올 줄 알았는데, 조잡하게 만든 괴물 복장을 하고 와 있었다. 덕분에 되게 잘생긴 괴물이 되어버렸다. 하지만 라이언의 입 안에서는 송곳니가 빛나고 있었다. 당연한 일이었다. 요새 여자애들한테는 흡혈귀가 굉장한 인기니까. 선생님들도 몇 분 계셨는데, 변장을 하신 분도 있었고 안 하신 분도 있었다. 칼릴 선생님은 양팔에 깃털 날개를 달고 코에 부리를 붙였다. 그 정도면 충분히 멋지면서도 틈만 나면 서로 들러붙어서 애정 행각을 보여주는 애들이 없는지 학생들 사이를 돌아다니며 감시하기에도 좋은 복장이었다. 반면 블로퍼스 선생님은 에드거 앨런 포로 완전히 변신했다. 칠흑 같은 흑발에 창백한 얼굴, 검은 정장을 입고 팔에 박제한 갈가마귀까지 한 마리 올려둔 차림이었다. 완전 멋졌다. 트리플리 선생님은 프랑켄슈타인이 아니라 그 작가인 메리 셸리로 분장을 했다. 다들 알아볼 수 있었다. 체임벌린 선생님도 있었는데 역시나 남북전쟁의 남부 연합군 복장을 하고 있었다. 그런 차림으로 학생들 사이를 지나다니면서 춤추는 아이들 사이를 갈라놓거나 집게손가락을 까닥거리곤 했다.

체임벌린이 자신과 마일스 쪽으로 다가오는 걸 보자마자 강케는 양손을 모은 채 바싹 얼어버리는 바람에 체임벌린 특유의 포즈가 되어버렸다.

하지만 마일스는 재빨리 애들 사이에서 빠져나갔다. 최소한 지금은 선생님과 한바탕하고 싶은 생각이 없었다. 그래서 펀치 음료를 준비해둔 탁자에서 한 잔 마시려 했지만 이미 줄이 서 있었다. 자기 앞줄에서 기다리고 있던 괴물…은 떡진 머리의 곱사등이 차림이었다. 그리고 백단향 냄새가 났다.

"앨리샤?" 괴물이 뒤로 돌아서자 분명 앨리샤라는 걸 알아볼 수 있었다. 앨리샤는 갈색 피부에 어설프게 초록색 칠을 한 채 빨간 컵에 빨간 음료를 국자로 떠 담고 있었다.

앨리샤는 마일스를 쳐다보았지만 아무 말도 하지 않았다.

"아 맞다." 마일스는 자기가 가면을 쓰고 있는데다 목소리도 가면에 막혀 잘 들리지 않을 거란 걸 깨달았다. "나야." 마일스는 가면을 얼굴 위로 걷어 올렸다.

"아, 안녕." 앨리샤도 어색하기 그지없는 목소리로 인사를 한 다음, 국자를 다시 음료 그릇으로 돌려놓고 옆으로 비켜섰다. 꼭 할 말이 있는 것처럼 입을 열었지만 정작 아무 말도 나오지 않았다.

우선 음료부터 따른 다음 살사를 얹자. 마일스는 굳게 마음을 먹었다.

하지만 마일스가 미처 계획을 실천하기도 전에 앨리샤는 애들 사이로 다시 돌아가버렸다.

"나도 한 잔 따라주라." 옆에서 갑자기 나타난 강케가 말했다. 강케는 마일스 손에 있던 주스 따른 컵을 가져가더니 주먹인사를 툭, 쳤다.

"날 알아보는 것 같지도 않더라."

"아유 당연히 알아봤지. 얼굴이 새빨개졌던데!"

"걔 얼굴은 초록—"

마일스가 말을 끝내기도 전에 강케가 소리를 쳤다. "그런데 그 자식은 날 알아보지도 못하더라! 다들 내가 뭘 하고 있는지 정확히 알아보는데, 체임벌린은 날 아예 보지도 못한 척을 하더라고. 웃기는 양반이야!"

마일스는 강케의 어깨 너머로 강당을 살펴보면서 앨리샤가 어디로 갔을지 찾았다. 곧 변장한 학생들 사이에 섞여 있는 앨리샤가 보였다.

"나중에 얘기하자." 마일스는 이렇게 말하고는 앨리샤 쪽으로 갔다. 자기도 학생들 사이에 섞여 들어간 마일스는 다른 애들이랑 부딪히는 바람에 손에 든 음료수를 엎지 않게 조심하면서 슬슬 앞으로 나갔다. 그런데 사실 엎더라도 별 상관없을 게, 어차피 옷에 가짜 피를 묻힌 것처럼 보일 테니까.

여전히 가면을 벗고 있던 마일스는 마침내 강당 한가운데서 앨리샤를 찾아냈다. 앨리샤는 마일스도 아는 애들(정확히 말하면 가면을 벗고 있던 애들 중에서 마일스가 아는 애들)과 한창 이야기를 하는 중이었다. 대부분은 던 리어리처럼 앨리샤와 꿈지기 동아리 활동을 같이 하는 친구들이었지만, 테니스 선수 차림의 브래드 캔비처럼 같은 반 친구들도 있었다.

"앨리샤!" 마일스는 앨리샤의 주의를 끌어보려 했지만, 앨리샤는 마일스의 목소리를 듣지 못한 것 같았다. 마일스는 오늘 하루 온종일 앨리샤랑 만나서 뭘 할지, 뭐라고 할지만 생각하며 지금 이 순간만을 기다려왔다. 주머니에 고이 접혀 있던 시까지 꺼내서 쥐었다. "앨리샤!" 던과 이야기하고 있던 앨리샤가 이쪽을 돌아보았다. "너한테 할 말 있어!" 마일스는 앨리샤 쪽으로 한 걸음 다가섰다. 그러자마자 뱃속에서는 화산이 터지는 것 같았고, 머릿속에서는 지진이 일어난 것 같았다. '아, 안 돼.' 마일스가 채 입을 열기도 전에 갑자기 체임벌린 선생님이 나타나더니 마일스와 앨리샤 사이로 끼어들었다. 그러고는 마일스를 찬찬히 뜯어보았다. 마일스는 침을 꿀꺽 삼켰다.

"두 사람 사이에 거리를 좀 두는 게 어떤가, 모랄레스. 뭔가 부적절한 일을 하려고 들면 문제가 생길 것 같아서 말이야."

"그런 짓 하려고 든 사람 아무도 없거든요!" 앨리샤가 항의했다.

마일스의 온몸이 화끈해졌다. 꼭 피부 밑에 불이라도 붙은 것 같았다. 하지만 아무 말도 하지 못하고 고개만 끄덕였다. 체임벌린 선생님은 학생들을 뚫고 다른 곳으로 가버렸다.

"재수 없는 놈." 앨리샤가 중얼거렸다. "그건 그렇고 나도 너한테 할 말 있어. 지난번 교실에서 있었던 일을 사과하고 싶어서. 내가 어떻게든 나섰어야 했는데."

"어… 괜찮아." 마일스는 다른 곳에 정신이 팔려 있었다.

"좋아, 그럼 또 할 말이 있긴 한데 일단 네가 할 말부터 들어보자." 앨리샤가 물었다. 그 초록색 얼굴은 여전히 참을성이 가득했다.

"뭐?"

"나한테 할 말 있다면서?" 앨리샤가 음악에 맞춰 고개를 까닥이면서 다시 물었다. 이 사이로 혀끝을 살짝 빼물고 부드럽게 미소를 지어주고 있었다. 하지만 마일스는 다른 애들을 혼내고 있는 체임벌린 선생님의 등짝만 바라보느라 미처 눈치를 채지 못했다. 아무래도 체임벌린이 가까이 있을 때면 으레 생기던 현기증은 이제 없어졌지만, 앨리샤 가까이에서 느끼는 긴장감은 여전히 남아 있었다. 마일스는 엄마가 거실에서 춤을 추며 해주셨던 말을 떠올렸다. '몸이 원하는 대로 해줘. 어떻게 움직여야 할지 알려줄 거야.'

"어…." 마일스는 시를 쓴 종이를 들어 펼쳤다. 그 때 체임벌린 선생님이 다른 선생님과 이야기를 하면서 손목시계를 톡톡 두드리는 게, 이제 가봐야겠다고 말하고 있는 것 같았다. "난 그냥…." 마일스는 앨리샤에게 돌아섰다. 앨리샤의 얼굴에 떠올랐던 미소는 천천히 사라지고 있었고 고개도 옆으로 살짝 기울었으며, 시선도 슬슬 산만해지려 하고 있었다. 다시 체임벌린 선생님을 보자 강당의 옆문을 밀어서 열고 있었다. "내가 하고 싶은 말이 뭐냐면…." 마일스는 다시 앨리샤를 바라보았다. 하지만 한순간에 불과했다. 그렇게 다시 체임벌린을 봤다가, 앨리샤를 봤다가를 반복했다. "어, 이거 너 주려고 썼어." 마침내 마일스는 파란 물이 든 시조 종이를 앨리샤에게 건넸다. 앨리샤는 종이를 펴서 읽기 시작했지만, 다시 눈을 들었을 때 마일스는 이미 사라지고 없었다.

CHAPTER 10

마일스는 바깥으로 이어지는 옆문으로 나가면서 다시 좀비 마스크를 썼다. 그 후 좌우를 살핀 다음 은신 능력을 사용했다. 그리고 학교의 변두리를 따라 걷고 있던 체임벌린 선생님의 뒤를 바싹 미행했다. 체임벌린 선생님의 다리에서 뭔가 쳇소리가 나는 걸 들은 마일스는 걸음 속도를 맞춰서 자기 발소리가 들리지 않게 했다. 강당 한구석에 난 또 다른 문 앞에 멈춘 체임벌린 선생님은 바지춤을 걷어 올려 웬 열쇠 꾸러미를 꺼냈다. 그 많은 열쇠들 중 맞는 열쇠를 찾아낸 선생님은 열쇠 구멍에 넣고 돌려 문을 열었다. 벽을 타고 올라가 있던 마일스는 빠르게 닫히는 문틈으로 잽싸게 몸을 밀어 넣었다.

체임벌린 선생님은 열쇠고리에 달려 있던 손전등을 켜고 앞쪽으로 강렬하고 하얀 불빛을 비추었다. 그러고는 불빛을 이리저리 돌리며 앞에서 뭔가를 찾는 것 같았다. 아직 벽에 매달려 있던 마일스는 선생님의 행동을 더 잘 살펴보기 위해 가까이 다가갔다. 아래로 내려가는 계단이 있었다. 체임벌린 선생은 구둣발 소리를 내며 어두운 지하실처럼 보이는 곳으로 향해 내려갔다.

하지만 그곳은 단순한 방이 아니었다. 아예 땅굴이 있었다. 마일스가 보기에 땅을 밟고 걸어가기는 글러먹은 것 같았다. 꼭 하수관처럼 바닥에 물이 고여 있는 바람에 기척을 숨긴 채 걸어가기란 불가능했던 것이다. 그래서 마일스는 미끈미끈한 벽에 붙은 채 체임벌린 선생님의 뒤를 계속 따라갔다. 그렇게 20분 정도 걸었을까, 마침내 또 다른 계단이 나타났다. 체임벌린 선생님은 그 계단을 올라 머리 위쪽에 있는 금속 문을 밀어서 열었다. 처음에 여기 들어왔을 때보다 훨씬 태평한 태도였다. 꼭 이곳에 누군가 있으리라고는 전혀 생각지 않는 태도였다.

마일스는 대체 자기들이 어디로 나왔는지 감도 잡히지 않았지만, 아까 그 금속 문은 아무래도 들판 한가운데에 있는 것 같았다. 마일스는 계속 체임벌린 선생님의 뒤를 따라 들판을 가로질렀고, 이내 두 사람의 앞에는 마치 성처럼 웅장한 기둥이 떠받치고 있는 거대한 저택이 나타났다. 마일스는 주변을 휘휘 돌아보며 여기가 대체 어딘지, 혹시 근처에 자기가 알아볼 만큼 특별한 건물 같은 게 있는지 살펴보았다. 그러다가 집 바로 앞에 있던 무언가가 눈에 띄었다. 석재 건물이었다. 울타리에 철조망까지 쳐져 있어 경비가 아주 철저해 보였다. 울타리에 걸린 간판에는 **교도소**라고 써 있었다.

감옥이야?

마일스는 체임벌린 선생님이 거대한 목재 정문으로 다가가는 동안 그 뒤에 있던 덤불에 숨었다. 벨을 누르자 문이 열렸고, 체임벌린 선생님은 그 안으로 들어갔다.

마일스는 살짝 금이 간 창문 하나로 잽싸게 움직였다. 집안은 아름다웠다. 온통 골동품에다 우아한 타일 바닥에, 커튼도 아마나 비단처럼 보이는 굉장히 고급 천 재질이었다. 커다란 가구는 꼭 옛날 조상들이 사용하던 것 같았다. 천장에는 사치스러워 보이는 샹들리에가 매달려 있었다. 벽에는 끝이 갈라진 채찍과 함께 멋진 옷을 입은 사람들의 초상화가 마찬가지로 화려한 액자에 든 채 걸려 있었다.

마일스가 꼭 예전에 와본 것 같은 집이었다. 단순한 기시감인 줄 알았는데, 사실 그게 아니었다. 대체 어디서 봤던 집이더라? 그러다가 마일스는 방 건너편에 온통 수정 장신구들로 꽉 찬 골동품 장식장이 있는 걸 발견했다.

잠깐만… 아냐, 그럴 리가 없어. 그럴 수가 없는데. 마일스는 마침내 깨달았다. 저 장식장에 분명 부딪힌 적이 있었다. 그 유리가 박살이 나서 등에 박히면서 느껴졌던 날카로운 통증이 그대로 기억났다. 제아무리 꿈이라 한들 너무나 생생한 고통이었다. 마일스의 악몽이었다. 애런 삼촌과 싸웠던 그 장소였다. 여기가 바로 그 집이었다. 여기가 바로 그 집이야!

마일스가 귀를 기울이자 다양한 나이대의 사람들이 모이는 소리가 들렸다. 그중에서도 가장 나이 먹은 사람은 쭈글쭈글한 얼굴에 하얗고 긴 턱수염을 한 노인이었다. 꿈속에서 애런 삼촌과 체임벌린 선생님이 변했던 바로 그 모습이었다. 노인은 계단참 중간에 선 채 사치스러운 저녁 파티에 오는 손님들을 맞이하고 있는 것 같았다.

노인이 입을 열자, 마일스는 창문과 문틀 사이에 난 틈으로 귀를 기울여

뭐라고 하는지 자세히 들어보려 했다.

"좋은 저녁입니다, 체임벌린 여러분."

"좋은 저녁입니다, 교도소장님." 모두가 꼭 좀비처럼 동시에 대답했다. 정말 좀비 같았다.

교도소장이라고? 마일스는 자신의 귀를 믿을 수가 없었다. "보고할 소식이 있습니까? 진전이라도 있었습니까?" 교도소장이 물었다.

여기저기서 손이 올라갔다. 키 작고 빼빼 마른데다 덥수룩한 적발을 한 주근깨 사내가 손을 들었다. "네, 체임벌린 선생?"

네, 체임벌린 선생이라. 마일스가 그 문장을 계속해서 되새겨보는 동안, 방 안의 남자들은 각자 그 주에 거두었던 성과에 대해 보고하기 시작했다. 단테 존스가 마침내 압박을 이기지 못하고 학교를 그만뒀습니다. 제가 마커스 윌리엄스로부터 위협을 느끼고 있다고 교장을 설득하는 데 성공했습니다. 입 싸고 생각도 없는 놈이니 학교에 있을 자격도 없죠. 녀석들이 학교에 오지 못하도록 버스 노선을 바꾸는 일에 착수 중입니다. 성공만 한다면 우리의 노력이 대폭 줄어들 겁니다. 그리고 랜돌프 던컨이 입양 가정에 들어갔다는 걸 알아냈습니다. 놈은 아무것도 아닙니다. 주변에 자기 사람이 전혀 없거든요. 등등.

"이번 주에는 확실히 잡아오도록 합시다." 교도소장이 입을 열었다. "이미 투명인간이나 다름 없으니 일이 훨씬 쉬워질 겁니다."

그렇게 보고가 이어졌다. 마일스는 계속되는 보고를 들으면서 당장 창문을 뚫고 들어가 이곳을 박살내지 않도록 분노를 억눌렀다. 지금 그랬다간 최악의 행동이 될 터였다. 몇 분 후 체임벌린 선생의 차례가 왔다. 마일스네 체임벌린 선생님이었다.

"아, 체임벌린 선생. 귀하의 발언을 듣기 전에 먼저 이 저녁 자리에 모여준 점을 칭찬하고 싶군요. 귀하를 보고 있자면 내 오랜 친구, 위대한 제퍼슨 데이비스 대통령이 생각난답니다." 교도소장은 벽에 걸린 오래된 초상화 중 하나를 가리켰다.

"감사합니다, 교도소장님. 정말 명예로운 칭찬이로군요. 저는 지금까지 감시하고 있던 소년인 마일스 모랄레스에 대해 보고하고자 합니다."

"아, 그래요. 마일스 모랄레스." 마일스는 자기 이름이 나오자 눈이 휘둥그레졌다. "우리의 슈퍼 히어로." 교도소장의 목소리에서 냉소가 뚝뚝 떨어졌다. 슈퍼 히어로라니? 저 사람들이 내 정체를 어떻게 알고 있는 거지? 체임벌린 선생님을 비롯해 저 방 안에 있는 사람들 전부가 마일스의 비밀을 알고 있다는 생각이 들자, 마일스의 속이 뒤집어질 것 같았다. 방 안의 사람들이 껄껄 웃는 가운데 교도소장이 말을 이었다. "그런 특별한 힘은 특별한 사람들에게만 허락되는 것입니다. 그러려면 당연히 특별하게 태어나야지요. 순수한 혈통과 강인한 정신을 가져야 합니다. 마일스 군이 더러운 혈통을 타고났다는 건 그 아이의 잘못이 아니지만, 제 분수를 알지 못하고 더 큰 그릇이 되길 갈망했다가는 모두가 위험해지고 맙니다. 그래요, 체임벌린 선생. 나 역시 마일스 군을 지켜보고 있었습니다. 그 머릿속을 속속들이 들여다보았죠. 또 자는 사이에 그에게 귀엣말을 건네기도 했습니다. 지금껏 그 가족들에게 했던 방식과 똑같이 말이죠. 마일스 군이 좀 완강하긴 하지만, 그래도 반드시 교정해야 합니다. 그러려면 반드시 마일스 군을 무너뜨려야 합니다."

"네, 소장님. 마일스에게 소시지… 절도 혐의를 뒤집어씌우려 했습니다만… 간신히 퇴학은 면했어도 여전히 근로 장학으로부터는 해고당한 상태라 부모의 고충이 더 심해질 겁니다." 낮은 웃음이 다시 한 번 방 안을 메웠다. "그러니 요약하자면 곧 녀석을 무너뜨릴 수 있으리라 생각합니다."

마일스의 얼굴이 일그러졌다. 동시에 양손은 주먹을 말아 쥐었다.

"아, 환상적이로군. 그 외에 귀하가 또 지켜보고 있는 아이가 있습니까?" 소장이 물었다.

"행동까지 나서지는 않았지만, 저지라는 이름의 꼬마가 하나 있습니다."

"저지라고요?" 교도소장이 비웃었다. "판검사라도 될 법한 이름이로군요. 참 역설적이에요. 그럼 체임벌린 선생, 계속 보고해주기 바랍니다. 잘했습니다."

"감사합니다, 소장님." 체임벌린 선생님은 다시 체임벌린들 사이에 섞였다.

교도소장은 잔을 들어 입술을 축였다. "대강 몇 백 년쯤 전에 미국이 진정으로 위대하던 시절이 기억나는군요. 노동에 대가를 지불하는 게 아니라 원래 노동을 짊어질 운명으로 태어난 것들, 우리가 예속의 사명을 내려주기 전에는 삶의 목적조차 갖지 못했던 것들이 노동을 수행하던 시절이었죠. 바로 그런 시절로 돌아가야 합니다. 그게 바로 우리의 사명입니다." 소장은 말을 잠시 멈추고 다시 잔을 한 모금 들이켰다. 액체를 삼키는 모습이 꼭 작은 동물이 목구멍으로 먹이를 넘기는 것 같았다. "현재의 모습은 너무나 역겹습니다. 그러니 우리가 나서야 합니다. 아주 중요한 선행, 교정을 베풀어야죠. 우리의 좌우명을 기억하십시오. 흩어놓고 짓누른다."

교도소장은 잔을 높이 들고 건배를 제안했다.

"체임벌린들을 위해."

"체임벌린들을 위해!" 그리고 칵테일파티가 시작되었다.

마일스는 창문에서 물러났다. 여전히 은신한 상태였지만 저렇게 많은 사람들이 지켜보고 있으니 꼭 누군가 자신을 볼 수 있을 것만 같았다. 마일스는 감옥을 향해 들판 위를 달려 땅으로 나 있던 금속 문까지 갔다. 마일스는 문을 당겼지만 꿈쩍도 하지 않았다. 마일스는 문을 더 세게 쥐고 잡아당겨 아예 경첩까지 뜯어내버렸다. 다행히 감옥 뒷마당까지 감시하고 있는 간수는 아무도 없었다. 어쨌든 탈옥에 성공해서 저 돌벽을 넘은 다음 철조망 울타리까지 뚫어봤자 결국 바로 여기 있는 교도소장의 관사로 직통하게 될 것 아닌가. 어차피 이쪽으로 온다면 다시 잡혀갈 수밖에 없는 셈이었다.

마일스는 땅굴로 들어가 수도관처럼 뚫려 있던 길을 냅다 달렸다. 마침내 강당 지하로 이어지는 계단이 나왔다. 마일스는 문에 귀를 대고 바깥에 아무도 없다는 사실을 확인했다. 안전하다는 확신이 든 마일스는 잠겨 있던 문을 냅다 차 연 다음, 건물의 변두리를 지나 한창 파티가 진행 중이던 강당으로 돌아갔다. 강케는 아직도 기도하는 수도승마냥 양손을 모은 채 댄스 플로어에 뻣뻣하게 서 있었다.

239

CHAPTER 11

"마일스, 너 이상해." 강당에서 기숙사 방으로 돌아가던 강케가 말했다. "방금까지 최고의 파티를 하다 돌아왔는데 넌 꼭 마일스네 집에서 평소 같은 토요일 밤을 보낸 것처럼 굴잖아. 아니, 차라리 강케네 집에서 어젯밤을 보낸 것처럼 구는 것 같다."

"일단 방으로 가서 무슨 일이 있었는지 다 말해줄게. 여기서는 말할 수가 없어." 마일스는 이를 앙다문 채 말했다.

"그럼 아까 파티장에서 했던 몰카 얘기만 해주면 안 돼? 그러니까 오늘밤 파티 내내 계속 펀치를 그릇에다가 채워줬잖아? 그래서 한번은 펀치를 리필하고 난 다음에 여자애 한 명이 음료수 마시려고 했단 말이야. 그렇게 국자로 펀치를 떴는데 애가 그걸 보고 막 비명을 지르더라고. 거의 우는 줄 알았어요. 완전 미친 상황이었음. 왜 그랬는 줄 아냐?" 마일스는 대답하지 않았다. "음료수 안에 손가락처럼 보이는 게 들어 있었대! 근데 사실 손가락이 아니라 소시지였어! 선배들 완전 천재라니까!" 강케는 웃음을 터뜨렸지만 그 웃음은 마일스의 표정을 보고 어색하게 잦아들었다. 마일스는 전혀 즐겁지 않았다. 방금 전에 체임벌린 선생님이 직접 소시지를 훔친 다음 자기한테 누명을 뒤집어씌웠다는 걸 알아냈는데 어떻게 즐거울 수가 있겠는가? 어쩌면 선배들은 진짜 천재였을지도 몰라. 마일스는 생각했다. 어떻게 그런 역사 선생님을 버텨냈나 몰라. 물론 버텨내지 못한 사람도 있었을 것이다. "야, 그냥 잊어버려라. 네가 직접 봤어야 돼." 강케가 말했다.

사방에 애들 천지였다. 이제 다들 변장과 분장이 지저분하게 흘러내리고 있었다. 비명을 지르면서 뛰어다니는 꼴을 보니 당분을 과하게 섭취하는 바람에 지나치게 흥분해버린 것 같았다. 마일스는 그런 애들을 뚫고 지나가면서도 앨리샤를 놓치지는 않을까 애들 얼굴을 샅샅이 뜯어보았다. 하지만 앨리샤는 어디에도 없었다. 어쩌면 그게 나을 수도 있었다. 지금 마일스는 앨리샤와 얘기를 할 만한 상황이 아니었다… 그게 어떤 이야기가 됐건 간에.

일단 기숙사 방에 도착한 마일스는 강케에게 모두 설명해주려 했다.

"그래서 체임벌린을 따라갔다고?" 강케가 머리에서 분홍색 수영모를 벗으며 말했다.

"그래, 강당 옆문까지 따라갔―"

"잠깐만." 강케는 좀 기다려보라는 듯이 어깨를 툭툭 쳤다. "그래서 파티를 다 놓쳤단 말이야? 난 네가 마무리 부분만 놓친 줄 알았어. 앨리샤랑

241

몰래 빠져나가서 뭐라도 하는 줄 알았지."

"파티에는 갔지. 그러다가 앨리샤랑 얘기하다가 나왔어. 아니, 정확히 말하면 얘기 좀 하려다가 나왔다는 게 맞겠다. 체임벌린이 또 나타나서 귀찮게 구는 바람에 스파이더 센스가 또 나갔어. 그래서 체임벌린이 좀 수상하다고 얘기를 하려고 했는데—"

"잠깐만 타임, 타임!" 강케가 다시 양손을 들어 올렸다. "그러니까 앨리샤랑 얘기를 했다고? 잘 풀렸냐?" 강케는 그 두꺼운 양 눈썹을 치켜 올리며 말했다.

"아 몰라 인마, 자리 떠야 했다니까 그러네."

"뭐? 왜?"

"그걸 지금 얘기하려는 거잖아!" 마일스는 자기 다리를 팡팡 내리치며 말했다. "좀 들으라고. 체임벌린을 따라 갔단 말이야. 강당 옆에 나 있던 문으로 가더라고. 그 문을 여는 열쇠까지 있었어. 문 열고 들어가니까 무슨 수도관처럼 생긴 데로 통하더라. 쭉 따라가니까 감옥까지 이어져 있었어."

마일스는 모든 걸 설명했다. 생각하는 것보다도 말이 훨씬 더 빠르게 튀어나왔다. 마일스는 강케에게 그 집이 자기 꿈속에 나왔던 것과 얼마나 똑같았는지 설명했다. 또 교도소장이라는 사람을 중심으로 수많은 체임벌린들이 각자 학생들을 찍어놓고 괴롭히고 있었으며, 특히 마일스 자신을 중요한 목표로 삼고 있다는 것까지 전부 다 말했다.

"놈들은 내가 스파이더맨이라는 걸 알아." 마일스가 말했다.

강케는 조용히 앉아 있었다.

마일스는 지금껏 쓰고 있던 좀비 가면을 벗어서 침대에 올려둔 다음 옷장 문을 확 당겨 열었다. 그리고 신발 상자 몇 개를 옆으로 치운 다음 구석에 처박아 두었던 스파이더맨 슈트를 꺼냈다.

"너 뭐 하냐, 마일스?" 강케가 걱정스레 물었다.

마일스는 침대 위에 슈트를 개켜놓았다. "다 알면서 물어보냐."

"오늘 밤에 쳐들어가려고?" 강케는 침대에서 일어나 꼭 마일스를 몸으로라도 막겠다는 시늉을 했다. "그러니까 꼭 그 일당들이 전부 모여 있는 상황에 쳐들어가겠다는 거야? 마일스, 생각을 해." 강케는 집게손가락으로 자기 관자놀이를 톡톡 두들겼다. "얘기만 들어보면 그 늙은이가 체임벌린 선생님하고 다른 체임벌린 선생님들을 배후에서 조종하고 있는 것 같잖아. 딱 봐도 그 양반을 잡아야 하는 거야."

마일스는 한숨을 쉬고 까맣고 빨갛게 칠한 슈트 옆의 침대에 앉았다. 그러고는 슈트를 빤히 바라보았다. "네 말이 맞다. 난 그냥… 그냥…."

"나도 알아. 하지만 지금 네 얼굴은 책상 박살낼 때 그 표정이란 말이야. 그리고 지난번에 그 표정 지었을 때는… 책상을 박살내는 사고를 쳤었지 아마?"

"아 제발 입 좀." 마일스는 마음을 진정시키려 했다.

"그냥 그렇다고. 자면서 천천히 생각을 해봐." 강케는 자기 침대에 앉아 허공을 걷어차서 신발을 벗어버린 다음 하품을 했다. "그냥 나한테 약속 하나만 해주라. 오늘 밤만은 자면서 천장에 철썩 들러붙고 그러지 말았으면 좋겠어. 오늘은 할로윈이라서 내가 그 꼴을 보면 아주 제대로 식겁할 것 같아."

마일스는 강케한테 빌렸던 고무 가면을 주인에게 집어 던졌다.

마일스는 머리 뒤로 깍지를 낀 채 등을 대고 누워 있었다. 천장을 바라보며 이번 주에 일어났던 온갖 사건들을 머릿속으로 곰곰이 생각해보는 중이었다. 마일스의 동네는 곧 집이나 다름없는 곳이었으며, 온통 복잡한 사연으로 얽히고설킨 채 지금의 마일스를 만들어낸 공간이었다. 꽃들에 물을 주는 샤인 아줌마나 돈을 세고 또 세는 뚱보 토니, 아들과 함께 농구장으로 나가는 프렌치나 '정신을 놓는 바람에' 집에 틀어박힌 채 커튼 바깥을 엿보면서 언젠가 저 도로로 탱크가 굴러올 거라고 무서워하는 닉. 마일스야말로 동네의 모범이라고 생각하는 하우스 영감님과 이발소 사람들. 마일스에게 좋은 인생과 더 나은 기회를 주기 위해 항상 최선을 다하시는 엄마 아빠까지.

마일스는 애런 삼촌에 대해 생각했다. 애런 삼촌의 좋은 점, 애런 삼촌의 나쁜 점, 두 사람이 함께 했던 비밀스러운 일상, 그리고 두 사람이 함께 했던 비밀스러운 죽음까지. 오스틴에 대해서도 생각했다. 자기가 태어나던 순간부터 알지도 못하는 사이에 점점 아버지의 길을 따라가던 그 아이. 또 교도소장이 머릿속에 심어놓은 꿈에 대해 생각했다. 자기와 오스틴이 같이 꾸던 그 악몽들. 하얀 고양이들. 자신들이 나쁜 혈통을 타고 났다고 믿게 만들었던 그 꿈. 나빠지라고, 나쁘게 되라고 꾸게 만든 그 꿈. 사실은 다 배후가 있었던 음모.

마일스는 아빠의 세 친구에 대해 생각했다. 싱, 칼로, 그리고 존 존. 탁자에 둘러 앉아 카드를 치면서 좋았던 옛날에 대해 악담을 나누는 친구들. 그리고 이들 모두에게 각각 체임벌린 선생님이 한 명씩 붙어 학교에서 음모를 꾸미고, 누명을 씌우는 등 부당한 짓거리를 했었다. 그런 모든 생각들을 한 다음에는 앨리샤에 대해 생각했다. 할로윈 파티에 나타난 아름다운 괴물. 자기가 시조를 줬던, 살사를 엎었던 아이. 그리고 앨리샤가 그 선물을 좋아했는지, 하다못해 얼굴에 웃음기라도 띠었는지 생각해보기도 전에 마일스는 잠들어버렸다.

CHAPTER 12

마일스는 자면서도 계속 생각했다. 생각이 제대로 이어지지는 않았지만. 사실 마일스는 잠든 게 아니라 거의 탈진한 채 기절한 것에 가깝기는 했지만, 그러면서도 순탄히 잠을 자지도 못한 채 계속해서 깨어나야 했다. 심장은 미친 듯이 뛰고 머리는 빙빙 돌았으며 극심한 욕지기가 밀려왔다. 어젯밤에 그런 사실을 알아내고도, 그런 광경을 모두 지켜본 다음에도 발 뻗고 잠들 수는 없었을 것이다. 그래서 네 번째로 깨어났을 때는 이미 해가 뜨기 시작하면서 하늘이 주홍빛으로 물들 시간이어서, 마일스는 그냥 일어나버리기로 했다. 침대에서 살짝 빠져 나온 마일스는 방에서 나왔다. 복도는 온통 과자 포장지로 어지럽혀 있었으며, 어젯밤 십대 청소년들이 당분과 자존감에 한껏 취한 채 들고 날뛰었을 법한 장난감 무기와 복장의 파편들도 널브러져 있었다. 화장실에는 아무도 없었지만 여전히 눅눅했으며, 마일스는 샤워실에 들어가 물을 틀었다. 찬물이 세차게 쏟아져 나오면서 마일스의 온몸에 소름이 돋게 만들었지만 곧 점점 따뜻해졌다. 그렇게 마일스는 주변에 피어오르는 김을 지켜보면서 과연 물이 얼마나 뜨거워질 때까지 버틸 수 있을지 서 있었다.

샤워를 끝낸 마일스는 이를 닦으러 세면대로 갔다. 칫솔에 치약을 짠 다음 입에 넣고 거울을 보았다. 애런 삼촌이 보였다. 마일스는 눈을 감았다가 다시 떴다. 오스틴이 보였다. 마일스는 뒤로 주춤주춤 물러나며 고개를 흔들었다. 입에서 하얀 거품이 줄줄 흘러내렸다. 마일스가 다시 거울을 보자 자기 자신이 보였다. 세면대에 거품을 뱉었다. 세면대에 차가운 물을 받아 얼굴에 끼얹고 치약 거품을 씻어냈다. 그리고 머릿속이 대체 어떻게 돌아가든, 어떤 환영이 보이든 모조리 씻어내려 했다. 수건으로 콧잔등 아래로 묻은 물기를 닦아내며 계속 거울을 보았다. 그렇게 입과 뺨의 물기까지 닦아낸 다음 수건을 치우자, 다른 사람의 피부가 나타났다. 갈색이었던 피부는 이제 생기를 잃고 창백하게 되어 있었다. 탄력 있던 피부는 온데간데없이 사라진 채 길고 지저분한 수염이 달려 있었다.

"*이게 무슨?*" 마일스는 공포에 질렸다. 심장이 떨어지는 것 같았다. 마일스는 다시 한 번 눈을 꽉 감은 채 스스로 되뇌었다. "일어나, 마일스, 일어나." 그런 다음 손으로 뺨을 가만히 쓸어보았다… 아무것도 없었다. 그저 피부뿐이었다. 수염은 다시 사라져버렸다.

강케는 마일스가 방으로 돌아왔을 때도 여전히 잠들어 있었다. 마일스는 빠르게 청바지와 트레이닝복 셔츠로 갈아입은 다음 다시 방을 살짝 빠져 나와 아래층으로 내려갔다. 일요일 아침, 익숙한 시간대였다. 보통은 엄마와 같이 성당으로 갈 시간이었다.

"마일스, 제임스 신부님 말씀 들으러 가자." 엄마는 이렇게 말하고는 하이힐 소리를 또각또각 내면서 같이 성당으로 갈 것이었다. 그래도 마일스는 단 한 번도 성당 가는 게 내켰던 적이 없었다. 하지만 오늘만큼은 엄마 옆자리에 앉아 사탕을 받아먹고 싶었다. 그리고 둘이 같이 음정도 제대로 맞지 않는 찬송을 하고 나오고 싶어졌다. 그래서 마일스는 브루클린 비전 아카데미에 입학한 이래로 발길 한 번 돌린 적 없었던 곳으로 향했다. 바로 학교 예배당이었다.

날씨는 며칠 전처럼 좋지는 않았지만 그래도 평화롭기는 했다. 아침 햇살은 이제 먹구름에 가리고 있었다. 빗방울이 툭툭 떨어지기 시작했고, 보통 이렇게 비를 맞으면 짜증도 날 법했지만 오늘 아침만큼은 상쾌한 기분만 들었다.

예배당은 교정 반대편에 자리잡고 있어서, 마일스는 쓰레기가 어질러져 있는 포장 도로를 따라 걸으며 온통 대리석과 벽돌로 지어진 으리으리한 건물들을 지나쳤다. 아마 지금쯤이면 위니가 일하고 있을 편의점이 보였다. 한번 들러볼까 생각도 해봤지만 그냥 지나치기로 결정했다. 도서관을 지날 즈음에는 웅장한 정문 위쪽의 하얀 돌에 각인된 **'엑스 니힐로 니힐 피트'**(Ex Nihilo Nihil Fit – 아무것도 없는 데서는 아무것도 나오지 않는다)란 라틴어 문구도 보였다. 트리플리 선생님은 아마 주무시고 있을 터였다. 메리 셸리처럼 검은색 무도 드레스를 입은 사서 선생님이 책더미 사이에 몸을 웅크리고 있는 장면이 머릿속에 떠올랐다. 절로 웃음이 나왔다.

계속 걷던 마일스의 앞에 광장이 나타났다. 분수대에 빗방울이 타닥타닥 떨어지고 있었다. 마일스는 시 낭송회 하던 날을 떠올렸다. 갑자기 빗방울이 차가워지고 츄리닝 셔츠도 점점 습기를 머금으며 무거워지기 시작했다. 그래서 마일스는 계속 걸었다. 예배당은 광장 바로 너머에 있었다.

예배당은 계단 두 개만 올라가면 들어갈 수 있는 작고 하얀 건물이었다. 딱히 화려하달 것도 없이 수수했다. 교정의 웅장한 풍경과는 전혀 비할 수도 없었다. 문이 닫혀 있기는 했지만 마일스 생각에 교회란 항상 열려 있는 곳이었다. 어쩌면 안에 들어가서 고해를 좀 할 수 있을지도, 가슴 속에 묻어두었던 감정을 풀어놓고 앞으로 교도소장에게 해야 할 행동에 대해 용서를 구할 수 있을지도 몰랐다. 마일스 엄마도 아들이 제 발로 교회에 갔단 사실을 안다면 자랑스러워할 것이었다. 그러나 마일스가 계단을 올라가서 변색된 황동 문고리를 잡고 당겨봤지만 교회의 문은 열리지 않았다. 다시 한 번 당겨봐도 여전히 잠겨 있었다. 그래서 마일스는 계단을 내려와 기다렸다.

얼마 지나지 않아 사람들이 나타나기 시작했다. 하지만 조용한 장소를 찾아 기도를 하려는 학생들이 아니었다. 초록색 점프 수트와 더러운 부츠 차림으로 한 손에는 쓰레기 봉지를, 다른 한 손에는 끝이 뾰족한 꼬챙이를 들고 있는 사람들이었다. 아마 어젯밤 축제의 아수라장을 치우고 있는 미화원들이 아닌가 싶었다. 어쨌든 사방에 과자 포장지와 음료수 캔, 더 많은 과자 포장지, 더 더 많은 과자 포장지가 널려 있었으니까.

마일스는 미화원들이 꼬챙이로 종이 조각을 쿡 찍어 쓰레기 봉지로 집어넣는 것을 보았다. 일주일 전에 아빠가 미화원들을 도와서 동네 쓰레기통을 비우게 시켰던 일이 떠올랐다. 물론 마일스와 달리 이 사람들은 돈을 받고 일하는 것이었다. 하지만 마일스는 여전히 자기 동네는 자기가 책임져야 한다는 아빠의 말이 뇌리에서 가시지가 않았다. 영웅이 되려면 큰 일만 하려는 게 아니라 작은 일도 해야 한다고, 쓰레기 줍는 일부터 시작해야 한다는 말이 계속 떠올랐다. 마일스는 자리에서 일어나 미화원 한 명에게 다가갔다.

"안녕하세요." 마일스는 머리에 후드를 뒤집어쓴 채 이어폰을 끼고 있던 남자에게 말했다. 남자는 이어폰 한쪽을 뺐다.

"뭐라고?"

"안녕하세요." 마일스가 다시 말했다.

남자가 고개를 끄덕였다. "안녕." 그러고는 다시 이어폰을 꽂으려던 걸 마일스가 제지했다.

"저 죄송한데, 뭐 하나만 여쭤봐도 될까요?" 마일스가 입을 열었다. 남자는 다시 고개를 끄덕였다. "제가 도와드려도 돼요?"

"도와드려?" 남자가 코웃음을 쳤다. "야, 이 꼬마가 도와드리고 싶댄다." 남자는 나머지 동료들을 둘러보며 말했다.

"도와드린다고?" 주황색 모자를 쓰고 있던 남자가 말했다. 입가에 이쑤시개 하나를 물고 있었다. "어… 이거 쓰레기 치우는 일인 거 알지?"

"네, 알고말고요."

미화원들은 서로를 쳐다보고 어깨를 으쓱했다. 그러더니 이어폰 낀 남자가 마일스에게 꼬챙이를 건넨다. "봉지는 내가 잡으마." 이어폰이 말했다. 딱 봐도 일이 줄어서 굉장히 기뻐하는 모습이었다. "한번 훑으면서 왔으니까 기숙사로 돌아가면서 다시 한 번 훑을 거야."

"네."

그렇게 미화원들과 마일스는 함께 교정을 훑기 시작했다. 마일스에게도 이런저런 이야기를 시키기는 했지만, 마일스는 주로 다른 사람들이 주

250

말에 대해 이야기하는 걸 조용히 듣기만 했다.

"야, 피치스에서 메기 요리 먹어본 놈?" 주황색 모자를 쓴 남자가 말했다.

"피치스?" 짧지만 수북한 수염을 기른 남자가 말했다.

"그래, 피치스. 벤지가 테이블에 앉아서 기다리곤 했던 식당 있잖아. 저기 맥도너 건너편에." 주황색 모자가 설명했다. 그 이름을 들은 마일스의 귀가 확 뜨였다. '벤지, 벤지라고? 어디서 들었던 이름이더라…?' 마일스는 이마에 흘러내린 빗방울을 훔치고는 편사이즈 스니커즈 포장지를 꼬챙이로 집어 올렸다.

"그나저나 벤지는 어디 있냐? 오늘 오기로 한 거 아니었어?" 이쑤시개를 문 남자가 고개를 흔들며 물었다.

"월요일에 두들겨 맞은 꼴로 출근했던 이후로는 아무도 못 봤대. 전화도 없고 나타나지도 않는다나."

검은 수염을 기른 남자가 말했다. 마일스는 눈길을 들었다가 도로 땅바닥에 떨어져 있던 다른 쓰레기로 시선을 돌렸다. *벤지라. 아냐… 그때 농구장에 있던 사람은 아닐 거야. 그럴 리가 없어.* 마일스는 생각했다.

"또 닉스 팀(NBA 뉴욕 연고팀-옮긴이)에 입단 테스트나 보러 갔겠지." 리키라는 사람이 말했다. 키도 작은 사람이 키 큰 사이즈의 바지를 입고서 남는 바지자락을 부츠 위쪽에다 쑤셔 박은 차림새였다.

"걔 닉스 테스트는 절대 안 본댔는데." 이어폰이 말했다.

"나한테는 한 번 봤다고 했어." 리키가 말했다.

"너한테 또 뭐래더냐, 지가 세상에서 제일 키 큰 놈이라고도 하든?" 다들 와, 하고 웃음을 터뜨렸다. 마일스만 빼놓고.

"그냥 이딴 구린 일은 때려치운 거겠지." 이어폰은 마일스가 꼬챙이에 꽂힌 쓰레기를 털어버릴 수 있게 쓰레기 봉지를 열어주었다. 보슬보슬 내리던 비는 이제야 조금씩 그치기 시작했다.

"우리한테 말도 안 하고?" 이쑤시개가 물었다. "전화도 하고 다 해봤는데. 그것도 두 번이나."

"그런데도 대답이 없어?" 검은 수염이 물었다.

"없었지. 그게 벌써 며칠 전이야. 그냥 사라져버린 것 같아."

"그냥 사라졌다니 무슨 뜻이에요?" 마일스가 불쑥 끼어들었다. 사실 그럴 마음은 없었는데 자기도 모르게 말이 튀어나가고 말았다. 네 명의 환경미화원들은 마일스를 쏘아보았다.

"너 벤지 알아?" 리키가 물었다. 그 목소리는 방금 전보다 살짝 더 날이 서 있었다. 절반쯤은 진심으로 물어본 것이었지만, 나머지 절반쯤은 '네 일이나 신경 쓰라'는 뜻이 담겨 있었다.

"어… 아뇨… 전 그냥…."

그리고 마일스가 어떻게든 말을 주워섬기기도 전에 주황색 모자가 끼어들었다. "야, 알 게 뭐야. 어쨌든 피치스에서 메기 요리 안 먹어봤으면 꼭 한번 가보라고. 옥수수 가루로다가 옷을 입혀서 튀기는데 죽여준다니까." 그러더니 손을 뻗어 마일스가 쥐고 있던 쓰레기 찌르개를 건네받았다. 이제 일이 끝났다는 무언의 표시였다. 어느새 다들 기숙사 앞으로 돌아와 있었다. "너도 한번 가봐라, 꼬맹아." 주황색 모자가 마일스에게 말했다. "이 싱거운 학교에서 먹는 급식보다는 훨씬 더 맛있을 거다.

CHAPTER 13

"좋은 아침, 어… 밖에는 *해가 중천에 떴다*고 하려고 했는데 넌 푹 젖어 있네. 그럼… 좋은 아침이긴 한데 밖에는 폭풍우가 치고 있나 보구나." 강케는 방으로 돌아온 마일스를 보고 말했다. 한창 자기 자리에 앉아 시리얼을 퍼먹으면서 TV를 보던 중이었다.

마일스는 대꾸를 하지 않았다. 그냥 침대에 앉아 양손에 얼굴을 파묻었다. 벤지는 그렇게 등쳐먹어도 싼 아이가 아니었다. 그리고 벤지에게 무슨 일이 일어났는지는 몰라도 마일스는 그게 꼭 자기 탓인 것처럼, 마음속 깊은 곳에서 분명 자신의 책임인 것처럼만 느껴졌다.

"너 괜찮냐?" 강케는 마일스 쪽으로 의자를 빙글 돌렸다. 마일스는 여전히 손에 얼굴을 묻고 있었다.

"응." 마일스는 대답을 하긴 했지만 목소리가 양손에 막혀 제대로 들리지도 않았다. "예배당 갔다 왔어." 마일스는 얼굴을 들었다.

"학교 예배당?" 강케가 놀라서 물었다. "뭐야, 너희 어머니가 꿈속에 나와서 교회라도 갔다 오라셨어?" 마일스는 웃지도 않았다.

"열려 있지도 않더라고. 너무 일찍 갔나봐. 그래도 교훈은 확실히 얻었네." 갑자기 마일스는 침대에서 일어나 바닥에 쭈그려 앉더니 침대 밑으로 손을 뻗었다. 바닥을 몇 번 더듬거린 끝에 웹 슈터가 손끝에 닿았다. 웹 슈터를 침대 위로 올려둔 마일스는 다시 옷장을 뒤져 슈트를 꺼내놓았다. "그리고 이제 교훈을 전해주러 가야지."

"마일스, 지금 뭐 하는 거야?" 강케가 물었다. 마일스는 계속 슈트로 갈아입기만 했다. "마일스." 강케는 책상에 시리얼 그릇을 올려놓았다. "아직 아침 9시도 안 됐어."

"야, 다 자면서 생각해봤어. 네가 어젯밤에 조언해준 대로." 마일스는 젖은 옷을 벗어 던지고 몸을 수건으로 말린 다음, 꼭 두 번째 피부처럼 찰싹 달라붙는 슈트를 입었다. "그리고 이제 가봐야 해."

마일스는 가면을 들고 거울 앞으로 갔다.

강케가 자리에서 일어났다.

마일스는 이마로, 눈 위로 가면을 천천히 뒤집어썼다. 그런 다음 평소처럼 잠깐 눈을 감고는 눈구멍이 뚫린 자리를 시야에 제대로 맞춘 후, 눈을 뜨고 코와 입, 그리고 뺨까지 가면을 고르게 맞췄다. 다시 한 번 거울 속 자기 자신의 모습을 보았다. 스파이더맨이었다.

"그리고 네가 어제 했던 말이 맞는 것 같아. 머리만 따면 팔다리도 죽어버리지. 그 늙은이가 바로 머리야. 그리고 놈을 반드시 멈춰야 해. 놈 때문에 너무 많은 사람들이 고통 받고 있어. 우리가 아는 사람들, 우리가 모르는 사람들, 아직 태어나지도 않은 사람들까지 말야. 우리 가족, 우리 동네 사람들, 나까지… 그냥… 그냥 이 일을 해결하기 전까지는 아무것도 못 할 것 같아. 스스로도 구하지 못하는 영웅이 무슨 소용이겠어?”

“그래서 진심이야?” 강케가 물었다. 마일스를 바라보는 그 얼굴에는 웃음기가 하나도 보이지 않았고, 목소리에도 농담기가 전혀 섞여 있지 않았다. 그냥 마일스의 형제에 가장 가까운 사람인 강케의 모습이었다. 마일스를 사랑해주는 사람이었다.

“진심이야.” 마일스는 고개를 끄덕였다. “그냥 짐작하는 게 아냐. 다 제대로 알고 있는 거야. 아는 게 힘이라지.”

“그리고 큰 힘에는….”

“큰 책임이 따라.” 마일스가 끝을 맺고는 강케에게 한 손을 내밀었다. 강케는 마일스의 손바닥을 쫙, 소리가 나게 치고는 단단히 쥐어주었다. 그 눈빛도 마일스와 똑바로 맞춰주었다. 마일스는 창문을 열어젖히고는 빨간 벽돌과 파란 하늘의 보호색을 두른 채 벽에 달라붙었다.

건물을 타고 내려온 마일스는 땅으로 뛰어내린 후, 교정을 가로질러 강당으로 달려갔다. 어젯밤에 체임벌린 선생님을 따라 들어갔던 문 앞에 선 마일스는 자신이 딱 들어갈 수 있을 만큼만 문을 비틀어 열었다. 은신을 푼 마일스는 땅굴의 계단으로 뛰어들었다. 빛조차 모두 삼켜버리는 암흑이 땅굴을 뒤덮는 가운데, 발 밑에서는 물이 찰박거렸다. 마일스는 꼭 폭주하는 열차처럼 터널 속을 달렸다. 머릿속에서는 생각이 멈추지 않았다. 가족들의 이름, 정학, 삼촌, 아빠, 이웃들, 오스틴, 자신의 어깨에 달려 있는 사람들, 앞으로 태어날 사람들.

그리고 놈에게 딸린 부하들까지.

그렇게 몇 분 정도 터널을 내달린 끝에 천장으로 통하는 문이 나타났다. 마일스는 가만히 귀를 대보았다. 바깥의 들판에서 크리켓을 하는 소리가, 하늘 저 높이로 비행기가 날아가는 소리가 들렸다. 하지만 잔디 깎는 소리도, 잔디를 밟는 소리도 들리지 않았다. 마일스는 문을 밀어서 연 다음 밖으로 기어 나와 주변을 둘러보았다. 웬만한 건물보다도 더 높게 쳐진 울타리가 감옥 뒤쪽의 돌벽을 두르고 있었다.

마일스는 저택을 향해 달려가 어젯밤에 엿보았던 바로 그 창문으로 다가갔다. 그러고는 공격 명령을 기다리는 군인처럼 몸을 숙인 채 기다렸다. 교도소장이 있었다. 정장 바지와 하얀 셔츠 차림으로 커다란 안락의자에 앉아 찻잔을 들이키고 있었다. 창문을 통해 들어온 햇빛이 장식장의 수정 장신구들을 통해 벽에 비치면서 예쁜 무지갯빛을 만들어내고 있었다. 아마 다른 때였다면 아름다워 보인다고 느껴졌을 것이다. 미술관에라도 전시될 만한 모습이었다.

의자 뒤에서 눈처럼 하얀 고양이 한 마리가 기어 나와서는 안락의자 위로 뛰어 올라 노인의 다리에 몸을 부볐다. 노인도 고양이의 털을 부드럽게 쓰다듬어주었다. 마일스는 고양이가 입맛을 다시면서 만족스레 가르랑거리는 소리를 들을 수 있었다. 그러더니 입을 쫙 벌려 이빨을 내보이면서 하품을 했다. 참 몽환적일 정도로 다정한 광경이었다. 부자 노인이 애완 고양이와 함께 보내는 일요일 아침이라니. 마일스는 언제나 애완동물을 키우고 싶었다. 그래도 고양이가 아니라 개가 더 좋았다. 하지만 아빠는 개를 키우는 걸 꼭 애를 하나 더 키우는 것처럼, 먹일 입이 하나 더 늘어나는 것처럼 굴었다. 산책은 누가 시켜줄 건데? 또 물리면 어쩔 거냐, 마일스? 그리고 마일스가 내 개는 안 물 거라고 항변을 하면 아빠는 이빨이 있다면 다 문다고 일축했다.

저렇게 귀여워 보이는 고양이도 이빨은 있었다. 겉보기에는 구겨놓은 종이처럼 무력해 보이는 노인도 마찬가지였다. 분명 이빨이 있었다. 그것도 지금 뭘 마시던 중에 찻잔에 퐁당 빠진 것 같았는데, 손가락을 찻잔에 넣고 휘휘 젓더니 무슨 얼음조각처럼 보이는 이빨을 하나 꺼내는 것이었다. 마일스는 교도소장이 그렇게 찾은 이빨을 윗잇몸의 빈자리에 갖다 대고 엄지로 밀어 넣는 광경을 똑똑히 보았다. 역겹기 그지없었다.

토 나오네. 마일스는 부르르 떨었다. 바로 그때 교도소장이 창문 쪽을 바라보았다. 마일스는 아직 은신을 하고 있었지만 왠지 창틀 밑으로 몸을 숨겨야 할 것 같았다. 하지만 자신의 모습이 잔디, 하늘, 돌, 그리고 저 뒤의 정문으로나 보일 거란 사실을 깨닫고는 멍청한 짓을 했다고 생각했다. 교도소장이 옆의 탁자에 찻잔을 올려두고는 자리에서 일어서자 고양이도 무릎에서 바닥으로 뛰어내렸다. 창문으로 걸어온 교도소장은 그 앞에 서서 바깥의 거대한 콘크리트 건물, 감옥을 둘러싸고 있는 들판을 바라보았다. 감옥의 구석에서는 확장 공사가 한참 진행되고 있었다. 소장은 그런 건물을 마치 새로 뽑은 멋진 차나 너무나 자랑스러운 자식처럼 쳐다보았다. 마일스는 소장 바로 앞에 선 채 유리 너머로도 똑똑히 보이는 피부로부터 풍기는 연륜의 냄새를 맡았다. 땀과 흙의 냄새였다. 하지만 마일스는 걱정하지 않고 고양이 쪽으로 주의를 돌렸다. 고양이라면 자신을 볼 수 있을 터였다. *얌전히 있어라, 고양아. 얌전히 있어.* 고양이는 마일스를 바라보고 있었다. 며칠 전에 닉네 집 현관에 있던 고양이와 똑같이 생긴 녀석이 꼬리를 앞뒤로 흔들고 있었다. 갑자기 고양이는 마일스 쪽을 바라보더니 꼭 경계라도 하듯이 등을 높이 치켜든 채 온몸의 털을 빳빳이 세우고 하악질을 하기 시작했다. 얌전히 있으라니까, 고양아. 마일스는 속으로 중 얼거리며 손가락 하나를 입술에 갖다 대 쉿 하는 모습을 보였다. 교도소장 은 한 걸음 물러나더니 마일스의 눈에 시선을 똑바로 맞추었다. 그 얼굴은 심히 불쾌한 감정으로 굳어져 있었다.

아니, 잠깐만. 날 볼 수 있을 리가 없는데….

하지만 볼 수 있었다. 무슨 재주인지는 모르겠지만 교도소장도 마일스 를 볼 수 있었다. 별안간 교도소장이 달리기 시작했고, 고양이도 안락의자 뒤로 뛰어 들어갔다. 마일스는 몇 걸음 뒤로 물러났다가 마치 인간 탄환이 된 것처럼 창문을 뚫고 뛰어들었다. 산산조각 난 유리창이 방 안으로 온통 튀면서 사방에 파편이 날렸고, 안으로 뛰어든 마일스는 앞으로 한 바퀴 굴 러 일어서서는 그대로 돌격했다. 덕분에 교도소장이 벽에 걸린 채찍을 쥐 기도 전에 간신히 따라잡을 수 있었다. 그 어깨를 쥐자 어찌나 앙상했는지 꼭 천으로 감싼 손잡이라도 쥐는 느낌이었다. 마일스는 그대로 노인의 몸 을 돌렸다.

당황한 교도소장은 마일스의 얼굴을 향해 마구잡이로 주먹을 휘둘렀 다. 마일스는 주먹을 피하며 뒤로 물러나는 바람에 소장에게 공간을 내주 고 말았다. 그러자 교도소장은 곧장 싸울 자세를 취했다. 엣날 무술마냥 양손을 들고 흔드는 꼴이 꼭 살사 춤이라도 추는 것 같았다.

"이런 명청한 놈, 내가 널 못 볼 줄 알았나?" 소장은 여전히 경계를 늦추 지 않으며 말했다. "수백 살쯤 먹으면 슬슬 다른 시야가 생기기 마련이지. 아무것도 없어 보여도 다 포착해낼 수 있다, 이 말이야." 소장은 입술을 비 틀어 비웃음을 띄웠다. 나무처럼 말라비틀어진 이빨이 듬성듬성 달려 있었다. "예를 들면 *기회* 같은 것도." 그러더니 소장은 마일스를 향해 달려들었다. 그 주먹은 마일스의 예상보다 훨씬 빠르고 강하게 날아왔다.

왼쪽, 왼쪽, 숙이고. 그러더니 소장은 놀랍게도 마일스의 턱을 깔끔하게 올려 쳤다. 마일스는 혀를 깨물고 말았다. 이빨이 살점을 파고드는 소리가 들렸다. 입 안에 피가 퍼지면서 타는 듯한 고통이 찾아왔다. 마일스가 정신을 차리기도 전에 소장은 주먹 두 방을 더 날리면서 마일스의 코를 강하게 후려쳤다. 교도소장의 몸놀림과 힘에 완전히 기습을 당한 마일스는 두 귀가 윙윙 울리고 눈가도 촉촉히 젖어 드는 것 같았다. *이 양반 나이가 수백 살이라며? 뭐 이렇게 팔팔해?* 하지만 딴생각을 할 겨를이 없었다. 소장은 다리를 앞쪽으로 냅다 질러 마일스의 가슴팍에 꽂아 뒤쪽의 거대한 문까지 날려버렸다. 그러더니 마일스에게 계속해서 달려들어서는 웬만한 권투 선수도 따라 하지 못할 주먹질을 연달아 날렸다. 마일스는 공격을 최대한 막아보려고 애쓰다가 옆의 탁자에 놓여 있던 전등, 빨간색, 초록색, 그리고 보라색이 어우러진 스테인드글라스 전등갓이 씌워진 전등을 집어 교도소장의 머리에 냅다 내리쳤다. 전등갓의 유리가 박살나면서 마치 아이스크림에 뿌린 오색 설탕가루 같은 파편이 튀었다. 마일스가 꾸었던 악몽과 정확히 똑같았다.

하지만 완전히 똑같지는 않았다.

소장이 바닥에 쓰러지자 마일스는 거미줄을 쏘아 바닥에 묶어두려 했다. 하지만 웹 슈터에서는 거미줄 액체가 조금 새어 나오고 말았을 뿐이다. 아, 망할. 하필 지금…. 소장은 다시 씨익 웃으면서 뒤로 한 바퀴 굴러 벌떡 일어났다. 그 잿빛 얼굴에서는 피가 흘러내리고 있었지만 그 색은 빨갛지 않았다. 파란색이었다. 게다가 찐득했다. 그런 피가 하얀 셔츠와 타

259

일 바닥으로 온통 흘러내렸다.

마일스는 다시 거미줄을 쏘려 했지만 허사였다.

"이런 멋진 광경을 봤나." 소장이 얼굴에 흘러내리는 피를 손가락으로 문지르며 말했다. "거미줄도 없는 거미가 어떻게 될까? 거미라는 이름이 어울리기나 할까?" 그런 다음 마일스가 공격에 나서기도 전에 소장은 두 팔을 날개처럼 펼쳐 양쪽의 벽을 단단히 붙잡았다. 꼭 모든 게, 이 방과 바닥, 의자, 그림, 피, 유리, 심지어 마일스 자신까지도 뭔가 괴상한 천 자락에 비춘 기괴한 풍경인 것처럼 느껴졌다. 진짜가 아닌 것처럼, 금방이라도 붙잡고 접어버릴 수 있는 것처럼. 그리고 예감은 정확히 맞아 떨어졌다. 교도소장은 방의 양옆, 뭔가 균열 같은 걸 쥐더니 마치 장막을 걷듯이 현실 그 자체를 접어버렸다. 세상을 점점 더 작게, 더 작게 접더니 끝내는 손에 쥐고 있던 방 전체를 마일스에게 겹쳐버렸다. 잠시 사방이 깜깜해졌다. 그러다 소장이 손을 다시 펼치자 마일스의 정신도 돌아왔지만, 자신이 어디에 있는지는 전혀 알 수가 없었다. 아니, 자신이 누군지조차 알 수가 없었다. 그는 슈트의 가슴팍을 쓸어보았다. 낯선 거미줄무늬가 그려져 있었다. 마일스는 자신의 이름도, 출신도, 자신이 쫄쫄이를 차림으로 생전 본 적도 없는 장소에 떨어져 뭘 하고 있었는지도 기억나지 않았다. 꼭 자기가 지워져버린 것 같았다. 리오도, 제퍼슨도, 애런도, 강케도 없는 것처럼. 스파이더맨도 없는 것처럼. 완전한 백지 상태였다.

교도소장은 마일스가 방 안을 멍하니 방황하고 있는 순간을 놓치지 않고 달려들었다. 마일스는 소장을 볼 수도 없었지만 그 공격은 고스란히 느낄 수 있었다. 신장으로, 갈비뼈로, 가슴팍으로, 그리고 턱으로 주먹이 날아들었다. 마일스는 정신없이 두들겨 맞으면서도 무의미하게 양팔을 휘두르며 있지도 않은 무언가를 주먹으로 치려 했다.

다행히 이런 최면은 15초 정도밖에 지속되지 않았다. 곧 마일스는 정신을 차렸다. 자신의 현실이 되었던 백지 공간이 다시 펼쳐졌다. 꼭 부채가 펼쳐지면서 그 안에 접혀 있던 아름다운 풍경과 풍성한 색상, 그리고 생명들을 드러내 보이는 것 같았다. 사실 지금 펼쳐지는 풍경은 마일스가 보기에 썩 아름답지 않았지만. 마일스는 자신이 누군지, 또 뭘 하고 있었는지 모든 기억을 가진 채 다시 소장의 방으로 돌아왔다. 애초에 떠난 적도 없었던 거다. 꼭 CCTV를 껐던 때 같았다. 아무도 눈치채지 못한 시간의 간극이 생겼던 것처럼. 물론 이번에는 아무도 눈치채지 못했던 그 간극에 자신이 갇혀 있었지만.

바로 그때 교도소장이 다시 눈에 들어왔다. 벽에 걸려 있던 자신의 채찍으로 손을 뻗치는 모습이었다.

"네 삶은 악몽이야!" 소장이 채찍 다발을 손에 쥔 채 노호했다. "네가 그걸 바꿀 방법은 없다." 하지만 그걸로 마일스를 갈기는 대신, 소장은 채찍을 마일스에게 통째로 집어 던졌다. 물론 마일스는 그냥 한 걸음 물러나서 손쉽게 피해버릴 수 있었다. 피하기란 간단했다. 하지만 미처 물러나기도 전에 마일스에게 날아오던 채찍의 손잡이는 갑자기 진짜로 꼬리 9개 달린 고양이로 변해버렸다. 근처에서 볼 수 있는, 또 소장의 의자 뒤로 숨어버린 여느 자그마한 고양이가 아니었다. 그보다는 곰보다 덩치가 두 배는 더 큰 거대한 야수가 마일스를 덮쳤다. 등을 둥글게 곧추세운 채 뾰족한 가시 같은 털을 빳빳하게 세우고 있었다. 그 몸집이 얼마나 컸는지 교도소장 관사의 천장이 어지간히 높지 않았더라면 그 털이 천장 구멍을 숭숭 뚫어버릴 뻔했다. 마일스는 그 야수와 눈싸움을 벌이며 천천히 움직였다. 놈은 금방이라도 자신을 덮쳐 찢어발길 기세였다. 꼬리 아홉 개가 방 안을 누볐으며, 털은 꼭 면도날 같았던 데다 그 끝자락은 단단하고 뾰족하게 날이 서 있었다. 마치 고양이를 닮은 용이 꼬리를 위협적으로 흔들며 금방이라도 달려들 기세였다.

"야옹아, 이리 온." 마일스는 도발을 하면서도 목을 옆으로 쭉 빼 교도소장에게서 시선을 떼려 하지 않았다. 고양이의 이빨과 꼬리를 보고, 다시 교도소장이 방을 가로질러 제퍼슨 데이비스의 그림 쪽으로 달려가는 모습을 보았다. 고양이가 하악거리더니 앞발을 휘둘렀지만, 전력을 다한 공격이라기보다는 그저 먹잇감을 시험해보려는 견제인 것 같았다. 마일스는 마치 연체동물처럼 유연하게 몸을 뒤로 구부려 자신의 몸통을 노리던 발톱을 피했지만, 슈트가 살짝 스치면서 조금 갈라지고 말았다. 소장도 놓치지 마. 마일스는 스스로에게 되뇌이며 구석으로 피신했다. 슈트가 찢어진 곳을 만져보니 살갗이 드러나 있었다. 피도 조금 났다. 발톱이 피부에는 거의 닿지 못한 것이다. 소장도 놓치지 마. 마일스는 한쪽 눈을 여전히 거대 고양이에게 고정하면서도 다른 한쪽 눈으로는 소장이 거대한 제퍼슨 데이비스 초상화를 옆으로 치워 벽에 달린 비밀 레버를 드러내는 모습을 보았다. 그 레버를 당기자 귀청 찢어지는 듯한 경보가 울렸다. 감옥에서 사용하는 것과 똑같은 소리, 전기의자 형을 집행하는 듯한 바로 그 소리였다. 간수들을 부를 때 쓰는 경보였다. 마일스는 침을 꿀꺽 삼켰다. 저게 자신에게 좋은 소리, 좋은 징조일리는 없었다. 하지만 그렇다고 눈앞에 있는 적을 물리치지 못하리라고는 생각하지 않았다. "야옹아, 이리 온. 야옹, 야옹." 마일스는 다시 고양이를 도발했다.

그러면서 본능적으로는 다시 투명하게 은신하려 했지만 곧 아무 소용이 없다는 사실을 다시 되새겼다. 고양이는 투명한 상태의 마일스도 여전히 볼 수 있는데다, 소장도 당연히 볼 수 있을 것이었다. 마일스는 유일한 희망이란 저 꼬리들을 이용하는 것뿐이란 걸 깨달았다.

그래서 마일스는 고양이가 자신에게 달려들도록 유도했다. 그게 먹혔다. 녀석은 앞발을 강하게 휘둘렀지만 마일스가 잽싸게 벽에 달라붙어 그 공격을 피한 덕분에 바닥에만 깊게 할퀸 자국이 남았다. 마일스는 구석에서 폴짝폴짝 뛰어다니며 주위를 빙빙 돌았고, 고양이 역시 마일스가 딸랑이 장난감이라도 되는 양 계속해서 앞발을 휘둘렀다. 하지만 단 한 대도 맞지 않자 애꿎은 벽에만 살벌한 호랑이 발톱 자국이 남았다. 이제 완전히 짜증이 난 고양이는 꼬리로 성가신 상대를 후려치려 했지만 마일스는 그것도 피했고, 꼬리는 그대로 벽에 틀어박히고 말았다. 면도날 같은 꼬리가 석벽에 그대로 고정되어버린 것이다. 고양이는 또 다른 꼬리를 휘둘렀지만 또 빗나갔다. 또 하나의 꼬리가 묶였다. 그렇게 꼬리가 하나하나 제압되기 시작했다. 마일스는 방 이곳저곳을 뛰어다니면서 날카로운 꼬리들을 유도하여 죄다 벽과 천장에 박아서는, 그 거대한 야수가 옴짝달싹 못하게 만들어버렸다. 곧 고양이는 사방에 꼬리를 박은 채 그 거대한 체구가 완전히 발이 묶여버렸다. 그렇게 괴물 고양이는 날카롭게 한번 위협을 하더니 다시 채찍으로 돌아가버렸다.

"당신은 날 이기지 못해!" 마일스는 채찍을 쥐려 달려드는 교도소장에게 외쳤다. 그러고는 벽을 박차 양발로 소장의 가슴팍을 냅다 걷어차 데이비스의 초상화에 처박아버렸다. 아까 당한 것을 제대로 갚아준 셈이다. 거대한 액자가 벽에서 기우뚱, 하더니 소장에게 뚝 떨어져버렸다. 액자 틀이 소장의 목을 강타했고 그림이 몸을 완전히 뒤덮었으며, 죽 늘어난 캔버스도 노인의 머리를 완전히 감싸버렸다. 소장이 초상화의 잔해를 헤치고 나왔을 때는 이미 마일스가 채찍을 집어 든 후였다.

"그걸로 뭘 할 수 있는지도 모르면서. 넌 그걸 쥘 자격이 없어." 교도소장이 듬성듬성한 이빨을 내보이며 일갈했다. 그러고는 혀를 바깥으로 빼물더니 바닥에 파란색 점액을 토해놓았다. "네 자신이 누군지도 모르지 않느냐." 마일스는 자기 몸을 때리지 않도록 조심조심 채찍을 휘둘러보면서 교도소장에게 다가갔다. "내가 누군지도 모르는 놈이!" 그리고 교도소장의 얼굴은 마치 텔레비전에서 채널을 바꾸듯 변화하기 시작했다. 처음에는 마일스 아빠로. 그다음에는 오스틴의 얼굴로. 제퍼슨 데이비스로. 이번에는 애런 삼촌의 얼굴로. "넌 나랑 똑같아!" 다시 교도소장으로 돌아왔다. "버러지 같은 놈! 엄지로 눌러 죽여 마땅할 놈 같으니." 교도소장은 키득거리며 광소를 터뜨리더니 다시 양팔을 뻗쳐 방을 붙잡고는, 이 공간을 꼭 스티커처럼 현실로부터 떼어내기 시작했다. 이번에 마일스는 저택의 커다란 창문 중 하나로 변해버렸다. 심장이 미친 듯이 뛰고 머릿속이 빙빙 도는 가운데 마음속으로는 이게 다 현실일 리가 없다고 되뇌었다. 이건 꿈도 아니고 그저 악몽 속에서 깨어나 꾸는 또 다른 악몽일 뿐이라고. *깨어나. 무슨 소리야, 깨어나 있는데. 이미 깨어나 있다고.* 바깥의 들판에서는 체임벌린들이 저택으로 달려오는 모습이 보였다. 체임벌린 한 부대가 쳐들어오고 있었다. 마일스는 자신에게 다가오는 악당들에게서 시선을 거두고 창문에 비치는 자신의 모습에만 집중했다. 교도소장이 다시 세상을 접으리란 것을 이미 알고 있었으니 미리 대비해두는 편이 좋을 것이었다. 그래서 마일스는 유리창에 흐릿하게 비치는 자신의 모습, 햇빛 사이로 반사되는 검고 빨간 가면의 윗부분만 바라보았다.

그러더니… 짝!

온통 어두워지더니 다시 온통 하얘졌다. 공백 그 자체였다. 꼭 마일스가 진공 공간으로 빨려나간 것 같았다. 메아리치는 방이었다. 마일스의 귓가에 콧노래가 들리더니 귀를 찌르는 듯한 소리로 점점 커지다 갑자기 뚝, 멈춰버렸다.

조용히 해. 내 말 들려? 여보세요? 들리니? 우리 말이 들려? 잘 들어봐. 귀를 기울여봐. 우리의 이름은 애런, 오스틴, 베니, 닉, 사이러스, 존, 칼로, 셔먼, 벤지야. 우리의 이름은 리오, 프렌치, 위니, 앨리샤야. 우리의 이름은 마일스 모랄레스야. 우리는 16살이야. 우리는 브루클린 출신이야. 우린 스파이더맨이야.

암전.

이 모든 건 다 우리 마음속에 있어.

암전.

이 모든 건 다 네 마음속에 있어.

이 모든 건 다 네 마음속에 있어….

그러더니 빛이 돌아왔다. 찰나간의 시간, 눈 한 번 깜박할 시간밖에 지나지 않은 것 같았다. 마일스는 아직도 저택에 있었다. 손에는 아직도 채찍이 쥐어져 있었다. 아직도 창문에 비친 자신의 모습을 바라보고 있었다. 바뀐 것은 없었다.

"이게 무슨?" 교도소장은 마일스의 마음을 뒤집어놓으려던 시도가 다시 실패한 것을 보고는 고개를 흔들며 뒤로 물러났다. 마일스는 씩 웃었다. 하지만 그 미소는 오래 가지 못했다. 저택을 둘러싸고 있던 체임벌린들이 아까 뚫린 창문으로, 현관으로, 박살낸 문으로 좀비 떼처럼 쳐들어오려 했기 때문이다.

마일스는 저들을 모두 당해낼 수 없으리란 걸 잘 알았기에 다시 교도소장에게 달려들었다. 여전히 한 손에는 채찍을 단단히 쥔 상태였다. 가시 돋친 채찍 다발이 덜렁거렸다. 마일스는 다시 한 번 채찍을 약하게 휘둘렀다.

"그러지 마." 교도소장은 한 손을 들어 올린 채 말했다. 마일스는 여전히 채찍을 휘두르며 앞으로 다가갔다. "넌 지금 네가 무슨 짓을 하는지도 몰라, 이 애송아. 알지도 못하는 힘을 휘두르고 있는 거야!" 교도소장은 마일스가 채찍을 휘둘러 프로펠러처럼 빙빙 돌리는 모습을 보며 소리쳤다. 윙윙 공기를 가르는 소리가 점점 더 커졌다. 마일스는 더 다가가지도 않은 채 채찍을 놓아버렸다. 채찍은 마일스가 휘두르던 힘을 그대로 받아 방 건너편으로 날아가, 아까 교도소장이 던졌을 때처럼 공중에서 고양이로 변했다.

바로 그때 문이 쾅, 하고 열리면서 체임벌린들이 진지를 습격하는 군인들처럼 뛰어 들어왔다. 마침내 깨진 창문을 뚫고 들어오는 자도 몇 명 있었다. 마일스는 싸울 자세를 취한 채 어떤 체임벌린이 제일 먼저 달려들든 반격할 준비를 했다.

"도와줘!" 교도소장이 외쳤다. 하지만 누구 하나 움직이기도 전에 거대한 고양이가 노인을 꼬리로 꿰뚫어버렸다.

체임벌린들은 모두 얼어붙었다. 고양이가 또 다른 꼬리로 교도소장을 찔렀다. 또 다른 꼬리가 뒤따랐다. 그렇게 고양이 꼬리가 차례차례 노인의 몸을 꿰뚫으면서 그의 친구, 제퍼슨 데이비스가 오래도록 걸려 있던 바로 그 자리에 교도소장을 못박아버렸다.

정적이 흘렀다. 고양이도, 체임벌린들도, 마일스도 아무도 소리를 내지 않았다. 오래된 괘종시계조차도 소리를 내지 않았다. 세상의 모든 소리가 사라진 것 같았다. 그러더니 교도소장이 마지막 호흡을 폭풍처럼 요란하게 내뱉었다.

꼬리 아홉 달린 고양이 괴물의 털이 폭사되며 눈보라처럼 방을 뒤덮었고, 그 자리에 남은 것은 애완 고양이 한 마리뿐이었다. 채찍은 온데간데없었다. 체임벌린들은 잠시 제정신을 차리지 못하고 있었고, 마일스는 반사적으로 은신 능력을 사용했다. 체임벌린들은 혼란스럽다는 듯이 서로를 쳐다보았지만 아무 말도 하지 않았다. 그냥 저택 바깥으로 나가 들판을 향해 걸어갔다. 마일스는 문간에 선 채 그런 체임벌린들과 멀리 보이는 감옥, 그리고 자기 다리에 사랑스럽게 몸을 문대고 있는 하얀 고양이 두 마리를 지켜보았다.

CHAPTER 14

기숙사 방의 창문으로 기어 올라간 마일스는 방 안으로 굴러 떨어졌다. 그 모습을 본 강케는 기겁을 하고는 한창 플레이 중이던 닌텐도 게임을 멈추고 마일스에게 달려가 일으켜 세웠다.

"이런 세상에, 제대로 두들겨 맞았나 보네." 강케가 마일스를 부축하며 말했다.

"어, 뭐, 그래도 내가 훨씬 더 많이 패줬어." 마일스는 아파 죽겠지만 대답은 해준 다음 얼굴에서 가면을 벗었다. "그놈 되게 이상했어. 은신한 상태였는데도 날 볼 수 있더라고. 날 똑바로 쳐다봤어. 자기만큼 나이를 먹으면 사람들이 생각지도 못한 곳에서 다양한 걸 볼 수 있다나."

"야, 진짜 체임벌린네 대장이나 할 만한 소리다. 우리 체임벌린 말이야.

맨날 이상한 소리만 뱉어놓잖아. 그게 대체 무슨 소리래?"

"내 얼굴을 똑바로 쳐다보더니 나더러 *기회*랬어." 마일스는 고개를 흔들었다. "*내가 기회*라는 소리 같았어."

"기회는 기회인데 지가 두들겨 맞을 기회였나 보지." 강케가 주먹 인사를 내밀었지만 마일스는 손목이 워낙 시큰거려 받아줄 엄두가 나질 않았다. "제대로 패준 거 맞지?"

마일스는 고개를 끄덕였다. 강케는 만족스러운 표정이 되어 의자에 길게 기대어 앉았다. 조금 자랑스러워하는 것 같기도 했다.

마일스는 강케에게 나머지 이야기를 해주었다. 교도소장이 뭐라고 했는지, 자기 마음을 어떻게 갖고 놀았는지, 아홉 꼬리 달린 고양이 괴물과 싸웠던 이야기에다 체임벌린들을 마치 좀비 개떼처럼 부렸던 것까지 전부.

"근데 싸움이 끝나니까 그냥 가버리더라고. 꼭 다들 꿈에서 깬 것 같았어. 몽유병 때문에 밖으로 나다니다가 갑자기 집으로 돌아가고 싶어진 것 같은 느낌? 굉장했어." 마일스는 고개를 살짝 흔들었다. "근데 내가 정말 놀랐던 점은, 아직도 마음에 걸리는 점은 그 체임벌린들이 아무 말도 하지 않았다는 거야. 자기들이 어쩌다가 감옥 뒤에 있는 박살 난 저택으로 오게 되었는지 궁금해하지도 않았어. 교도소장이 걸었던 최면 같은 데서 깨어난 다음에는 그냥 다들 떠나버렸을 뿐이야. 그러니까 만약… 만약에 그 최면이 완전한 조종이 아니었던 게 아닐까? 그러니까 다들 자기가 어디 있는지 알고 있으면 별로 놀라지도 않았겠지. 그럼 정신을 완전히 조종당한 게 아니란 셈이잖아? 정신 조종은 어느 정도만 작용했고 또 어느 정도는… 모르겠다. 본인의 의지도 좀 작용했던 게 아니었나 싶어."

"아니면 그 정신 조작이 아직 완전히 풀리지 않았을 수도 있지. 효과가 완전히 사라지려면 시간이 좀 걸리는 걸지도 몰라. 그리고 내일이면 다들 보통 사람인 것처럼 깨어나는 거지. 이번 일에 대한 기억은 완전히 없어진 채로." 강케가 의견을 내놓았다.

"음. 그럴지도 모르겠다." 마일스는 곰곰이 생각하다 한마디 덧붙였다. "아무튼 완전 미쳤었어."

"그랬던 것 같다." 강케도 맞장구를 치며 마일스의 상처를 살펴보았다. "아, 맞다. 있지…." 강케는 게임 패드가 덜렁덜렁 매달린 의자를 옆으로 치우고 책상 쪽으로 갔다. "네가 나가서 한바탕 하는 동안…." 강케는 상처 를 가리키며 말했다. "네가 죽을지도 모른다는 생각을 하기가 싫어서 일 부러 게임에 정신을 팔고 있었단 말이야. 그래서 벽돌도 부수고 파이프도 들어가면서 놀고 있었는데… 생각해보니 너도 똑같은 거 하고 있었겠구 나. 우연 좀 쩌네. 어쨌든 게임이나 하고 있었는데 갑자기 누가 방문을 쾅 쾅 두드리는 거야. 무서워 죽을 뻔했잖아. 진짜 *네가* 열어놓고 나갔던 창 문으로 뛰어내릴 뻔했다니까."

"그게 누구였는데?" 마일스는 얼굴 여기저기를 손으로 살짝 눌러보며 멍든 데가 없는지 살펴봤다.

"앨리샤."

손이 뚝 떨어졌다. 마일스는 강케를 홱 돌아보았다. 생생하게 살아 있는 눈빛이었다. "이걸 너한테 주라더라." 강케는 접힌 종이 한 장을 마일스에 게 주었다.

마일스는 방 건너편으로 건너가다가 게임 패드 코드에 걸려 넘어지는 바람에 하마터면 죽을 뻔했다. 온 삭신이 쑤셨지만 아무 상관없었다. 냅다 낚아챈 종이에서는 백단향 향기가 은은하게 풍겼다.

그래, 백단향 맞아. 그리고…

나도 널 본단 걸 몰랐겠지. 창문에 숨어 날 바라보는 네 모
습, 네 자신을 바라보며 시에서 의미를 찾으려는 네 모습.

하지만 너도 알잖니, 시란 결과가 아니라 시작이란 것을.

마일스는 그날 내내 강케와 함께 비디오 게임을 했다. 일주일 동안 엄두
도 못 냈던 일이었다. 그리고 게임을 하는 중간중간마다 시를 다시 읽거나
종이에 묻은 냄새를 괴짜처럼 킁킁거리며 맡기도 했다. 그리고 그날 밤에
는 한 번도 안 깨고 다음날까지 푹 잘 수 있었다. 악몽도 없고, 식은땀도 흘
리지 않고, 천장에 들러붙지도 않고, 죽은 삼촌도 보이지 않았다. 그냥 푹
잤다.

강케는 이미 일어나 있었다. 마일스가 일어났을 때는 가슴팍에 핸드폰
을 올려둔 채 천장을 멍하니 바라보고 있었다.

"야." 마일스가 불렀다. "괜찮냐?"

강케는 고개를 옆으로 천천히 돌리고는 살짝 고개를 끄덕였다. "방금
부모님한테 문자 보냈어."

"그래?" 마일스는 입가에 들러붙은 침 자국을 슥, 닦아냈다. 자면서 침
까지 흘린 걸 보니 제대로 잔 게 틀림없었다.

"응. 단톡으로 두 분한테 동시에."

아… 이런. 마일스는 생각했다. 자기가 아는 강케라면 분명 별 말도 안
되는 애드립을 쳤거나 지금껏 보아온 대로 마음속에 꾹꾹 눌러 담았던 감
정을 모조리 폭발시켰을 것 같았다.

"아… 이런." 마일스는 그냥 대놓고 말하기로 했다. "뭐라고 했는데?"

강케는 씩 웃더니 다시 고개를 위로 돌려 천장을 바라보았다.

"그냥 사랑한다고 했어."

"그게 다야?" 마일스가 물었다.

"응." 강케는 고개를 끄덕였다. "그랬더니 우리도 사랑한다고 답장하시더라." 강케의 눈이 물기로 빛났다. 하지만 흘러내리기 전에 깜빡여서 걷어내버렸다.

마일스는 일어나 앉았다. 아직도 온몸이 뻐근했다. 허벅지가 가려워서 긁어보니 다리 사이에 앨리샤의 편지가 끼어 있었다. 마일스는 편지를 다시 펼쳐 대충 스무 번째로 읽고는 편지지에 얼굴을 묻었다. 강케를 웃겨야겠다는 걸 알고 있었으니까. 강케는 항상 무거운 분위기를 한 방에 날릴 수 있는 방법을 알고 있는 아이였다. 그러니 이젠 마일스가 보답을 할 차례였다.

"나도 널 사랑해, 앨리샤." 마일스는 일부러 높은 톤으로 끽끽거리며 말했다. "진짜, 진짜 사랑해." 그러더니 편지지에 입을 두 번, 세 번 연거푸 맞추고는 소리를 질렀다. "나 살사 엎었다 강케! 엎었다고! 살사 엎었다고! 웨파!"

강케의 얼굴에 미소가 번졌다. 그거면 충분했다.

블로퍼스 선생님의 수업에 간 마일스는 교실 바깥에 앨리샤가 위니, 던, 그리고… 강케와 함께 서 있는 모습을 발견했다. 강케는 마일스를 보더니 평소처럼 얼굴 전체로 커다란 미소를 지어 보였다. 그러더니 정말 수상쩍게 손을 흔들어 보이는 바람에, 마일스는 텔레파시로 자신의 절친에게 가운데손가락을 들어 보이는 생각을 전달하려고 최선을 다해보았다. 그러면서 친구들에게 다가가는 와중에도 계속 심호흡을 하면서 자신의 마음을 최대한 안정시키려 했다.

여어!는 어떨까. 마일스는 생각했다.

아냐, 그냥 안녕이라고 할까. 기껏 생각을 바꿨지만 별로였다. 이런 상황에서도 친구들은 점점 더 가까워지고 있었다.

별일 없었어? 아냐, 너무 친한 척인가. 그래도 쟤는 할렘 출신인데. 그럼… 또 모르겠는데.

그즈음에는 이미 친구들 앞에 와 있었다. 앨리샤 앞에 와 있었다.

"안녕." 마일스가 웅얼거렸다.

"여어, 마일스." 위니가 먼저 입을 열었다. 그런 다음 던과 같이 교실로 들어가버렸다.

"안녕, 마일스." 강케가 말했다. 눈썹은 찡긋찡긋, 입술로는 웃음을 억지로 눌러 참고 있었다. 마일스의 표정을 본 강케는 엄지를 척, 들어 보이더니 뒷걸음으로 물러났다.

"별일 없었어?" 앨리샤가 입술을 배배 꼬며 물었다.

"난… 어… 편지 받았어. 네가 쓴 시." 꼭 자동차 엔진을 통째로 삼킨 듯이 뱃속이 부글거렸다.

"나도 네 편지 받았어." 앨리샤가 대답했다. 그 목소리는 따스하고 자신감이 넘쳤지만 마일스는 귀에는 살짝 떨리고 있는 것처럼 들렸다. "좋더라."

"너도 좋았어. 아니, 내 말은 그러니까—"

"백단향인 줄은 어떻게 알았어?" 앨리샤는 씩 웃으면서 마일스의 늘어지는 말을 잘랐다.

마일스가 대답을 하기도 전에 블로퍼스 선생님이 교실 밖으로 고개를 쏙 내밀었다. "좀 있으면 수업 종 칠 텐데. 들어올 거니?"

"선택권이 있긴 한가요?" 앨리샤가 까칠하게 물었다.

"선택권이야 언제나 있지." 블로퍼스 선생님이 윙크를 했다.

블로퍼스 선생님의 수업이 끝나고 점심을 먹으러 매점으로 가던 마일스는 복도에서 체임벌린 선생님을 보았다. 물론 체임벌린 선생님이 학교로 다시 올 공산이 크다는 건 알고 있었다. 오지 못하란 법이 또 어디 있겠는가? 하지만 마일스가 알지 못했던 것은 이제 교도소장도 죽었으니 체임벌린 선생님에게도 변화가 생길까, 하는 점이었다. 이제 자기를 불공평하게 대하는 것도 그만두게 될까. *머리만 따면 팔다리도 죽어버린다.* 충분히 일리가 있어 보이는 말이었다. 특히 교도소장의 장난질을 직접 겪어본 입장에서는. 마일스 생각에는 아무래도 지금이야말로 체임벌린 선생님이 자신의 스파이더 센스를 또 엉망진창으로 만들지 알아볼 수 있는 좋은 기회였다. 그래서 체임벌린 선생님의 뒤쪽으로 걸어가보았다. 현기증도, 아무것도 느껴지지 않았다. 그래서 이번에는 직접 말을 걸어서 시험해보기로 했다.

"어, 체임벌린 선생님, 죄송한데요?" 마일스가 말했다. 심지어 선생님의 어깨를 톡톡 치는 용기까지 끌어낼 수 있었다. 선생님이 뒤로 돌았다. 그 얼굴은 평소와 다르지 않았다. 딱딱하고 섬뜩한 얼굴이었다. 확실히 마일스가 보았던 얼굴 중에 가장 호감 가는 상은 절대 아니었다. 마일스는 한 걸음 물러나 마음의 준비를 단단히 했다.

"왜, 마일스?"

마일스라고? 체임벌린 선생님은 지금껏 마일스를 모랄레스 이외의 호칭으로 부른 적이 없었다. 마일스는 체임벌린 선생님의 눈을 들여다보며 항상 느꼈던 불쾌감을 찾아보려 했다. 하지만 전혀 없었다. 그저 괴짜같이 생긴 심술궂은 표정의 남자가 마일스의 말을 기다리며 서 있을 뿐이었다.

"뭐 도와주랴?"

"어… 음… 아뇨, 신경 쓰지 마세요. 그냥 수업 때 여쭤볼게요."

"그래?"

"넵. 네. 네, 선생님." 마일스는 선생님께 대답을 한 다음 몸을 돌려 매점으로 향했다. 만족감이 온몸을 타고 흘렀다.

점심을 먹으면서도 강케에게 이 얘기를 했다.

"아무 일도 없었다고?"

"아무 일도 없었어. 선생님이 말하는 어조도 좀 달라진 것 같더라." 마일스는 설명했다.

"그거 말 되네. 나도 방금 체임벌린 선생님 수업을 듣는데 딱 봐도… 모르겠다, 그냥 덜 괴상했다고 해야 하나." 강케는 감자튀김을 케첩에 푹 찍었다. "다 스파이더맨 덕분이지, 안 그래?" 그러고는 감자튀김을 씹었다. "스파이더맨 얘기가 나와서 말인데, 어… 스파이더맨이랑 그 여자랑 잘됐냐?"

"무슨 영화 대사처럼 말을 하고 앉았냐. 그 여자 이름도 있어." 마일스는 화사한 미소를 지으면서도 강케의 눈이 멀지 않도록 시선을 음식으로 내리까는 것도 잊지 않았다. "뭐… 잘되기도 한 것 같고…."

"잘된 것 같다고? 거의 1년 동안 짝사랑만 해놓고 이제 와서 무슨! 오늘 아침에 내가 밑밥 다 깔아놨다, 걱정하지 마라. 네가 편지지에 뽀뽀하고 혼자 꿍냥거린 거 다 얘기했으니까."

"뭐? 야!"

"농담이야, 긴장 풀어." 강케는 감자튀김을 또 하나 집어 케첩을 찍었다. "사실은 걔가 나한테 와서 이런저런 얘기를 했어. 체임벌린이 너한테 못 되게 구는 꼴을 못 봐주겠어서 애들이랑 조직적으로 항의라도 할까 생각을 해봤대. 근데 어차피 넌 거기 안 낄 거란 걸 아니까 할머니한테 전화를 해서 할머니가 끼어 있다는… 머시기 위원회에다가 공론화인지 뭔지를 시키고 싶었다나봐. 어쩌고저쩌고."

"잠깐만, 뭐라고? 그걸 너한테 다 얘기해줬어?" 마일스는 강케의 감자 튀김 하나를 뺏어 먹으며 말했다. "이제 와서 그럴 필요는 없는데." 그렇게 말하며 감자튀김을 입에 넣었다.

"그렇긴 하지. 하지만 일단 내 말 좀 끝내자. 그런 다음에는 네가 자기 편지 받았냐고 물어봤지. 대충 '야 강케, 나 너 잘 알거든? 마일스한테 편지 안 까먹고 잘 줬지?' 응 안 까먹었어."

"그래서 넌 뭐랬냐?" 마일스가 말했다. 강케는 감자튀김을 또 하나 집어 입에 넣고는 꼭꼭 씹어 넘겼다. 그런 다음에야 마일스를 돌아보았다.

"그게 상관있냐?"

별로 상관없었다. 수업 예비종이 울려서 마일스와 강케가 매점을 나올 때도 상관없었다. 마일스가 자기랑 같이 체임벌린 수업에 들어가려고 복도에서 기다리던 앨리샤를 만났을 때도 상관없었다. 앨리샤가 강케에게 말해주었던 그 '항의 계획'("원래는 그때 파티에서 말해줬어야 했는데."), 즉 다들 수업 중에 책상을 벽 쪽으로 돌려놓고 앉아 체임벌린을 무시하겠다는 계획에 대해 말해줄 때도 상관없었다. 할머니한테 체임벌린의 해고를 부탁해보겠다고 말할 때도, 그리고 마일스가 그러지 말라고, 이미 자기가 다 처리했다고 말할 때도 아무 상관없었다. 딱히 상관될 만한 게 없었다. 오늘은 월요일이었으니까, 브루클린 비전 아카데미가 맞이하는 새로운 주의 새로운 하루였으니까. 마일스 모랄레스는 충만한 사명감과 희망을 느꼈다. 엄마와 아빠, 자기 동네에 대한 희망을 느꼈다. 자기 사촌 오스틴에 대한 희망을 느꼈다. 이제는 감옥에서의 대우도 좀 더 나아지겠지. 그리고 언젠가 애런 삼촌에게 일어난 사건을 극복할 수 있으리라는 희망을 느꼈다. 그때가 되면 애런 삼촌을 예전과 똑같이 받아들일 수 있겠지. 복잡한 인격체로서, 하나의 사람으로서.

희망이라. 거미가 해냈다. 트리플리 선생님이 말했던 것처럼 거미는 과거와 미래를 이어주었다. 그것도 튼튼한 새 거미줄을 만들고 다 낡은 거미줄은 쳐내면서.

하지만 마일스와 앨리샤가 체임벌린 선생님의 교실로 들어가자, 학생들은 일제히 눈길을 돌렸다. 지난 주 금요일과 똑같은 반응이었다. 앨리샤 때문이 아니라 마일스 때문이었다. 마일스의 책상이 아직도 바닥에 놓여 있었기 때문이었다.

"마일스." 한창 오늘의 경구를 쓰던 중이었는지 칠판 쪽을 바라보고 서 있던 체임벌린 선생님이 마일스를 돌아보았다. "아까 물어보려고 했던 게 뭐니?"

마일스는 대답하지 않았다. 대답을 할 수가 없었다. 새로운 월요일의 마법은 이미 사라져버린 것 같았다. "뭐, 대답 안 하려거든 자리에 앉기나 해라." 선생님은 부서진 책상 옆의 의자를 가리키며 말했다. 마일스는 한숨을 쉬었다. 최소한 바닥에 앉으라고는 안 하는구나. 의자에 앉자 바닥에 놓은 책상은 꼭 발판처럼 보였다. 아직도 미심쩍은 표정이던 앨리샤는 마일스 앞의 자기 자리에 앉았다. 마일스는 칠판을 보았다. 별 괴상한 역사적 경구가 아니라 그냥 이번 주 금요일에 중간고사 시험이 있을 거라는 공지사항뿐이었다. 마일스는 공지를 공책에 받아 적기 시작했다.

"마일스."

마일스는 눈을 들었다.

"뭐 하는 거니?" 체임벌린이 물었다.

"무슨 말씀이세요?" 마일스가 영문을 모르고 되물었다.

그때였다.

체임벌린이 바닥을 가리켰다.

"이미 얘기된 거 아니냐. 새로운 주가 시작됐지만 그래도 규칙은 규칙이지." 체임벌린 선생님이 설명했다. 그 목소리가 지난주만큼 냉정하지는 않았지만, 여전히 말하는 내용이 달라지지는 않았다. 마일스는 바닥으로 내려가라는 것. "물건을 그냥 부숴놓고 모른 척할 수는 없지. 그대로 안고 살아가야 하는 거야. 그럼 너도 그대로 안고 살아야지."

앨리샤는 책상에 앉은 채 뒤를 돌아보았다. 마일스의 표정은 멍해졌다. 체임벌린 선생님의 말을, 지금 무슨 일이 일어나는지를 이해할 수 있었다. 교도소장의 정신 조작이 풀렸다손 쳐도 마일스는 여전히 마일스 모랄레스였다. 브루클린의 다른 동네에서 온 흑인과 푸에르토리코 혼혈아. 브루클린 비전 아카데미에서도 비전을 전혀 보이지 못하는 브루클린의 다른 동네, 범죄자 가정 출신의 아이, 하층민 동네의 아이인 마일스 모랄레스. 최소한 체임벌린 선생님의 세상에서는 그렇게 보일 터였다.

마일스는 의자를 두고 일어나 바닥으로 내려왔다. 앨리샤가 손을 뻗었다.

"마일스." 앨리샤는 고개를 저었다. "그러지 마."

278

마일스는 진심을 담은 눈빛으로 앨리샤를 올려 보았다. "안 그럴 거야." 마일스는 가방과 공책을 들고 교실 앞으로 나갔다.

"뭐, 수업에서 나가기라도 할 셈이냐?" 체임벌린 선생님이 물었다. 그 목소리에는 조소가 섞여 있었다. 마일스는 선생님 앞에 서서 그 얼굴을 마주보고는 씨익 웃어주었다. "아뇨." 그런 다음 마일스는 교실 구석에 있던 커다란 나무 책상, 바로 체임벌린 선생님의 책상으로 갔다. 책상 위는 온통 각종 서류와 책, 펜, 마커와 볼펜, 연필과 샤프로 뒤덮여 있었다. 물론 소시지 통조림도 한 캔 있었다. 마일스는 그 책상으로 가서 의자를 당긴 다음 그 자리에 앉았다.

교실 전체가 떠나갈 듯한 폭소가 터져 나왔다. 눈앞에 보이는 걸 도저히 믿지 못하겠다는 반응인 것 같았다. 앨리샤도 온 얼굴로 활짝 웃었다.

"마일스, 일어나라." 체임벌린 선생님이 애써 침착을 유지하며 말했다.

"체임벌린 선생님, 이렇게 좋은 책상도 있는데 제가 집중해 들어야 할 수업에서 굳이 바닥에 무릎을 꿇고 앉아 공부를 해야 할 이유가 뭔가요?" 마일스가 뻔뻔스러운 어투로 말했다. 머릿속에서는 강케가 이 광경을 본다면 되게 좋아할 텐데, 하는 생각이 들었다.

"이게 재미있는 것 같나, 마일스? 지금 농담하는 것 같아?"

"아니요, 선생님. 그럴 리가 없죠. 제가 진심으로 말하는데 그럴 리가 없습니다." 마일스는 주먹 쥔 양손을 책상 위에 올려놓았다. "이제 질문 하나 할게요." 마일스는 체임벌린 선생님의 눈을 똑바로 들여다보았다. 체임벌린 선생님은 팔짱을 끼고 우거지상을 한 채 서 있었다. "제가 동물이라고 생각하십니까?"

"뭐? 지금 무슨 말을 하는 거냐? 그냥 내 책상에서 일어나, 안 그러면 정

279

학이다!"

"아니면 벌레라고 생각하십니까? 엄지로 눌러 죽여 마땅한 거미새끼 같습니까?" 이 시점에서 체임벌린 선생님은 말을 잊은 채 살짝 망설이는 것 같았다. 지금껏 알고 있었지만 알지 못하는 무언가가 머릿속을 스치는 것 같았다. 마음속으로는 느껴지는데 콕 집어 말할 수는 없는 무언가. 마일스는 고개를 끄덕이고는 체임벌린이 미처 입을 열기도 전에, 인터폰으로 교정 경찰을 부르기도 전에 선언했다. "나는 사람입니다." 그러고는 앨리샤 쪽을 보았다. 솔직히 그날 앨리샤가 뭐라고 했었는지 제대로 기억이 나지 않는 바람에 김샌 마무리를 하게 되어 좀 부끄러워졌다.

이 광경을 훔쳐보던 앨리샤는 지금 마일스가 무슨 말을 하고 싶은지 알아차리고는 마일스에게 동참했다. "우리는 사람입니다." 앨리샤가 말했다.

"우리는 사람입니다." 마일스가 따라 했다. 기억이 슬슬 돌아왔다. "다들 앨리샤를 따라 해." 마일스는 마치 반 친구들을 환영이라도 하듯, 자신이 사고를 치고 있는 현장에 맞아들이듯 양팔을 흔들었다. 그러자 앨리샤와 함께 항의를 하기로 작심했던 반 친구들이 곧장 따랐다.

"우리는 바늘꽂이가 아닙니다."

"우리는 바늘꽂이가 아닙니다!"

"우리는 허수아비가 아닙니다."

"여러분, 다들 진정하세요."

"우리는 허수아비가 아닙니다!"

브래드 캔비는 책상을 쾅쾅 내리쳤다.

"우리는 꼭두각시가 아닙니다."

"우리는 꼭두각시가 아닙니다!"

"여러분!"

"우리는 동물이 아닙니다."

"우리는 동물이 아닙니다!"

"우리는 노리개가 아닙니다."

"우리는 노리개가 아닙니다!"

"우리는 사람입니다."

"우리는 사람입니다!"

"더 크게! 우리는 사람입니다."

"우리는 사람입니다!"

"더 크게! 우리는 사람입니다!"

"우리는 사람입니다!" 반 전체가 복창했다.

"우리는 사람이에요." 마일스는 이 말만 남기고는 가방을 들고 교실 문을 닫지도 않은 채 뛰쳐나갔다.

감사의 말

이 책을 쓰면서 정말 많은 분들이 도움과 격려를 보내주셨습니다. 제 담당자 엘레나 조비나조, 에밀리 미헌과 한나 앨러먼과 토마스 팔라치오스 등 디즈니 히페리온 팀원 여러분, 마블 팀원 여러분, 마일스의 창조자인 브라이언 마이클 벤디스 작가님, 제 친구 에이드리언 마테이카, 보나피데 로하스, 멜리사 부르고스, 제니 한, 에이미 체니, 라마 길레스, 디 얼티밋 스핀의 브라이언 제이콥, 고등학교 시절 영어 선생님이셨던 블로퍼스 선생님, 우리 가족, 브루클린, 워싱턴 DC 그리고 창작 과정에서 응원을 보내준 모랄레스의 모든 팬 여러분들까지, 이 여정에서 정말 굉장한 역할을 해주신 여러분 모두에게 감사드립니다.